Is It Love?

CARTER CORP.

hachette HEROES

58, rue Jean Bleuzen – 92178 Vanves Cedex

Pour l'éditeur, le principe est d'utiliser des papiers composés de fibres naturelles, renouvelables, recyclables et fabriqués à partir de bois issus de forêts qui adoptent un système d'aménagement durable. En outre, l'éditeur attend de ses fournisseurs de papier qu'ils s'inscrivent dans une démarche de certification environnementale reconnue.

Direction : Catherine Saunier-Talec
Directeur de projet : Antoine Béon
Responsable artistique : Pauline Ortlieb
Responsable de projet : Anne Vallet
Conception et réalisation intérieure : NoOok
Fabrication : Anne-Laure Soyez

Dépôt légal : juin 2021
45-9887-8/01
ISBN : 978-2-01-709424-1
Imprimé en Espagne par Rotativas De Estella

Is It Love?
CARTER CORP.

LE CHOIX D'ELLA

Écrit par Lilie Bagage

1

Je suis morte.

Bon, d'accord, peut-être pas. *Pas encore*. Mais en cet instant, tout mon corps me dit qu'il veut abandonner le combat. Un combat… contre quoi ? Mes paupières refusent de s'ouvrir. Des images de la veille se mélangent à des souvenirs plus lointains. Le visage d'Alex, mon ex, le seul qui ait compté jusqu'ici, m'apparaît au fond de l'Hudson River. Qu'est-ce qui m'arrive ? Pourquoi je rêve d'Alex, ici et maintenant ?

On se croirait dans un mauvais film de genre… Mon ex flotte avec moi au milieu d'un banc de bicyclettes rouillées. Des flashes explosent sous mes paupières closes, fragments de cauchemars ou de fantasmes inavoués. Bouffées de chaleur, j'étouffe.

Une pression soudaine sur mon bras. Douleur. Envie de hurler.

— Ella…

Quelqu'un chuchote mon nom. Quelqu'un qui se trouve avec moi, tout près. Je sens son souffle chaud sur mes joues. Qui ?

— Je suis là.

Cette voix… J'ai la tête prise dans un étau, et des muscles que je ne soupçonnais pas me font souffrir le martyre. Je n'ose remuer un orteil, de peur de réveiller une nouvelle torture.

Je veux comprendre où je suis et qui se tient là à mes côtés, si proche… Quand j'entrouve enfin les yeux, un mince filet de lumière brûle ma rétine. D'accord, la vue, ce n'est pas pour tout de suite.

Fie-toi à tes autres sens, Ella. Tu as déjà entendu cette voix, non ? Et ce parfum, si particulier. Un mélange de végétal et de minéral, difficile à identifier. De l'herbe coupée au printemps ? Non, celle de la ville sous la pluie, peut-être. Avec un soupçon de noisette grillée ? L'odorat, ça n'a jamais été une de tes spécialités…

Doucement, je caresse ce qui se trouve en dessous de mes doigts. C'est chaud, et doux, et moelleux… Un lit. Je tourne la tête et une odeur citronnée, l'odeur de la lessive vient me chatouiller le nez. C'est celle que j'utilise chez moi.

Je suis chez moi. Comprendre cela m'enlève un poids immense, mais passée la révélation, je ne me sens pas la force de bouger davantage.

Je ne suis pas encore morte, mais je n'en suis pas loin, on dirait.

De nouveau, mon cerveau me joue des tours. Entre deux images étrangement poissonneuses, un souvenir slalome jusqu'à moi : je repense à ce soir du Nouvel An, il y a un mois de cela, et, plus encore, je repense à…

→ Aller au 2

2

Un mois plus tôt.

J'accroche mon vélo à sa place habituelle et ajuste ma petite robe à sequins, qui s'arrête à mi-cuisse ; à partir de là, mes résilles prennent le relais. En ce trente-et-un décembre il fait un froid de canard à New York, mais hors de question de fêter la Saint-Sylvestre en pyjama ! Ce soir, c'est champagne et paillettes... Comme la veille, mais en plus classieux, il faut bien l'avouer. Là, c'est le patron qui régale, pas ma bande de copains streameurs tous aussi fauchés que moi !

Un vent glacé s'engouffre sous mon caban que je m'empresse de resserrer autour de ma taille. J'ai aussi prévu une grosse écharpe en laine d'alpaga, histoire de me protéger le visage. De loin, je dois ressembler à l'un de ces curieux fantômes japonais, toute de noir vêtue, avec seulement une crinière sombre qui dépasse.

Dans ma sacoche de selle, j'ai apporté une autre paire de chaussures : des escarpins à bride de chez Valentino. De véritables bijoux achetés trois cents dollars (en solde) et que je n'ai encore jamais portés (sauf dans mon salon !). Est-ce que j'échange mes Vans contre ces talons aiguilles ? J'hésite un moment avant de me décider pour de bon.

J'approche ensuite d'un pas vif de l'immeuble, que dis-je, de l'immense tour de verre de la Carter Corp, mon lieu de travail. On est à la veille d'un jour férié, mais il y a de la lumière à tous les étages... Sans attendre, j'échappe aux températures négatives en passant la porte-tambour et m'engouffre dans le hall. La première fois que je suis venue ici pour mon entretien de recrutement, ça a été un choc : la hauteur de plafond, les escaliers dignes d'un tableau de Mc Escher, les incroyables lustres et le puits de jour qui ensoleille la totalité de l'entrée… Ce soir, le décor est encore plus impressionnant, la pleine lune brille et c'est elle qui nous servira d'étoile.

— Il était temps ! résonne une voix dans le hall.

Matt, mon collègue et meilleur ami, m'observe depuis la banque d'accueil où il est accoudé. Pour cette soirée, il a troqué son blouson de cuir et son jean délavé contre un costume sage et une cravate dans les tons chauds, ce qui tranche radicalement avec son style rock du quotidien ! N'empêche, le changement lui va bien au teint… S'il a aussi mis au placard son bonnet favori, il n'a pas essayé de discipliner ses cheveux bruns, dont les mèches folles viennent encadrer deux jolis yeux noisette pétillant de malice. Claire, une bonne copine des Ressources humaines, lui tient compagnie. Avec ses frisettes et ses habits vintage, on dirait une praline rose tout droit sortie des années 80. Elle est belle comme un cœur, mais il faudra que je lui dise un jour : la couleur bonbon de ce chemisier pique les yeux, c'est atroce.

— Madame se fait désirer, ajoute Matt d'un air goguenard, ce qui fait s'esclaffer Claire.

Notre copine peut rire d'un rien, comme une enfant. Ça énerve beaucoup de gens dans son service rempli de pimbêches déprimantes et déprimées, mais moi j'aime bien, au contraire. Claire est une bulle de gaieté dans la grisaille new-yorkaise.

— Elle veut peut-être se faire remarquer en arrivant après tout le monde ? fait-elle.

— Je pense qu'elle a surtout mis des heures à choisir sa paire de chaussures, répond Matt.

— Vous n'en avez pas marre de parler de moi à la troisième personne ? je réplique en riant à mon tour.

Je porte :

→ *mes Vans. Aller au 33*

→ *mes Valentino. Aller au 167*

3

Je n'hésite pas longtemps avant d'envoyer valser mes talons hauts et de glisser mes pieds dans les poils longs du tapis ; sa douceur était tout bonnement irrésistible. Ma jupe droite m'empêche de m'asseoir en tailleur (ma position favorite), alors je mise sur une pose « pin-up », les jambes sur le côté, le dos appuyé à la bibliothèque. Cette dernière est chargée de livres et la collection est éclectique. Des ouvrages sur le management en entreprise côtoient des essais sur l'art chinois de la guerre, ou des fictions romançant la vie de grandes figures historiques. Aucun bibelot ou cadre photo ne vient troubler cet agencement boulimique de lecture.

Jonas s'assoit en tailleur près de moi ; il a défait son nœud de cravate et abandonné sa veste sur le sofa, ce qui le rend tout de suite plus humain. Plus accessible. Plus... désirable. Avec patience, il déballe le contenu de notre déjeuner à même le tapis. Je l'imagine en train de faire offrande à sa déesse (j'ai nommé : moi). Ce fantasme me fait sourire. Calme-toi, Ella !

Le parfum doucereux des épices indiennes se mélange à celui plus boisé que dégage mon hôte ; je ne saurais dire lequel des deux je préférerais goûter…

Son smartphone se met à vibrer. Jonas fronce les sourcils en jetant un œil à l'écran :

— Excuse-moi, me dit-il, avant de répondre.

Je me demande qui ça peut bien être… Le ton de Jonas est tout sauf amical.

— Tu tombes mal, j'ai du travail. On peut se rappeler ce soir ? … Alors demain, ou après-demain… Ne commence pas avec ça, s'il te plaît… Oui, j'y penserai. À plus.

Il raccroche, les mâchoires contractées. De petites veines pulsent à ses tempes, battant le rythme de sa nervosité. C'est la première fois que je le vois se mettre dans cet état. Je :

→ *tente de savoir qui était à l'appareil. Aller au 170*

→ *fais comme si de rien n'était. Aller au 14*

4

Je laisse le téléphone sonner. Peu après, un message sur mon répondeur apparaît.

« Tu es attendue à la Carter Corp, c'est urgent », m'assène Samson sur un ton glacial. « Et si tu ne viens pas aujourd'hui, ça ne servira à rien de revenir demain. »

Ça y est, je tremble pour de bon. Ce sale type me menace ouvertement, là ! C'est grave… Qu'est-ce qu'il peut y avoir de si pressé pour qu'une petite assistante doive se déplacer un jour férié ? Malgré l'attitude détestable de mon chef, ma curiosité est piquée au vif. J'attrape un jean et un gros pull avant d'avaler un cachet d'aspirine et de quitter la maison.

→ Aller au 52

5

— Merci encore pour cette invitation, je fais.

Je ne veux pas jouer les petites malheureuses, mais ma paie d'assistante Evénementiels ne me permet pas de manger dans un tel cadre tous les jours…

— Ce n'est pas grand-chose, m'assure Ari. Et puis, ça me fait plaisir qu'on puisse passer ce temps ensemble, toi et moi ! Même si j'adore Internet, c'est tout de même mieux de discuter en chair et en os. Ne serait-ce que pour pouvoir faire… « ça » !

Il tend la main et arrache un bout de naan de mon assiette.

— Hey !

Je proteste mollement avant de riposter en buvant dans son verre.

— C'est de bonne guerre, conclut Ari en riant.

— Pour en revenir à Internet, j'ajoute, le seul avantage que j'y vois est qu'il est parfois plus facile d'y briser la glace…

Si tu es quelqu'un de réservé, par exemple.

— Je ne vais pas te contredire là-dessus, concède W@x3r. C'est précisément pour cette raison que je suis venu sur ta chaîne Twitch…

— Réservé, toi ? je hausse un sourcil. Je ne trouve pas que tu sois quelqu'un de réservé.

— On va dire que je cache bien mon jeu.

Il m'adresse un clin d'œil (bleu, très bleu) avant d'aller se resservir au buffet. Pendant ce temps, un nouveau couple pénètre dans le restaurant et mon cœur fait un bond : c'est Jonas, accompagné de Samson. Ils s'approchent du zinc et commandent à emporter. Sur ma banquette, je me fais toute petite avant de me raviser : de quoi ai-je peur, au juste ? Je :

→ *me fais discrète. Aller au 115*
→ *me fais remarquer. Aller au 27*

6

Je ne cache pas ma nervosité et explose carrément :

— C'est à cause d'hier soir, c'est ça ? Tu vas me licencier.

Jonas me dément :

— Pas du tout. En fait, je pense même à te donner une promotion, en quelque sorte. C'est toi qui vas reprendre le travail de Lucy. Tu vas assurer à sa place l'organisation du speed meeting.

Cette annonce me prend complètement au dépourvu et me fait perdre le peu de moyens qu'il me restait. Tremblante, je clame :

— Pourquoi pas Samson ? Je ne suis que son assistante !
→ Aller au 219

— Pourquoi moi ? Je ne suis à la Carter que depuis quelques mois. → Aller au 29

7

Le lendemain matin, je croise une grande blonde – Lisa Parker – en train d'attendre près du bureau de Matt, avec une pile de colis et des rouleaux d'affiches.

— Le service informatique nous a fait remonter cette livraison, m'explique-t-elle avec un sourire radieux, mais à mon avis, c'est plutôt pour la com' ! Tu es Ella, c'est ça ?

Je hoche la tête.

— Tu passeras le bonjour à Matt de ma part ! me fait-elle avec un clin d'œil, avant de repartir d'un pas bondissant.

On aurait dit une fée en talons hauts et jupe fendue.

J'examine les colis de plus près et pousse un cri de joie. Les goodies du speed meeting ! Ils sont venus à moi, tout simplement... Dire que j'ai passé plusieurs heures à les chercher ! Qu'a dit Lisa, au juste ? Qu'ils viennent du service informatique ? Je décroche le Post-it collé sur le premier paquet et lis : « Trouvé dans nos archives. Fais suivre au secrétariat exécutif. A. & C. »

A & C ? Je souris. Mes fées à moi sont de genre masculin, on dirait. Je souffle de soulagement. Pour cette fois, je m'en sors bien !

→ *Aller au 87*

8

Titouic, ma plus fidèle abonnée sur Twitch : son mec ne s'appellerait pas Ari, par hasard ? À moins que ce soit Archi, pour Archibald…

— Et voilà ! m'annonce l'informaticien.

Il me tend un papier et enchaîne :

— Tu as un accès provisoire au disque local de Lucy. Cet identifiant et le mot de passe associés sont valables pour les deux mois à venir. En cas de problème, tu sais où me trouver, fait-il en repartant vers l'ascenseur.

— Merci ! je lance, mais il est déjà loin.

→ *Aller au 221*

9

— Hors de question, je réponds.

Samson me toise avec un regard venimeux.

— Qu'est-ce que tu as dit ? articule-t-il lentement.

J'ai peur de la suite, mais je ne me démonte pas.

— J'ai dit : hors de question.

Autour de nous, l'air semble comme électrifié. Il règne un silence de mort dans l'open space ; toute l'attention des collègues est dirigée vers nous. Je quitte le siège de Lucy et affronte Samson en me plantant devant lui.

— Je ne suis ni ta secrétaire ni ta domestique, je fais. Et puis tu n'as pas à me parler sur ce ton.

Dans son dos, je surprends Matt en train de secouer la tête, défait. Quant à Claire, je sais qu'elle m'estime beaucoup mais là, il semble qu'elle me porte carrément au rang de déesse : ses yeux brillent d'admiration pour moi. Je ne laisse pas le temps à mon chef de prendre la parole et continue :

— Je suis ton *assistante*, ce qui signifie que je peux t'apporter mon soutien dans toute activité relative aux événementiels, mais servir le café n'en fait pas partie. De plus, comme tu le sais, j'ai une autre mission à remplir depuis ce matin, et on m'a clairement fait comprendre qu'elle était prioritaire sur le reste.

Plusieurs secondes passent. Samson ferme les yeux, comme s'il cherchait une antisèche derrière ses paupières pour pouvoir me répondre. Finalement, il m'assène son coup de grâce d'une voix glacée :

— Jonas t'a peut-être mise sur l'organisation du speed meeting, mais je reste *ton* manager. Et crois-moi, Ella, il ne me faudra pas grand-chose pour le convaincre de te mettre à la porte. C'est mon premier avertissement.

J'ouvre la bouche pour riposter, mais Matt m'intime du regard de lâcher l'affaire et je décide cette fois de l'écouter.

Satisfait, Samson part s'enfermer dans une salle de réunion. Les collègues se détournent de moi, certains semblent affligés par la scène dont ils ont été témoins. Je me demande si je n'ai pas commis une erreur tactique. En même temps, il fallait bien que quelqu'un remette ce crétin présomptueux à sa place, non ?

L'urgence de ma mission chasse très vite mes remords. Si je veux accéder aux fichiers de Lucy, je ne vais pas avoir le choix : direction le quarantième étage, où se loge le service informatique.

♦

En choisissant ce chemin, Ella vient de vivre un moment crucial pour sa carrière, symbolisé par ce carreau. Retenez bien le nombre de carreaux que vous collectionnerez au cours de votre lecture… car il se pourrait qu'il y ait des conséquences !

→ *Aller au 194*

10

— Pourquoi je t'en voudrais ? je demande.

— Je ne sais pas…

Il se passe une main sur la nuque.

— Ce n'est pas mon genre de jouer avec mon identité, explique-t-il. Et puis, comme je savais qui tu étais, et toi non, tu aurais pu flipper. Je suis un abruti. Seulement, je… j'avais envie de t'aborder. Je suis désolé Ella, je ne savais juste pas comment m'y prendre. Depuis mon ex, Geri, j'ai... un peu perdu la main, je crois.

Son honnêteté me va droit au cœur, je la trouve aussi sexy que le reste, chez lui. Spontanément, je me lève et le prends dans mes bras. Sa tête contre mes seins, j'ai le menton plongé dans ses cheveux châtain. Son parfum, vanillé et entêtant, me file des frissons jusque dans les jambes.

— Tu ne vas pas te flageller pour si peu ! Je lui murmure. Tout le monde joue avec son identité, sur Internet. Ça fait partie des règles du jeu. Et en tant que streameuse, je peux t'assurer que tu n'es pas le premier à t'adresser à moi de cette façon !

Ses mains sur mes hanches, il me repousse doucement.

— Merci, me dit-il. Tu es adorable.

— Je te retourne le compliment ! je réplique, avec un clin d'œil.

→ *Aller au 130*

11

— Tu veux parler de Jonas ?

Matt confirme.

— Il n'a rien d'un « prétendant », je réponds, mal assurée. Lui ne prétend rien du tout, en tout cas... et moi non plus, j'ajoute d'une petite voix.

— Arrête ton char, princesse : quand un mec te plaît, je le vois. Et là, c'est plus que flagrant.

— Si tu le dis… Mais c'est sans espoir, pas vrai ?

— …

— Pas vrai ?

— Les chances de conclure avec lui sont plutôt nulles en effet, admet Matt.

— Donc, le sujet est clos. Federico, lui, semble intéressé ET hétéro. Le choix est vite fait. Mais assez parlé de moi (je me lève pour attraper la bouilloire et me resservir de l'eau chaude). Ça fait des lustres que tu ne m'as pas raconté ce qui se passe dans ta vie !

→ *Aller au 60*

12

— Tu veux parler d'Ari ?

Matt confirme.

— Ce n'est pas comme s'il s'était déjà passé quelque chose entre nous… Si tu te souviens bien, il a pris ses jambes à son cou !

— C'est vrai, mais je pensais qu'il était à ton goût.

Je hausse les épaules.

— Physiquement, oui. Seulement, difficile de savoir si je l'intéresse moi aussi. Au moins avec Federico, je suis fixée.

— Là, c'est sûr, admet Matt, ton Italien n'a pas longtemps laissé planer de doute à ce sujet !

Sans compter qu'avec lui, j'ai l'impression de pouvoir raviver une relation qui aurait dû continuer… La ressemblance de Federico avec Alex est si intense qu'elle fait rejaillir les meilleurs souvenirs de mon premier amour. Mais ça, hors de question de le mentionner à Matt. Lors de ma rupture avec mon ex, il a bataillé des mois entiers pour me rendre le sourire. Si j'évoque ne serait-ce que l'ombre d'une rechute, il ne va pas s'en remettre et risque même de m'en vouloir.

— Bon, assez parlé de moi, je fais (je me lève pour attraper la bouilloire et me resservir de l'eau chaude). J'ai l'impression que ça fait des lustres que tu ne m'as pas raconté ta vie, alors qu'on est dans le même open space !

→ *Aller au 60*

13

Je le corrige :

— C'est « Ella », pas « Ellie ».

Avant d'ajouter, très vite :

— Mais en effet, je suis d'accord avec toi, Samson.

Il hausse un sourcil. Ce n'est pas souvent que je lui donne raison…

— Je n'ai fait que répéter ce que Jonas avait sûrement déjà appris par tes soins. Je vous laisse, je retourne à mon bureau.

Je coule un dernier regard à notre manager commun, avant de sortir et de m'écrouler de nervosité à mon poste.

→ *Aller au 154*

14

Même si ça me démange beaucoup, j'évite de jouer les curieuses et glisse un :

— Merci encore pour cette invitation. En plus, tu as retenu que j'étais végétarienne, c'est adorable !

— C'est normal, réplique Jonas en mordant à pleines dents dans un naan au fromage. C'est important de respecter les choix alimentaires de chacun, tu ne trouves pas ?

— Et pas « que » les choix alimentaires, d'ailleurs…

Allez expliquer ça à mes fantasmes. En ce moment, ils n'en font qu'à leur tête et je m'imagine nue sur l'étendue de poils synthétiques, lovée contre Jonas, beaucoup trop sexy et désintéressé pour mon bien.

Alors que nous déjeunons, ma maniaquerie se réveille. Tantôt à genoux, tantôt à quatre pattes, je ramasse les miettes qui jonchent le tapis. Coincées dans leur jupe droite, mes fesses (l'un de mes meilleurs atouts séduction) frôlent par moment le manager, qui finit par réagir :

— Tu es au courant que nous avons des agents d'entretien, à la Carter ?

— Ce n'est pas une raison pour laisser traîner de la nourriture, je réplique. Et si ça attire des cafards ? Ou bien des rats ?

Jonas lève les yeux au ciel, mais il a l'air plus amusé qu'autre chose par mes exagérations.

Je repère un petit bout de samossa glissé entre ses jambes en tailleur, et me mets en tête de le récupérer.

Ma main touche involontairement son entrejambe. Je vire au rouge pivoine, me relève à la hâte, perds bêtement l'équilibre et m'affale sur lui. Alors que je m'affaisse, les mains de Jonas remontent doucement sur mes fesses et s'arrêtent sur mes hanches… ses lèvres sont maintenant plaquées à hauteur de mes seins. Son souffle brûlant se faufile entre les boutons de mon chemisier… Mon Dieu, ce qu'on étouffe, d'un coup ! Jonas lève le menton vers moi, une lueur étrange dans ses yeux mordorés. J'ai déjà surpris ce regard chez lui : c'était quand, déjà ? À la Saint-Sylvestre, non ? Là où il se trouve, il doit entendre mon cœur tambouriner dans sa cage thoracique.

Soudain, le beau brun exerce une pression et m'attire à lui, pendant qu'il bascule en arrière. Me voilà couchée sur lui, mes cheveux raides tombant en rideau sur son visage, nos deux souffles mêlés. Sans calcul, je cède à une envie subite et l'embrasse. Nos bouches se pressent et se détachent très vite l'une de l'autre, pour un baiser fugace, léger, flou comme un souvenir d'enfance. Son parfum m'enivre, je ne pense à rien d'autre qu'à goûter ses lèvres de nouveau. Mais Jonas ne réplique pas et la raison me rattrape. Je me redresse pour reprendre mes esprits, m'assois à califourchon sur lui. Ma jupe droite a abandonné la bataille ; elle remonte allègrement le long de mes cuisses, laissant voir mon tanga de dentelle noire. Toujours avec ce même regard étrange, Jonas m'observe, silencieux, mais sa respiration légèrement haletante trahit son trouble.

Pour couper court au malaise, je roule et m'allonge à ses côtés sur le tapis, épaule contre épaule. Je tire sur ma jupe, me tortille afin de la faire redescendre.

— Qu'est-ce que ça veut dire ? je murmure, plutôt que de demander « Qu'est-ce que tu attends de moi ? ». C'est lui qui a voulu ça. Cette fois, je ne rêve pas, il m'a attiré contre lui. En sa présence, je ne suis que désir, toujours sur la corde raide, mais c'est *lui* qui vient de nous faire basculer dans l'inconnu.

Je n'aurai pas la réponse à ma question. La porte du bureau s'ouvre et nous interrompt brutalement.

♥

En choisissant ce chemin, Ella vient de vivre un moment important pour sa vie amoureuse, symbolisé par ce cœur. Retenez bien le nombre de cœurs que vous collecterez au cours de votre lecture… car il se pourrait qu'il y ait des conséquences !

→ Aller au 120

15

Matt répond direct :

— Salut princesse ! Alors, tu t'es bien remise ?

Je lui résume très vite la situation.

— Wow ! OK… s'exclame mon ami. Ben ma vieille, des félicitations s'imposent, je crois : tu viens clairement de monter en grade !

— Je ne sais pas trop, j'avoue. J'ai l'impression que ma vie va devenir un enfer.

— Raison de plus pour en profiter à fond dès maintenant ! Rejoins-moi au club de boxe, je retrouve ensuite des potes à l'Attaboy : on trinquera à ta promotion !

La bonne humeur de Matt me tire un sourire.

— D'accord, tu m'as convaincue.

J'enfourche mon vélo, direction mon ami pour une nouvelle soirée arrosée en sa compagnie, la première de l'année.

→ Aller au 121

16

— Hé ! je lance au photographe. Vous, là-bas !

Je traverse l'impasse et franchis le portillon du petit square, le cœur battant. En m'approchant de l'homme, je vois bien qu'il ne s'agit pas du tout de mon Alex, mais je comprends pourquoi je suis chamboulée. La ressemblance physique est frappante : des cheveux d'un blond miel, épais et coupés trop courts sur un visage poupin ; des lèvres fines, presque absentes, conjuguées à un sourire permanent. Un regard vert d'eau, plein de malice… Et un corps effilé, élancé vers le ciel à la façon d'un peuplier !

Comme Alex, le photographe me dépasse d'une bonne tête.

— *Si*, madame ? me dit-il avec un délicieux accent italien.

L'Italie : encore un point commun avec mon ex et ses origines…

Je lui demande :

→ *qui il est. Aller au 212*
→ *d'effacer les photos où j'apparais. Aller au 20*

17

— Matt, je crois que je vais avoir besoin de ton aide, je fais.

L'air aussi grave que pour un enterrement, mon ami hoche la tête :

— C'est pour ce travail assommant que vient de te filer Samson ?

— Exact. Et vu la masse de boulot…

— Ça va probablement nous occuper pendant une nuit. Voire deux, en plus de nos journées.

Je grimace, désolée de devoir faire appel à lui. Je sais qu'il a un emploi du temps toujours très chargé, et je lui demande de laisser tomber pour moi ses soirées de décompression, au club de boxe. Mais Matt me rassure tout de suite :

— Tu sais que tu peux toujours compter sur moi, princesse.

Il pianote un message sur son clavier.

— J'annule une réunion qui peut attendre, ajoute-t-il… et voilà ! Je suis tout à toi. On ne va en faire qu'une bouchée, de ces synthèses !

— Merci Matt, tu es un ange.

Je me jette à son cou.

— Ola ola ! fait-il en rigolant. Attention, ou il se pourrait bien que Samson nous sermonne encore…

→ *Aller au 169*

18

Plantée au milieu du hall, je me tourne et fais face aux deux options qui s'offrent à moi. À droite près de l'accueil, Ari, qui tente de se faire oublier en imitant un pot de fleurs. Avec son allure décontractée, il ressemble à une insaisissable brise d'été. À gauche, tout près de moi, parfum de forêt, un Jonas dont je ne sais presque rien, à part qu'il se tape mon chef. Lui, dans son économie de mots, a tout d'une énigme faite de jais et d'acier.

Comme je ne me décide pas, Jonas nous fait gagner du temps. Il désigne le calepin dans mon sac et déclare :

— À l'occasion, tu me montreras ce que tu dessines. Ce genre de talent pourrait se révéler utile pour notre firme.

Je ne réponds pas, je n'accepte rien, mais lui semble déjà considérer que l'affaire est faite : je déjeunerai avec lui et lui dévoilerai mon art, un point c'est tout. Jonas se dirige vers la sortie et, comme je suis toujours à jouer les balanciers, me lance un : « Ella ? » pour me réveiller. Tel un automate, je m'anime et me laisse guider par sa voix de basse.

En choisissant ce chemin, Ella vient de vivre un moment important pour sa vie amoureuse, symbolisé par ce cœur. Retenez bien le nombre de cœurs que vous collecterez au cours de votre lecture… car il se pourrait qu'il y ait des conséquences !

→ Aller au 122

19

Je descends de mon tabouret, laissant Claire affalée sur le comptoir.

Une piste a été aménagée devant l'estrade en bois où un quatuor joue des standards de pop-rock. On ne peut pas dire que beaucoup d'employés de la firme se déhanchent sur leur musique. La plupart squattent la piste en petits groupes pour discuter ou se montrer… Un peu à l'écart je repère Romuald, l'agent d'accueil, engoncé dans son éternel costume gris, le regard perdu dans un verre de whisky. Du gris, toujours du gris… Je me demande s'il a vraiment d'autres tenues que celles-là dans sa garde-robe. Ses cheveux blond cendré ondulent, savamment coincés derrière ses oreilles. Pour le reste, il a un petit côté Justin Bieber qui n'est pas déplaisant, si on occulte ses poignées d'amour absentes du modèle d'origine. Il lève la tête vers moi tandis que je m'approche de lui, alors je mime quelques pas de danse. Je ne suis pas certaine de marcher bien droit… Possible que les cocktails qui ont remplacé mon sang n'aident pas beaucoup. Au lieu de me sourire comme il le fait chaque matin, Romuald se détourne, gêné, et salue Lucy, ma collègue au service Evénementiel.

Un souvenir me revient soudain. Elle s'appelait Hannah et ressemblait comme deux gouttes d'eau à Lucy : le menton pointu, le carré effilé, une silhouette brindille, trompeuse sur sa fragilité… Coup de chaud. C'était à l'anniversaire de Matt, il y a deux ans. Hannah m'avait parlé de sa bécane pendant des heures, je l'avais croquée sur mon carnet à dessins. On avait atterri je ne sais comment dans la salle de bains. Elle s'était alors jetée sur moi et m'avait roulé une pelle. Malaise. Hannah avait cru tout du long que je la draguais, alors que mes intentions étaient strictement amicales. Ce soir-là, je m'étais confondue en excuses avant de m'enfuir à toutes jambes mais, avec le recul, je me dis que j'aurais peut-être dû profiter à fond de l'expérience qui se présentait à moi…

Je ralentis le pas. Lucy est maintenant en grande conversation avec deux nouveaux gars que je ne connais pas. Plutôt que de me prendre un vent, je préfère rebrousser chemin.

→ *Aller au 268*

20

— Oh ! dit-il en s'exécutant sur le champ. Voilà, c'est fait. Je ne voulais pas vous embarrasser, *perdonatemi*.

Alors que je m'en vais, il me laisse sa carte de visite : Federico Dolci, journaliste pour *Pianeta Blu*. Un journal sur l'architecture, peut-être ?

— *Certo che no*! me détrompe-t-il. Sur l'écologie et le développement dourable.

— Alors ça, ça m'intéresse! je m'exclame, souriante. À la Carter, je les bassine tous avec l'écologie. C'est un peu mon domaine de prédilection, avec le dessin.

— La Carter : vous travaillez là-bas?

Je hoche la tête.

— Et le dessin… *allora*, vous êtes une artiste! *Magnifico*. Je reste sur Niou Yorke pendant quelques jours. Appelez-moi si vous voulez qu'on en discute… autour d'un café, peut-être?

— Avec plaisir, je réponds.

Matt désapprouverait probablement que j'aille plus loin avec ce bel Italien. Je l'entends déjà me sermonner : « C'est encore ta fixette sur Alex qui te met le feu aux fesses, princesse. » Peut-être bien, mais je m'en moque. Je suis une grande fille qui fait ses propres choix.

→ *Aller au 238*

21

J'attends le retour de Matt à son bureau et lui saute littéralement dessus.

— Matt, il faut que tu m'aides.

Ma panique doit être visible, parce que mon ami se refuse pour une fois à blaguer :

— Qu'est-ce qui t'arrive, princesse?

— Je n'ai plus de salle pour le speed meeting. La tempête l'a détruite.

— Tu plaisantes ?

— J'ai l'air de plaisanter ? Je suis dans une merde noire. C'est dans deux jours et je repars de zéro : dégotter un nouveau lieu et, si j'y arrive, gérer le métrage, le plan de salle, la communication en urgence, les…

Matt m'attrape par les épaules.

— Ella, du calme. Tu as regardé dans notre fichier commun au service com', voir s'il y avait des adresses de remplacement disponibles ?

— Je l'ai fait, je les ai appelées. Il n'y en a aucune. Cette fois, c'est certain, Samson va me virer, avec la bénédiction de Jonas et de Ryan Carter lui-même. Je suis foutue, ma carrière est foutue.

— Écoute, je sais que tu ne le portes pas dans ton cœur, mais je crois que tu ne vas pas y couper : si proche de la date, il faut que tu préviennes Samson. Tu n'as pas le choix. C'est ton supérieur et, qui sait ? Il aura peut-être une solution.

— Samson ? Mais Matt, il se comporte comme une véritable ordure depuis le début de cette mission !

— D'accord, objecte mon ami, mais c'est ton chef : si le speed meeting tombe à l'eau maintenant, il sera tenu responsable de cet échec. Crois-moi princesse, il n'a pas envie de ça.

Je tords la bouche d'indécision. Matt marque un point.

— De mon côté, je vais voir si je peux te trouver une adresse, mais sincèrement, à moins de 48 heures, je ne te promets rien. Je peux aussi te donner un coup de pouce sur la communication : je prépare le mailing aux différents invités, tu n'auras plus qu'à le faire partir.

Je remercie mon ami aussi chaleureusement que possible.

— Je te revaudrai ça.

— Je n'en doute pas une seconde !

Est-ce que je suis son conseil en allant annoncer la nouvelle à Samson ? (Aller au 228)

Ou bien, je peux explorer d'autres pistes, me tourner vers d'autres aides : Federico, mon journaliste sexy (Aller au 241) ; Jonas, mon « crush » impossible (Aller au 79) ; ma communauté Twitch (Aller au 147).

22

— Est-ce que tu connais Twitch ? je balance, de but en blanc.

Ari écarquille soudain les yeux. On dirait un cerf pris dans les phares d'une voiture… Tétanisé.

— Twitch ? Euh, oui, euh… bredouille-t-il, bien sûr que je connais. Pourquoi est-ce que tu me demandes ça ?

Je fronce les sourcils, puis pouffe de rire devant la bizarrerie de son attitude.

— Parce que… j'y ai une chaîne, alors peut-être que tu es déjà tombé dessus, si… si tu aimes le dessin. J'anime régulièrement des streams sur le sujet et sur l'écologie, ça change des jeux vidéo. Tu es sûr que ça va ?

Le visage de mon informaticien vient presque de passer par toutes les couleurs de l'arc-en-ciel, pour finir sur un brun livide.

— Ella… commence-t-il.

Le serveur nous interrompt, le temps de servir notre commande. Qu'est-ce qu'Ari va bien pouvoir m'annoncer ? Il n'a pas l'air bien du tout.

→ *Aller au 95*

23

À midi, mon monde s'écroule.

— Madame Forest ? C'est Fiona Pears, responsable du Prince's Veranda Building à l'appareil. J'ai une mauvaise nouvelle à vous annoncer.

C'est à peine si je parviens à articuler un « Qu'y a-t-il ? ». La moitié des lettres restent coincées dans ma gorge nouée.

— Notre salle, la verrière… Elle s'est écroulée cette nuit. À cause des vents violents.

— Par… pardon ?

— Je suis désolée, fait Fiona, je sais que votre speed meeting devait se tenir dans deux jours… Nous sommes contraints d'annuler tout notre carnet de réservation pour les mois à venir.

— Vous…

J'essaie de reprendre mon souffle, mais l'air refuse de s'engouffrer dans ma gorge. La tête me tourne déjà. C'est un cauchemar, ça ne peut être que ça. Je vais me réveiller bientôt, m'apercevoir que mon stress des derniers jours me joue simplement des tours, voilà tout.

— Nous avons bien entendu dédommagé votre entreprise de tous les frais engagés, continue Fiona, afin que vous puissiez vous réorganiser au mieux. La Carter Corp fait partie de nos plus fidèles clients, nous avons à cœur d'atténuer autant que faire se peut l'impact que cette catastrophe aura sur vos activités.

Elle récite son texte. Elle récite son putain de texte commercial.

— Il doit bien… il doit bien y avoir une solution, je marmonne. Vous n'avez pas d'autres lieux à…

— Hélas, me coupe Fiona, qui a déjà dû fournir cet argument des dizaines de fois avant de m'avoir au téléphone : ils sont tous déjà pris.

On dirait bien que le cauchemar est parti pour durer.

— Je dois vous laisser, me fait Fiona. D'autres clients à prévenir. Encore une fois, nous sommes mortifiés, et sincèrement désolés. Nous espérons que, dans le futur, nous vous compterons de nouveau parmi…

Je raccroche, n'ayant pas le cœur d'écouter la suite. La panique, comme un poison dont je m'étais à peine remise, se remet à couler dans mes veines. Je la sens qui en ronge patiemment les parois, jusqu'au moment où elle parviendra à les trouer pour de bon. Et là, bonjour l'hémorragie d'angoisse…

Plus que deux jours avant le speed meeting, et tout est à refaire. Tout. En admettant que je parvienne à dégotter un nouveau lieu, il me faudra aussi prévenir l'ensemble des participants ainsi que le traiteur du changement… Je me tiens aux portes de l'Enfer.

Je ferme les paupières pour m'empêcher de fondre en

larmes. Reste professionnelle, Ella. Il le faut.

J'ai besoin d'en parler à quelqu'un. Parler, c'est souvent ce qui me permet de rebondir, de faire émerger une solution. Mais à qui puis-je me confier ?

Matt semble la personne idéale *(Aller au 21)*, même si je me sens coupable de le solliciter aussi souvent…

J'avais prévu de prendre du repos cet après-midi, pour rattraper mon retard de sommeil : et si j'en touchais deux mots à ma communauté Twitch, que j'ai délaissée depuis le début de cette mission ? *(Aller au 147)*

Il y a aussi Federico *(Aller au 241)*. Lui parler me changerait les idées et me ferait en avoir de nouvelles…

Ou bien, il y a Jonas. Penser à lui fait déjà battre mon cœur la chamade. Lui connaît le projet et saura m'écouter, non ? *(Aller au 79)* Il le fera probablement de façon froide et raisonnée, mais il m'écoutera. Et avec son réseau, ses contacts hauts placés, il est même possible qu'il ait une aide à me proposer.

Enfin : il reste Samson. *(Aller au 228)* Je secoue la tête. M'adresser à mon exécrable responsable ? Décidément, la panique me fait perdre la boule.

24

L'adresse de mon rendez-vous en poche, j'enfourche mon vélo direction le Soho District et m'arrête devant un vieil entrepôt rénové au parement de brique et de verre, situé en face de l'Elizabeth Street Garden. Je sonne à l'élégante porte de bois sculpté ; après quelques secondes d'attente, une jeune femme à la taille mannequin vient m'ouvrir. Le chemisier blanc et le tailleur serré, la queue de cheval lissée et le visage avenant, elle a tout d'une hôtesse d'événementiel. C'est mon contact. Je tenais à voir de mes yeux le lieu réservé par Lucy pour le speed meeting, avant son accident. Un lieu, pour un événement de ce calibre, est un élément crucial : il faut qu'il corresponde parfaitement à la philosophie de la Carter, qu'il puisse entrer en résonance avec les projets des entrepreneurs invités.

Dès que l'hôtesse me fait pénétrer dans la salle principale, je sais que Lucy a fait le bon choix : une immense verrière s'étend au-dessus de nos têtes, laissant un soleil doux illuminer les tables de banquet disposées en U, le long de miroirs et paravents végétaux.

— C'était une ancienne serre, commente ma guide.

Je hoche la tête, hypnotisée par les jeux d'ombre et de lumière sur le parquet acajou. Nous visitons ensuite plusieurs vérandas donnant sur une cour intérieure. Quelques oiseaux chantent en haut d'un arbre aux branches nues… Ici, on n'entend plus le grondement des voitures des rues voisines. L'air me paraît même moins pollué ! J'imagine bien des entretiens dans ces salles, une fois que Ryan Carter et ses partenaires auront sélectionné les projets les plus prometteurs.

Je vérifie d'autres petits détails techniques avec l'hôtesse avant qu'elle ne me raccompagne à la sortie. Depuis le square, un photographe mitraille le bâtiment et nous avec. En l'étudiant plus attentivement, mon cœur s'emballe.

L'impression de l'avoir déjà rencontré quelque part… mais où ?

Alors que je grimpe de nouveau sur mon vélo pour retourner à la tour Carter, le photographe m'accoste :

— *Scusi*, madame !

Il a un adorable accent italien, mais sa ressemblance physique avec Alex, mon ex-petit ami, est perturbante : des cheveux d'un blond miel, épais et coupés trop courts sur un visage poupin ; des lèvres fines, presque absentes, conjuguées à un sourire permanent. Un regard vert d'eau, plein de malice… Et un corps effilé, élancé vers le ciel à la façon d'un peuplier !

Comme Alex, il me dépasse d'une bonne tête.

— J'ai remarqué que vous visitiez ce bâtiment, *allora*… peut-être que vous pourrez m'aider. Je travaille pour *Pianeta Blu*, un journal italien sur l'écologie et le développement dourable. J'ai appris que, bientôt, la Carter Corp va organiser *uno* speed meeting ici. Vous connaissez la Carter, *sì* ?

Je fronce les sourcils. Est-ce qu'il ne faisait pas partie des invités lors de la soirée du Nouvel An ? C'est peut-être là qu'on s'est déjà croisés, lui et moi… Ma nervosité monte d'un cran. Et si c'était lui, le mystérieux W@x3r en message privé ?

Je lui réponds :

→ *ouvertement. Aller au 82*

→ *en ne disant pas tout. Aller au 159*

25

— Tu pourrais m'apprendre à jouer ?

Je lui montre les deux pions blancs dans la paume de ma main. Jonas grimace :

— Le go est un jeu complexe. Un seul déjeuner ne suffira pas pour que je t'explique les bases. Moi-même, je ne suis pas certain de le maîtriser tout à fait et pourtant, je le pratique depuis mon enfance.

Je hausse les épaules. À vrai dire, je ne serais pas contre le fait que ce déjeuner se répète, encore et encore… Toutes les excuses sont bonnes pour revenir ici, dans ce bureau, sur ce sofa douillet avec lui. Exit W@x3r, exit Federico : mon esprit fait table rase. Je suis toute à toi, Jonas, si tu veux bien de moi.

— J'apprends vite, tu verras ! je lui assure. Et puis, je suis motivée. J'adore les jeux de stratégie.

Un sourire discret se dessine sur ses lèvres.

— Vraiment ?

Il n'a pas l'air de me croire, mais peut-être en a-t-il envie ?

— Bon, très bien, me dit-il.

Alors que je tends la main vers le plateau pour le ramener entre nous, Jonas m'arrête d'un geste :

— Non, on ne va pas déranger cette partie pour une simple initiation.

Sur ces mots, il extirpe un bout de tissu de sa poche gauche. Une sorte de mouchoir quadrillé, rappelant les lignes du go. Puis il se penche et attrape au sol une bourse de cuir souple, qu'il me lance :

— Je te laisse découvrir tes pions d'entraînement.

— Dis donc, tu es équipé ! je m'exclame, les yeux ronds. Tu donnes souvent des cours au débotté ?

— J'aime jouer en voyage, et il n'y a rien de mieux qu'un plateau en tissu pour cela.

Son sourire est toujours là, à me narguer gentiment.

Je desserre le cordon de cuir et renverse les pions sur le sofa. Une grosse moitié d'entre eux tombe par terre, sur le parquet.

Alors que je me baisse pour les ramasser, Jonas fait de même. En me redressant, je me cogne la tête à son menton.

— Humpf !

Il se tient la mâchoire comme si je venais de lui administrer une droite. Les petits cailloux blancs et noirs que j'avais dans les mains glissent entre mes doigts ; avec la panique, je perds tous mes moyens.

— Désolée ! je m'écrie, je ne voulais pas...

Je pose mes mains fraîches sur son visage endolori, avant de me rendre compte de mon geste. Les joues de Jonas frémissent à mon contact. Je veux retirer mes doigts, mais il les retient maintenant avec les siens, contre sa peau. Il ne veut pas me laisser partir.

— Ça va, ne t'inquiète pas, me chuchote-t-il d'une voix douce.

Ses paupières sont closes. Mon cœur s'emballe de nouveau et je ferme les yeux à mon tour, savourant le moment. Je ne sais pas combien de temps nous restons là, lui et moi, dans cette position absurde. Si un collègue nous surprenait, il penserait peut-être à du harcèlement. Il me faudrait alors avouer que je suis totalement consentante ;

qu'en réalité, je resterais bien là tout l'après-midi, si Jonas me le demandait.

Je rouvre les yeux et lui s'est penché sur moi. Ou bien est-ce moi qui me suis encore rapprochée de lui ? Ses lèvres, à quelques centimètres à peine, tremblent autant que les miennes ; je crois les entendre me supplier de… faire, ou de ne rien faire ? À cet instant, je n'ai plus les idées claires. Je veux seulement taire ce désir qui ne cesse de hurler en moi, et presse mes lèvres contre les siennes. Jonas ne réplique pas. Je compte une, deux, trois secondes, avant de reprendre mes esprits et de reculer.

— Pardon, je glapis.

Une pulsion qui risque bien de me coûter ma carrière…

Jonas, toujours silencieux, ne bouge pas. Il retient son souffle. Et quand la porte du bureau s'ouvre à grand fracas, nous sursautons tous les deux.

♥

En choisissant ce chemin, Ella vient de vivre un moment important pour sa vie amoureuse, symbolisé par ce cœur. Retenez bien le nombre de cœurs que vous collecterez au cours de votre lecture… car il se pourrait qu'il y ait des conséquences !

→ Aller au 63

26

Combien de carreaux ♦ ont-ils été collectés au cours de l'histoire ?

→ *Trois ou plus. Aller au 148*
→ *Moins de trois. Aller au 125*

27

Je me lève et me dirige droit vers Ari, qui hésite encore entre un dahl aux lentilles corail et une assiette de paneer. Au passage, je presse l'épaule de Jonas et lui glisse de ma voix la plus enjôleuse :

— Comme on se retrouve !

Ce simple contact suffit pour que mon cœur s'emballe. Heureusement que je ne porte aucun pacemaker : Jonas aurait des effets désastreux sur ma santé cardiaque. L'intéressé s'avise de ma présence. Il hausse un sourcil, comme pour me demander ce qui lui vaut une telle familiarité, avant de retourner à sa commande… En vérité, je n'ai eu ce geste que pour faire rager mon chef. Et ça fonctionne à merveille : Samson a presque de la fumée qui lui sort par le nez. Sa jalousie disproportionnée est hilarante.

Arrivée au buffet où se tient Ari, je me love contre lui, façon chatte en recherche de caresses. Loin de se laisser désarçonner, mon informaticien passe un bras autour de mes épaules. J'aime ce naturel chez lui.

— Tu t'ennuyais déjà de moi ? me demande-t-il, taquin.

— J'avais juste l'impression que tu avais du mal à te décider… Alors je suis venue t'aider.

— Menteuse.

En allant fureter vers le chariot des desserts, je tourne la tête et surprends Samson, les lèvres collées à celles de son amant. Ils échangent un baiser langoureux, totalement inapproprié au beau milieu d'un restaurant… C'est à se demander comment Jonas, le si discret Jonas, accepte cela. Quand leurs lèvres se séparent enfin, Samson me lance un regard de défi. Qu'est-ce qu'il s'imagine, au juste ? Que je vais lui piquer son mec ? Lui voler l'attention que Jonas lui porte ? Ce serait insupportable pour un homme comme lui. Samson a tellement l'habitude que tous les regards soient braqués sur lui…

Je fais de cette idée l'un de mes nouveaux objectifs. Durant ces prochains jours, je lui mènerai la vie dure, ce sera l'un de mes petits plaisirs… Mais encore faudrait-il que Jonas s'intéresse vraiment à moi. Or j'ai bien l'impression que ce qui le motive, c'est son travail et rien d'autre. À ses yeux, je suis seulement madame « speed meeting ».

— À quoi tu penses ? me susurre Ari à l'oreille.

Pendant que le couple de managers s'en va doggy bag en main, nous retournons nous asseoir pour terminer notre déjeuner.

— Je pense… qu'un traiteur indien pour la fin du mois, ce serait parfait !

W@x3r me regarde bizarrement.

— De quoi ?

— T'occupe, je fais, et savoure ce que tu as en face de toi.

— À vos ordres, madame. Tu parles bien de ton joli minois ?

Ari est fier de son trait d'esprit et moi… eh bien, j'aurais tort de ne pas en profiter, n'est-ce pas ? Je lui souffle un baiser par-dessus la table, en attendant qu'on se rapproche un peu plus, lui et moi…

→ *Aller au 130*

28

— Je crois que, ce que Jonas a voulu dire, c'est qu'il souhaitait aussi écouter mon point de vue.

— Parce que tu en as un ? grogne mon chef. Un que je ne pouvais pas entendre, peut-être ?

— Samson !

Jonas a haussé le ton. Lui et son amant échangent un long regard qui me pousse un peu plus à l'écart… ce qui tombe très bien, parce que je ne rêve plus que d'une chose : m'enfuir loin d'ici. Je fais mine de m'éclipser quand Samson me lance une ultime menace.

— Ce soir, ne t'échappe pas trop vite, me dit-il. Toi et moi à 18 heures, on va avoir une petite discussion.

Une fois dehors, je ravale mes larmes en pensant à ce qui me pend au nez… et cours me confier à Matt.

En choisissant ce chemin, Ella vient de vivre un moment crucial pour sa carrière, symbolisé par ce carreau. Retenez bien le nombre de carreaux que vous collecterez au cours de votre lecture... car il se pourrait qu'il y ait des conséquences !

→ Aller au 163

29

— Pourquoi moi ? je demande d'une voix que je voudrais moins chevrotante. Je ne suis à la Carter que depuis quelques mois. Je ne m'en sens pas capable…

Sans prévenir, Jonas me prend les mains et plonge son regard dans le mien. Ce contact me fait frissonner des pieds à la tête.

— Vois ça comme une opportunité, Ella, me murmure-t-il, c'est une occasion en or de montrer ce que tu as dans le ventre. De mettre en œuvre ce dont tu parlais hier.

— Hier, je… je ne savais pas où j'étais, j'avoue. J'avais trop bu, j'étais confuse…

— D'accord, mais c'était *vrai*. N'est-ce pas ? Tout ça, ce sont tes convictions profondes. La force de ton engagement, ne la laisse pas se tarir. Exprime-la.

J'ai la gorge tellement sèche que je me contente de hocher la tête. Je ne sais plus où j'en suis. Jonas a l'air sincère, mais est-ce que lui et Samson ne chercheraient pas simplement à m'humilier? Tout ça à cause de ce fichu discours… Je marmonne :

— Je vais faire de mon mieux. Aller au 189
— Et si j'échoue ? Aller au 205

♥

En choisissant ce chemin, Ella vient de vivre un moment important pour sa vie amoureuse, symbolisé par ce cœur. Retenez bien le nombre de cœurs que vous collecterez au cours de votre lecture… car il se pourrait qu'il y ait des conséquences !

30

Je retourne à mon appartement en pédalant à toute allure. Arrivée chez moi, je me rends compte que j'ai oublié d'éteindre mon ordinateur avant de partir. La planète ne te remercie pas, Ella… Décidément, rien ne va dans cette journée! Je me réchauffe un plat de pâtes, y renverse le reste d'un pot de sauce tomate et me cale dans ma chaise de streameuse.

Dans le tchat, le message du dénommé W@x3r est encore ouvert et lui est toujours connecté. Intriguée, je lui adresse un petit mot.

Alors comme ça, tu travailles toi aussi à la Carter?

Sa réponse ne tarde pas à arriver :

Comment tu as deviné ? 😉

Puis, tout de suite après :

*Seulement trois heures pour me répondre :
j'ai failli attendre !*

Désolée, j'ai dû courir au boulot, justement…

Un jour férié ?

C'est ça…

Je lui résume la situation : mon job d'assistante, la convocation d'aujourd'hui, l'accident de Lucy, la « promotion » qui ressemble à un cadeau empoisonné…

Pourquoi ce serait un cadeau empoisonné ? 😮

Parce que je vais forcément me planter.

Tu veux dire, comme un arbre ?

Je pouffe de rire à sa blague. Complètement nulle, mais mignonne. Je ne le connais pas et pourtant, ce W@x3r me plaît déjà. Avec lui, tout semble facile à raconter. Un autre message de lui apparaît sur l'écran :

Tu ne vas pas te planter, Ella.

On parie ?

Ce que tu veux.

Je suis tentée par lui proposer tout de suite un café ou un déjeuner. J'ai envie de savoir qui se cache derrière ce pseudo mystérieux… Mais à la place, je temporise :

En attendant, pourquoi W@x3r ?

La wax, ça te parle ?

Euh, ouais… Tu es apiculteur à tes heures, pour me parler de cire ?

Pas vraiment : j'ai une passion dans la vie et elle est liée à l'océan…

Le surf ?

Bien joué ! J'ai commencé tout gosse. Depuis, je suis totalement accro. J'attends avec impatience les beaux jours pour retourner chez moi, à Ponce Inlet. J'adore l'odeur de la cire qu'on passe sur la planche… Ça me rappelle mon enfance.

Bêtement, je m'imagine allongée sur une plage de Floride en compagnie de mon inconnu. Le bruit des vagues nous berce, un vent salé vient nous chatouiller les narines et mettre du désordre dans nos cheveux… À quoi W@x3r peut-il ressembler ?

Je me réveille quelques heures plus tard, courbaturée devant l'écran encore allumé. Il est presque minuit ; mon mystérieux collègue s'est déconnecté du tchat en me laissant un adorable « Fais de beaux rêves, Ella ».

Promis, je pense, le cœur allégé par cette rencontre inattendue.

→ *Aller au 202*

31

Je préfère saluer Romuald de loin. Je ne vais pas changer mes habitudes sous prétexte que je me fais des films sur son compte ! Si c'est lui, le mystérieux W@x3r, j'aurai tout le temps de me pencher sur la question un autre jour. Ce matin, pour la prise en main de ma nouvelle mission, j'ai envie de faire bonne impression auprès de Samson et, surtout, auprès de Jonas…

— Princesse, attends-moi !

C'est Matt. Nous montons ensemble dans l'ascenseur et je lui balance, directe :

— Je te parle de ma promotion ?

— Hein ? s'exclame-t-il, abasourdi.

Les quarante-deux étages ne seront pas de trop pour lui résumer mon premier janvier…

→ *Aller au 89*

32

— Alors Ari, dis-m'en plus sur toi, je fais d'une voix qui se veut langoureuse : d'où viens-tu ? À quoi ressemblait ta vie avant de me rencontrer ?

J'imagine en gloussant qu'elle devait être fade et sans saveur. Mon informaticien croque à pleines dents dans un samossa.

— Très tranquille, m'avoue-t-il. Métro, boulot, jeux vidéo, dodo… Avec, de temps à autre, une séance de graffing dans les rues de Brooklyn.

— Et avant New York ? La Floride, et c'est tout ?

Ma curiosité va peut-être trop loin ; l'humeur de mon beau surfer s'assombrit soudain.

— Non… Il y a eu l'Europe. Londres. Pendant quatre ans.

Il s'arrête là, et je sens bien qu'il n'a pas envie d'entrer dans les détails. Je :

→ creuse quand même. Aller au 233
→ le remercie pour l'invitation. Aller au 5
→ vérifie qu'il est bien célibataire. Aller au 137

33

Matt baisse le regard sur mes pieds et me fait les gros yeux :

— Vraiment, princesse ? Une petite robe noire avec des Vans multicolores ?

— C'est pourtant l'alliance parfaite du chic et du confortable. Et puis en cas de problème, je peux courir un cent mètres plus vite que n'importe qui.

Claire rigole de nouveau, tandis que Matt secoue la tête en soupirant. Je reprends :

— D'ailleurs, ça m'a bien servi cette nuit…

Cette fois, les lèvres de mon ami s'étirent en un sourire moqueur.

— Tiens tiens, tu ne m'as donc pas tout raconté de ta soirée d'hier…

— Que veux-tu, je suis une femme pleine de secrets !

→ Aller au 261

34

Jonas et moi nous rendons d'abord au très chic restaurant indien du coin, le New Delhicious, où il récupère une commande pour notre déjeuner (il avait donc prévu que j'accepterais sa proposition ?), avant de remonter au quarante-deuxième étage de la tour.

Sans dire un mot, Jonas déverrouille la porte de son bureau.

L'antre est autant en désordre que la fois dernière, soulignant une fois de plus la contradiction entre l'homme, à l'allure si précise et impeccable, et son environnement de travail.

Jonas ferme derrière lui et m'étudie de ses yeux sombres, tachetés d'or.

— Fais comme chez toi, me dit-il enfin.

Ce n'est pas comme si son bazar débordait d'options… Je ne peux pas m'empêcher de penser que cette banale proposition est un nouveau test. En bon stratège, Jonas cherche à dresser un portrait de ma personnalité d'après mes réactions. Je me sens telle une souris blanche piégée dans un laboratoire. Espérons que la suite de ces expériences me sera favorable…

Après réflexion :

→ *Je m'installe sur le tapis à même le sol, près de la bibliothèque. Aller au 3.*

→ *Je m'assois sur le sofa, en face de la table basse. Aller au 71.*

35

— Mauvaise réponse, tranche Romuald en retournant à ses classeurs. Au revoir, Ella.

— Mais…

— J'ai dit « Au revoir ». Tu diras à Samson de venir chercher cette commande lui-même.

Je reste quelques secondes bouche bée, avant de rebrousser chemin. Il faut savoir accepter la défaite, après tout. Je ponctionnerai mon budget pour commander de nouveaux goodies et croiserai les doigts pour qu'ils arrivent à temps.

→ *Aller au 7*

36

L'océan et ses vagues… C'est vrai qu'il a un look de surfer, cet Ari. De fil en aiguille, un chemin d'idées se dessine dans ma tête. Vagues, surf, planche, cire, « wax »…

— W@x3r ! je m'exclame soudain.

Ari pivote dans le siège de Lucy pour me faire face. Si sa fossette est toujours là, elle accompagne maintenant un air embarrassé.

— Je crois que je suis démasqué, me dit-il.

Mon mystérieux collègue qui est venu me parler sur Internet, c'était lui ! Il me tend un papier avec un identifiant et un mot de passe.

— Avec ça, déclare-t-il, tu pourras accéder au disque local de Lucy pour les deux mois à venir.

— Je te dois un café, je fais avec un grand sourire. J'y tiens.

— Quand tu veux, me répond-il en souriant à son tour.

Je le regarde repartir vers l'ascenseur et mes yeux louchent sur son jean. Intrigant et sexy ; il va vraiment falloir que j'étudie ce W@x3r de plus près pour découvrir ses défauts… et ses autres qualités !

→ *Aller au 112*

37

Je n'ai pas le courage de dessiner, aujourd'hui. Mon mal de crâne me prend toute mon énergie. Au lieu de ça, je lance mon canal discord où je retrouve quelques habitués du stream en grande discussion autour du projet « Green Manhattan ».

En me voyant connectée, plusieurs d'entre eux me saluent à grand renfort d'emojis.

« Salut les gens ! », je tape.

Titouic, l'une de mes plus anciennes abonnées sur Twitch, me demande comment ça va.

« Pas super », je réponds. « Soirée horrible, me suis totalement ridiculisée devant mes boss. »

Une forêt de cœurs emplit le canal de discussion, ce qui réchauffe un peu le mien. Mes joues s'empourprent quand je repense à mon discours et au regard perçant que m'a jeté Jonas ; je n'arrive pas à me l'expliquer.

Mon téléphone se met soudain à vibrer et je sursaute. Zen, Ella ! Malheureusement, le nom qui s'affiche sur l'écran me rend plus nerveuse que jamais : c'est Samson. Ça sent mauvais… Je :

→ *réponds à l'appel. Aller au 236*
→ *laisse plutôt sonner. Aller au 4*

38

Je m'installe au fond de l'ascenseur, aux côtés de Jonas. Son parfum boisé, forestier, celui dont tout son bureau est imprégné, est une invitation au voyage. En un clin d'œil, je m'imagine sous les arbres d'Asie en sa compagnie, fantasme de citadine en manque de verdure et d'autres choses aussi, beaucoup plus crues. Si un jour je le vois nu, je pourrai enfin savoir à quoi ressemble ce tatouage qui débute sur sa nuque… Vraiment, je suis insatiable, ou idiote, ou bien les deux à la fois. Ses longues phalanges restent crispées sur son téléphone. De temps à autre, les pouces s'animent et pianotent quelques mots. Je me demande avec qui il discute… mais ce serait vraiment très impoli de ma part d'essayer de lire.

À l'autre bout de l'ascenseur, près du tableau de boutons, Ari a perdu le sourire. Il contemple le bout de ses chaussures, joue avec le papier qu'il tient dans ses mains (une brochure sur l'art contemporain ?). Lui aussi, à l'image de Jonas, a décidé de m'ignorer.

Quand l'ascenseur parvient enfin au rez-de-chaussée, les deux hommes en descendent avant moi. Je propose :

→ *à Jonas de déjeuner ensemble. Aller au 138*
→ *à Ari de déjeuner ensemble. Aller au 162*
→ *aux deux qu'on déjeune ensemble. Aller au 78*

39

Un peu avant quatorze heures, je m'arrête devant un vieil entrepôt rénové au parement de brique et de verre, situé en face de l'Elizabeth Street Garden. Je sonne à l'élégante porte de bois sculpté et, après quelques secondes d'attente, une jeune femme à la taille mannequin vient m'ouvrir. Le chemisier blanc et le tailleur serré, la queue de cheval lissée et le visage avenant, elle a tout d'une hôtesse d'événementiel. C'est mon contact. Je tenais à voir de mes yeux le lieu réservé par Lucy pour le speed meeting, avant son accident. Un lieu, pour un événement de ce calibre, est un élément crucial : il faut qu'il corresponde parfaitement à la philosophie de la Carter Corp, qu'il puisse entrer en résonance avec les projets des entrepreneurs invités.

Dès que l'hôtesse me fait pénétrer dans la salle principale, je sais que Lucy a fait le bon choix : une immense verrière s'étend au-dessus de nos têtes, laissant un soleil doux illuminer les tables de banquet disposées en U, le long de miroirs et paravents végétaux.

— C'était une ancienne serre, commente ma guide.

Je hoche la tête, hypnotisée par les jeux d'ombre et de lumière sur le parquet acajou. Nous visitons ensuite plusieurs vérandas donnant sur une cour intérieure. Quelques oiseaux chantent en haut d'un arbre aux branches nues… Ici, on n'entend plus le grondement des voitures des rues voisines. L'air me paraît même moins pollué ! J'imagine bien des entretiens dans ces salles, une fois que Ryan Carter et ses partenaires auront sélectionné les projets les plus prometteurs.

Je vérifie d'autres menus détails avec l'hôtesse avant qu'elle ne me raccompagne à la sortie. Depuis le square, un photographe mitraille le bâtiment et nous avec. En l'étudiant plus attentivement, mon cœur s'emballe. Il ressemble beaucoup à Alex, mon ex-petit ami… Beaucoup trop. Mais ça ne peut pas être lui, si ? Alex est parti en Italie pour ses études et Matt me l'aurait dit si, depuis, il était revenu à New York. Je :

→ *m'approche pour lui parler. Aller au 16*
→ *pars sur le champ. Aller au 145*

40

Je me réveille, toujours dans le bureau de Jonas, allongée sur le sofa. Lui est assis près de moi et me regarde intensément. Sa main chaude, tout contre ma joue… Il est inquiet. Sincèrement inquiet pour moi. Je suis folle de joie. Qu'est-ce que je peux être ridicule !

Debout derrière lui, le visage fermé, Samson me toise d'un œil méchant. Je me redresse à demi.

— Attends, Ella… ne va pas trop vite, me dit Jonas. Tu peux rester allongée, si tu veux.

Sa voix est encore plus caressante qu'à l'ordinaire. Dans son dos, Samson lève les yeux au ciel.

— Je ne voudrais pas paraître indiscret, continue Jonas, mais… as-tu des problèmes de santé en ce moment? En tant qu'employeur, il serait utile que j'en sois informé.

Je secoue la tête, en silence.

— J'ai rarement vu quelqu'un s'évanouir aussi vite, sans signe annonciateur. J'ai prévenu ton collègue, Matt. C'est un ami, je crois?

Hochement du chef, cette fois.

— J'ai… je murmure d'une voix rauque. J'ai la gorge sèche.

— Samson, apporte-nous de l'eau.

Mon supérieur soupire lourdement.

— S'il te plaît, insiste Jonas.

Samson finit par s'exécuter à contrecœur. Il traîne des pieds jusqu'à l'autre bout de la pièce, où il ouvre une fausse cloison qui se trouve être un frigo encastré. Il attrape ensuite un verre sur le bureau de Jonas et le remplit à demi, avant de me le tendre sans même me regarder.

Je parviens à m'asseoir sans que la tête me tourne. L'eau glacée me fait un bien fou.

— J'ai… j'ai dû prendre un coup de chaud, c'est tout, j'explique.

— Ça t'est déjà arrivé? me demande Jonas. Récemment?

— Je ne sais plus…

— Hmm.

Les yeux dans le vague, Jonas réfléchit.

— Tu devrais prendre un jour de congé, déclare-t-il enfin. Revenir mercredi.

— Non !

J'ai presque crié.

— Non, je… Ça va aller, ne vous inquiétez pas, tous les deux. J'ai juste besoin de me rafraîchir, je supporte mal la chaleur des bureaux.

Je me force à sourire pour faire oublier le reste, mais Samson m'observe toujours entre mépris et colère.

— En plus, j'ajoute, je ne peux pas me permettre de prendre du retard sur l'organisation du speed meeting. C'est dans trois semaines, maintenant !

Jonas acquiesce et me sourit à son tour. Un sourire discret, qui fait seulement étinceler ses yeux mordorés. Je ne suis plus que guimauve en train de fondre.

Quelqu'un frappe à la porte ; c'est Matt. Son regard passe de Samson à Jonas, puis à moi.

— Tout va bien, Ella ? me demande mon ami.

— Beaucoup mieux !

Jonas passe son bras autour de ma taille et m'aide à me relever. Je veux rester là pour toujours, je pense. Contre lui. Hélas ! Matt prend le relais et nous quittons ensemble le bureau. Jusqu'à la fin, je sens le regard préoccupé de Jonas posé sur moi, et ignore soigneusement celui plus piquant de Samson…

Une fois dehors, Matt s'empresse de me sauter dessus :

— Tu me racontes, princesse ?

— Plus tard, je fais, plus tard.

En choisissant ce chemin, Ella vient de vivre un moment important pour sa vie amoureuse, symbolisé par ce cœur. Retenez bien le nombre de cœurs que vous collecterez au cours de votre lecture... car il se pourrait qu'il y ait des conséquences !

→ Aller au 114

41

8 janvier

J'ai passé la matinée entière à vérifier le métrage linéaire des stands réservés pour l'événement. Mon cerveau est anéanti par les calculs et il est déjà treize heures ! C'est le moment d'aller déjeuner. Un carnet à dessins dans le sac, je fonce vers l'ascenseur dans l'idée de manger à l'extérieur. Prendre l'air me fera le plus grand bien… J'ai besoin de chasser ces chiffres de ma tête, mais aussi et surtout l'image du journaliste. Federico. La nuit dernière, j'ai rêvé de lui, ou bien d'Alex, je ne sais plus. Leurs deux visages et leurs corps nus, si ressemblants, se confondaient dans mon lit… Glissée sous les draps avec lui (eux ?), il me suffisait de cligner des yeux pour passer de l'un à l'autre et cueillir des baisers sur ses (leurs ?) lèvres.

Ce matin au réveil, je n'ai pas pu me retenir : j'ai envoyé un SMS à Federico en sirotant mon thé brûlant, afin qu'on programme rapidement notre tête-à-tête.

La porte de l'ascenseur s'ouvre sur Ari, l'informaticien qui est intervenu sur le poste de Lucy. Aujourd'hui, avec sa chemise hawaïenne ouverte sur un t-shirt blanc, il a vraiment un look de Floridien ! Comment fait-il pour ne pas mourir de froid ? En tombant sur moi, ses yeux clairs se plissent derrière ses lunettes rondes.

— Salut Ella, me lance-t-il d'un ton enjoué.

— Salut !

J'écrase le bouton de fermeture de la porte et, tandis que l'ascenseur reprend sa descente, je m'installe à côté de lui, contre la même paroi. Nos bras se frôlent presque. Je sens son regard qui s'attarde sur moi et je baisse les yeux, ne sachant pas quoi dire. Dans sa main, il tient une brochure que je reconnais : celle d'une exposition temporaire à Brooklyn.

Je :

→ *parle à Ari de l'exposition. Aller au 70*

→ *reste silencieuse. Aller au 110*

→ *remercie encore Ari pour son aide informatique. Aller au 207*

42

Je m'approche pour prendre une papillote et le sourire de Romuald s'élargit.

— Remise de ton trente-et-un ? me demande-t-il sur un ton moqueur.

Oh non : il se souvient de tout. Mes joues s'empourprent quand je me remémore ce maudit discours. Plus jamais je ne boirai une goutte d'alcool sur mon lieu de travail. Matt intervient :

— Mieux que toi, je dirais, riposte-t-il à ma place, la soirée t'a tellement chamboulé que depuis, tu as oublié de te changer.

C'est vrai que Romuald porte toujours le même costard gris. Jour après jour… Mouché, le petit agent d'accueil : à son tour d'avoir les joues qui virent au cramoisi !

Matt et moi tournons les talons et le laissons seul avec son embarras.

→ *Aller au 89*

43

Je sors mon carnet à dessin et le pose sur la table, mais mon geste ne semble pas intriguer Ari. En réalité, ça lui donne juste une excuse de plus pour éviter mon regard : au lieu d'étudier la nappe ou son verre vide, il semble attendre désespérément que j'ouvre le sketchbook.

— Sur mon temps libre, je gribouille New York, j'explique. Souvent, je le fais directement sur mon pc, à la tablette graphique, mais la vue de mon petit appartement ne change jamais, alors… quand j'ai l'occasion, je me rends dans un square pour raconter la ville d'une autre façon.

Les doigts d'Ari s'approchent du carnet, l'effleurent avec timidité. Aurait-il peur de l'abîmer et de m'abîmer, moi aussi, en n'en prenant pas soin ? Ces précautions extrêmes me paraissent d'un romantisme désuet. Ces dernières années, on ne m'a pas habituée à ça… Mes amourettes sans lendemain et mes coups d'un soir m'ont sans doute tenue éloignée de ce type d'homme. Je voulais à tout prix effacer Alex de ma mémoire, faire disparaître la relation rêvée avec lui, ce «premier amour» bercé d'illusions «pour la vie», maculées de cœurs dégoulinant à l'encre rouge et de «je t'M» sur WhatsApp. Pour oublier tout ça, il m'avait fallu du spontané, de l'irréfléchi, du sauvage. En regardant Ari, le charme fou qu'il dégage par ses gestes doux, je me dis que je suis peut-être… guérie? Il lève ses yeux océan vers moi :

— Je peux? me demande-t-il d'une voix teintée de fragilité.

— Bien sûr!

Les pages défilent sous ses mains, débordantes de délicatesse.

— C'est magnifique, Ella, lâche-t-il enfin. Admirer ton travail, ces croquis et ces aquarelles, ça me… ça me ferait presque aimer NY!

La citadine amoureuse que je suis se rebiffe :

— Mais elle est merveilleuse, notre Big Apple! je m'exclame. Toutes ces rues, cette agitation, ses mystères et ses promesses… Comment tu peux ne pas l'aimer?

Ari hausse les épaules avant de m'avouer :

— Trop de souvenirs…

Son regard me fuit de nouveau. À mon tour de me tortiller sur ma chaise : je ne voulais pas lui remémorer des moments douloureux, mais ma curiosité démarre toujours au quart de tour.

Je :

→ *creuse la question. Aller au 55*
→ *laisse tomber et choisis un autre sujet de conversation. Aller au 67*

44

— Un défi ? Oui, c'en est un, mais... J'aime en relever ! Surtout quand il s'agit d'organiser un événement tout en faisant preuve de créativité. À vrai dire, il y a huit mois, s'il y avait eu un recrutement au poste de responsable communication, j'aurais présenté ma candidature.

— Et tu aurais sûrement été prise, déclare Federico avec son joli sourire.

— Merci. Jonas, le chef de mon chef, a décidé de me faire confiance pour cette mission... et je crois qu'il a eu raison. C'est un mec bien.

— Jonas... Jonas Chen, c'est ça ? (Je hoche la tête) J'ai déjà entendu ma collègue prononcer ce nom... Il fait partie de la famille Carter ? me demande le journaliste.

— Pas que je sache.

— Tant mieux.

— Pourquoi « tant mieux » ?

→ *Aller au 64*

45

OK, Ella, je pense : si tu voulais un nouveau tête-à-tête avec Jonas, c'est le moment.

J'ai la gorge si serrée que je suis incapable de prononcer un « oui ». Alors à la place, je hoche la tête plusieurs fois de manière vive. Il doit me prendre pour une gamine sans aucune faculté de communication. L'horreur… D'abord, alors que personne ne veut m'écouter, je me donne en spectacle dans une logorrhée impossible. Et là, il me pose une simple question, et pas un mot ne sort de ma bouche ! Mon attitude lui arrache un sourire, ce qui n'arrange rien à ce que je ressens.

— Ça te convient, si on achète à emporter ? ajoute-t-il.

— Ça me convient.

Hourra ! J'articule enfin quelque chose !

Alors que Jonas et moi nous dirigeons vers la sortie, je remarque Ari du coin de l'œil qui reprend l'ascenseur, tête basse.

♥

En choisissant ce chemin, Ella vient de vivre un moment important pour sa vie amoureuse, symbolisé par ce cœur. Retenez bien le nombre de cœurs que vous collecterez au cours de votre lecture… car il se pourrait qu'il y ait des conséquences !

→ Aller au 122

46

Clarke me voit arriver et dégaine un sourire charmeur, impossible à imaginer sur son demi-frère.

— Ah ! Chère Ella, me dit-il en me prenant les mains. Vous êtes époustouflante !

— Merci. Comment allez-vous, Clarke ? Pas trop nerveux ?

— Grâce à vous, aucunement !

Il agite le carton de présélection devant mon nez.

— Soyez discret, je marmonne, je vous en prie ! Vous n'êtes pas censé…

— Allons, je vous taquine, me coupe-t-il en glissant le carton dans le rabat de sa veste. Personne n'apprendra notre petit secret. D'ailleurs, j'ai vu sur le programme que les entretiens commenceront vers quinze heures, après délibération de Ryan Carter et de ses associés. Pensez-vous qu'il me serait possible de rencontrer votre CEO dès maintenant ?

— Je n'ose pas le déranger tout de suite…

— Ou bien à la pause ? Ce serait l'idéal.

— Très bien, faisons cela.

— Superbe !

Une main dans mon dos, Clarke me guide vers le buffet.

— Que diriez-vous de prendre un café en ma compagnie et de profiter de la vue sur l'Hudson, avant que cette journée ne débute ?

Je m'apprête à décliner, avant de changer d'avis.

— Pourquoi pas ? Un café me fera du bien, je n'ai pas dormi de la nuit.

— Ma pauvre Ella… Cette journée, c'est un grand moment pour vous aussi, n'est-ce pas ?

J'acquiesce.

Nous trinquons en admirant les reflets matinaux du soleil sur le fleuve.

— À nous et à nos réussites respectives, ma chère ! s'exclame Clarke avec un large sourire.

→ *Aller au 255*

47

— La Carter Corp ? Oui, j'y travaille, même.

— Ah oui ? *Allora*, vous pourrez sans doute répondre à…

Je le coupe :

— Je ne crois pas. Je ne suis que secrétaire.

Je ne sais pas pourquoi je lui mens, c'est tellement puéril de ma part. Mais, à vrai dire… je me méfie toujours des journalistes. Me sentant tout de même un peu coupable, j'ajoute :

— Mais l'écologie, je connais bien. C'est l'un de mes sujets de prédilection, avec le dessin.

— Le dessin ? Vous êtes une artiste ?

Comme j'acquiesce, Federico me tend sa carte et propose :

— Je reste sur Niou Yorke pendant quelques jours. Appelez-moi si vous voulez qu'on en discute… autour d'un café, peut-être ?

— Avec plaisir.

Matt désapprouverait probablement que j'aille plus loin avec ce bel Italien. Je l'entends déjà me sermonner : « C'est encore ta fixette sur Alex qui te met le feu aux fesses, princesse. » Peut-être bien, mais je m'en moque. Je suis une grande fille qui fait ses propres choix.

→ Aller au 238

48

— Désolée les amis, je dois filer.

— Un truc urgent ? me demande Matt.

— Le « truc » s'appelle Samson… je te laisse imaginer la suite.

Je remercie le traiteur pour la dégustation, récupère sa carte de visite en lui demandant d'envoyer un devis sur ma boîte mail et pars en courant. Quelques coups de pédale plus tard, trois caisses pleines d'archives m'accueillent à mon bureau… Avec un Post-it de Samson collé dessus.

« Trouve-moi toutes les occurrences de la Carter, là-dedans. Infographie pour demain, 10 h. »

Génial. Comme si je n'avais que ça à faire. Voyons le côté positif : j'ai eu une belle excuse pour laisser Claire et Matt en tête-à-tête… Qui sait ce qui en émergera ?

→ Aller au 150

49

Je réponds :

— Jonas a l'air de bien s'entendre avec lui.

Je fais tout ce que je peux pour cacher le regret dans ma voix. Réveille-toi, Ella ! C'est le manager et l'amant de ton chef. Tu pourrais être la femme la plus attirante de la Terre, il ne voudrait pas de toi.

— Ce n'est pas parce que tu couches avec quelqu'un que tu l'aimes forcément, remarque Ari.

— Tu crois que Jonas l'utilise ?

L'informaticien soupire.

— Ce serait de bonne guerre, tu ne crois pas ?

— Je ne sais pas.

Même si Samson est un sale con, je ne lui souhaiterais pas de vivre une situation comme celle-là.

→ *Aller au 75*

50

— C'est plutôt moi l'idiote, dans toute cette histoire ! je m'exclame en serrant les mains de Claire.

Mon amie lève vers moi des yeux encore mouillés de larmes. Même accablée de tristesse, elle a un visage rond et lumineux, un de ceux qui sont faits pour être embrassés jusqu'à plus soif de baisers. Au fond de moi, le trouble grandit. Il résonne comme un regret, ou plutôt comme une occasion manquée. Le souvenir d'Hannah dans la salle de bains de Matt, il y a deux ans, me revient encore. Je ne sais pas trop ce qui m'arrive, pourquoi je ressens cela maintenant, et si fort, avec Claire. *Pour* Claire. C'est peut-être elle qui, avec son courage de s'être ouverte à moi, de m'avoir enfin révélé son secret, me donne la force de me lancer. D'écouter cette envie qui était sans doute là depuis longtemps, en sourdine.

— Claire…

Tout en murmurant son nom, je me rapproche d'elle, nos nez se touchent presque. Son regard se fait interrogatif, puis une lueur d'espoir le fait de nouveau étinceler et s'attarder sur mes lèvres tremblantes… Elle a compris.

Ça ne me ressemble pas, mais je n'ose pas faire le dernier pas. Tout ça reste trop inédit pour moi. Heureusement, Claire a du courage à revendre. Sans mot dire, elle m'entraîne à sa suite au service RH, puis au fond du corridor elle pousse la porte de l'issue de secours et m'invite à passer devant. Je découvre deux volées d'escaliers en béton brut sous une lumière verdâtre… L'un monte, l'autre descend. À la rambarde, une vue vertigineuse de marches et de paliers sans fin ne fait qu'augmenter ma perplexité.

Où veut-elle en venir ?

Dans mon dos, le claquement de la porte de secours provoque dans la cage d'escalier une ribambelle d'échos. Je me tourne vers Claire et redécouvre avec joie son sourire, celui que je n'ai jamais voulu voir disparaître. Rassurée, je hoche la tête.

Mon amie m'attire vers l'escalier de montée ; avec une force que je ne lui connais pas, elle m'y fait m'allonger.

— Aïe ! je m'écrie.

Le contact avec le béton glacé me surprend, plus encore que sa dureté.

— Je vais avoir un bleu sur les fesses, je fais.

Nous rigolons ensemble. Claire prend mon visage entre ses mains et, après une légère hésitation, le couvre de baisers empressés. Mon pouls s'accélère. Je veux déboutonner mon chemisier, mais j'ai les mains moites, les doigts qui glissent de maladresse. Je me sens gourde comme durant ma toute première fois, celle avec Alex. Mais cette expérience avec Claire est une nouvelle « première fois », pas vrai ? Aussi étrange, gênante et excitante que toutes les autres « premières fois » que j'ai déjà vécues…

Quand elle s'aperçoit que je galère, mon amie vient à ma rescousse : elle défait un à un les boutons du chemisier et met ma poitrine à nu. Aujourd'hui, j'ai oublié de mettre un soutien-gorge…

Claire prend un de mes tétons dans sa bouche et le mordille plusieurs fois avant d'accorder du temps à son voisin de droite. La tête me tourne. Je m'abandonne à elle, m'agrippe d'une main à la rambarde de l'escalier pour trouver un appui plus confortable, envoie valser mes talons près de l'issue de secours. Entre deux baisers sur mes seins, Claire rit du boucan qu'on est en train de faire.

— Tu ne crois pas qu'on pourrait nous surprendre ? je murmure.

Ma voix rebondit sur les murs et semble résonner dans tout le bâtiment.

— Ne t'inquiète pas, me susurre Claire. Personne ne prend jamais ces escaliers.

Elle s'agenouille, écarte mes jambes des deux mains et se penche sur moi... Ses frisettes se perdent alors sous ma jupe et me chatouillent les cuisses, ce qui me fait m'esclaffer à mon tour; avec ses dents, Claire écarte alors ma culotte sans ménagement. Ma nervosité augmente. Les effleurements de sa langue sur mon sexe, d'abord hésitants, se font de plus en plus pressants. Des frissons de plaisir me parcourent tout entière. Je ne veux pas qu'elle s'en aille. Sans y penser, mes mains la retiennent, accompagnent les mouvements de sa tête à chacune de ses pénétrations. Ses caresses sont comme des murmures intimes au plus profond de mon être. Les frissons s'intensifient encore et encore. Je perds toute notion du temps et de l'espace, oublie avec qui je me trouve... Quand je jouis enfin, je suis obligée de me mordre les lèvres pour ne pas ajouter de cris aux échos de nos ébats.

Groggy par l'extase, je me relève en m'aidant de la rambarde puis écrase un baiser sur la bouche salée de Claire.

— À ton tour... je lui bredouille à l'oreille.

— Non, me souffle mon amie. Il faut que je retourne travailler, sinon ma boss va se poser des quest...

L'issue de secours s'ouvre et un agent d'entretien apparaît dans l'encadrement. Effarée, je rabats brusquement mon chemisier sur ma poitrine dénudée. L'homme est ahuri de nous trouver là, mais il n'est pas dupe. Dans son regard, je vois qu'il a très bien saisi ce qui vient de se passer ici. Il détourne les yeux. Je ne sais pas qui de nous deux est le plus embarrassé! Claire lui donne du « bonjour », mais son salut est embrouillé et ses joues aussi cramoisies que les miennes. Nous nous précipitons toutes les deux vers la sortie et je m'aperçois après coup que je suis toujours pieds nus. Mes talons ! Je les ai laissés au pied des marches… Je rebrousse chemin pour les récupérer, marmonne une excuse pitoyable à l'intention de l'agent d'entretien avant de refermer une nouvelle fois la porte derrière moi.

Rouges de honte, Claire et moi éclatons finalement de rire. Elle me sourit et nous échangeons de nouveau un baiser, plus long cette fois, comme un point d'orgue à notre aventure du jour.

— Ella ? Merci, me dit-elle enfin, les yeux dans les yeux.

— Pourquoi ?

— Pour bien vouloir essayer avec moi… pour me laisser t'aimer.

Mal à l'aise, je ne réponds rien. Ces mots-là ne sont-ils pas un peu prématurés ? Je caresse sa joue, l'air désolé. En ce moment, le tourbillon du speed meeting prend trop de place dans mon esprit, il ne me laisse aucun répit. Et puis cette relation, c'est une énorme nouveauté pour moi ! J'ai besoin de temps pour l'appréhender, savoir ce que je veux vraiment. Claire et moi nous faisons la promesse de nous retrouver plus tard, quand la pression sera retombée et que l'événementiel sera derrière nous.

Je finis de me rhabiller et retourne à mon étage, encore chamboulée.

→ *Aller au 23*

51

— Non ! Non, pas du tout.

Petit mensonge deviendra grand…

— C'est juste que… je suis toujours nerveuse quand je dois rendre compte de mon travail devant plusieurs personnes.

Jonas hausse un sourcil :

— Tu travailles dans un service dédié à l'événementiel, déclare-t-il.

Ce constat sonne déjà comme un reproche.

— Qui plus est, si je me base sur ton discours du Nouvel An…

Pitié, pas « encore » cette histoire de discours…

— … tu dessines régulièrement et en direct sur Internet, continue Jonas, devant des dizaines de spectateurs. Et malgré tout, tu es nerveuse quand il s'agit d'aborder ton travail devant plus d'une personne ?

Gros mensonge vient d'exploser. Avec un bruit de pétard mouillé.

— Je suis une femme pleine de contradictions ! je conclus avec un sourire.

Mon trait d'esprit rate sa cible. Je sens Jonas se raidir, quand la porte de son bureau s'ouvre à grand fracas.

→ *Aller au 109*

52

Arrivée en bas de la tour déserte, j'emprunte l'ascenseur dans un silence pesant. À l'exception de quelques grincements mécaniques, je n'entends que mon cœur tambouriner dans ma poitrine. Calme-toi, Ella. Si tu t'en tiens aux dires de Samson, tu ne vas pas être virée. Du moins, pas aujourd'hui…

Gorge serrée, je traverse le plateau du quarante-deuxième étage, là où se trouvent tous les bureaux de la com'. Un seul est allumé : celui de Jonas. Je m'apprête à frapper à sa porte quand celle-ci s'ouvre à toute volée, et je me retrouve nez à nez avec un Samson comme je ne l'ai jamais vu. Décoiffé, les joues écarlates… Il ne manquerait plus qu'il souffle du nez et on pourrait le confondre avec un taureau en furie ! Son regard est tellement venimeux que je recule de trois pas pour le laisser passer, mais au lieu de ça, c'est lui qui fait un pas de côté. Avec une révérence appuyée, il me crache un :

— Après vous, madame en bois !

Avant de se diriger d'un pas vif vers la sortie. Bouche bée, je pénètre alors dans l'« antre » de Jonas, que je n'ai pas encore eu l'occasion de visiter.

Le manager m'attend les bras croisés, assis stoïque sur son bureau. Sans veste ni cravate, il a remonté les manches de sa chemise ajustée, mettant en valeur des biceps que je n'avais pas remarqués jusqu'ici.

— Désolé de t'avoir fait venir aujourd'hui, Ella, dit-il de sa voix de basse, chaude et constante. Étant donné l'urgence, je ne pouvais pas faire autrement.

De ses yeux mordorés, il me scrute et attend ma réaction. J'ai du mal à le regarder en face. Il me fait vraiment trop d'effet et je ne veux surtout pas qu'il s'en rende compte. J'en profite pour étudier les lieux : un sofa de cuir devant une bibliothèque encombrée de livres, des Post-it collés un peu partout sur les murs, une partie de go en cours sur une table basse, un tapis usé à poils longs et un plateau de nourriture traînant au sol… Dans l'air, une odeur d'épices en côtoie une autre, lourde et entêtante… Le parfum de mon hôte, peut-être ? On dirait presque que Jonas vit vingt-quatre heures sur vingt-quatre dans son bureau.

Je réussis finalement à articuler quelques mots, et…

→ *aborde l'attitude de Samson. Aller au 76*

→ *demande pourquoi je suis ici. Aller au 99*

53

— Par exemple, je fais, je peux te proposer une contrepartie comme… celle de l'autre fois ?

Le souvenir de ce baiser me fait déjà frissonner de désir. Ma proposition provoque un petit rire chez Federico.

— Ahah ! *Va bene*, dit-il, mais… *scusi*, Ella, je pensais à quelque chose de plus « professionnel ».

— De l'argent ?

— *No* ! Plutôt une entrée au speed meeting que tu organises.

Je fronce les sourcils.

→ *Aller au 230*

54

— Qui… qui est-ce ? Ta mère et ta sœur ?

Je saisis le cadre photo mais, avec les réflexes d'un lynx, Jonas me l'arrache des mains. Ses traits, d'habitude si neutres, se craquellent légèrement ; très vite, le manager se recompose une façade impassible.

— Oui, dit-il simplement.

— Tu es leur portrait cra…

— Ella, je ne t'ai pas fait venir pour discuter famille.

Le tranchant de sa réponse est aussi aiguisé que celui d'une guillotine, et ses yeux rougeoient d'une lueur menaçante. Sujet dangereux, on dirait. Mon imagination s'emballe. Qu'a-t-il pu se passer ? Un coming out difficile ? Une querelle de fratrie ? La porte du bureau s'ouvre à grand fracas et me fait sursauter.

→ *Aller au 109*

55

— Qu'est-ce que tu veux dire par « trop de souvenirs » ?

Ça y est, j'ai enfilé malgré moi mon costume de psy. Je ne peux pas m'en empêcher. Matt me ferait sans doute remarquer (à juste titre) qu'il n'y a rien de mieux pour se tirer une balle dans le pied quand on veut l'amour, et pas l'amitié… Mais ce pauvre Ari me fait de la peine tout autant qu'il attise ma curiosité.

— Geri… croasse Ari, la gorge nouée. Mon ex. On s'est rencontrés à Brooklyn parce qu'on graffait, elle et moi. Il y a encore quelques-unes de ses œuvres dans les rues.

Gloups. C'est ce qui s'appelle un « sans faute », Ella ! Lui rappeler son ex-petite amie ne t'aidera vraiment pas à le fourrer dans ton lit. Spontanément, je lance un :

→ *« Mes condoléances », désolée pour lui. Aller au 274*
→ *« Chouette, un artiste comme moi ! », enjouée. Aller au 85*
→ *« Geri, comme la Ginger des Spice Girls ? », curieuse. Aller au 223*

56

— Ce n'est pas de la gentillesse, réplique Jonas. Je trouve normal de respecter les choix alimentaires de chacun. Pas toi ?

Je me retiens d'éclater de rire en pensant au restaurant de la tour Carter. Avec Matt, on a très vite renoncé à y aller. Les propositions végétariennes faisaient peine à voir… Salade flétrie, tomates hors saison ou carottes en rondelles baignant dans de la crème épaisse : appétissant, n'est-ce pas ?

— Disons que tout le monde n'est pas enclin à faire preuve du même respect, je déclare, alors : merci.

— De rien. Je pensais que Samson se joindrait à nous, ajoute Jonas en regardant sa montre, mais il semble qu'il ait encore décidé de sauter le repas.

Évidemment. Il ne prévoyait pas de déjeuner en tête à tête avec moi. Je ne peux pas m'empêcher d'être déçue. Ella, il va vraiment falloir que tu te le fourres dans le crâne : Jonas ne s'intéresse pas à toi, seulement à ta mission.

— Tu sembles… désappointée, me fait-il remarquer. Tu aurais préféré qu'on soit seuls ?

Il lit en moi comme dans un livre ouvert. Un jour, il faudra aussi que j'apprenne à moins laisser transparaître mes émotions. Je :

→ *confirme. Aller au 141*
→ *nie en bloc. Aller au 51*

57

Je me coule dans le propre siège de Jonas, confortable à souhait. Certains verraient cela comme une impolitesse, mais… pas lui, semble-t-il. Après tout, il m'a laissé le choix.

La chaleur du cuir et le parfum boisé de son propriétaire m'enrobent complètement. À cause du stress, je ne dors pas très bien en ce moment et je sens bien que, si je me laisse aller, ce déjeuner va très vite se transformer en sieste improvisée. J'aurais l'air de quoi, si je m'assoupis pendant que mon boss aborde le sujet ô combien crucial du speed meeting ?

J'agrippe les accoudoirs pour m'obliger à me tenir droite.

— Fatiguée ? me demande Jonas en posant le sac du repas sur son bureau.

Flûte, ça se voit tant que ça ?

— Pas plus que d'habitude, je réponds.

Il fait rouler sa chaise jusqu'à moi avant de sortir notre repas du sac.

→ *Aller au 266*

58

— Eh bien, on a discuté jeu de go, parce qu'il a un plateau dans son bureau avec une partie en cours. Contre son père… qu'il n'a pas vu depuis huit mois.

— Et alors ? commente Matt. Le tien, de paternel, tu ne l'as pas croisé depuis plus d'un an. Il est toujours par monts et par vaux avec son job. Ça ne t'empêche pas d'avoir avec lui une relation tout à fait cordiale.

— Justement : dans leur cas, les agendas ne semblaient pas être les fautifs.

— Une brouille père-fils, sans doute. De toute façon princesse, tu ne lui tireras jamais les vers du nez. Jonas est quelqu'un de très secret. Bien sûr, on ne peut pas manquer sa relation avec Samson, mais seulement parce que ce dernier est très ouvert sur la question. Jonas, lui, est réservé. Entre collègues, on n'aborde jamais le sujet de la famille, par exemple. Et je le comprends : là-dessus, je suis un peu comme lui.

→ *Aller au 269*

59

— C'est à cause de ton père ?

Jonas relève le menton, sourcils froncés. Ses yeux sont rougis, entre alcool et tristesse.

— De quoi ?

Je désigne le plateau de go. La partie en cours, celle qu'il me disait avoir engagée avec son paternel, n'est plus qu'un souvenir étalé au sol…

— Il lui est arrivé quelque chose de grave ? je demande. Si je peux faire quoi que ce soit…

Jonas prend une grande inspiration et passe une main sur sa nuque.

— Ça dépend, croasse-t-il. Tu aurais 55 000 dollars sous la main ?

— Tu as des dettes à éponger ?

— Pas moi : mon père. Mon foutu père, accro au poker !

— Oh, merde…

→ *Aller au 139*

60

J'ajoute :

— Tu as rencontré des filles, dernièrement ?

— Bof ! Non, me dit Matt. Enfin, il y a bien eu Kriss, une jolie mannequin que j'ai croisée à un concert, samedi dernier…

— Une mannequin, rien que ça !

— Ne t'emballe pas : elle est repartie en Suède en début de semaine, et nous n'avons même pas échangé nos contacts. Je ne sais pas… je crois que je finis par me lasser de ce genre de relations sans lendemain.

J'ouvre de grands yeux :

— Matt ? Serais-tu souffrant ?

— Peut-être bien ! Que me recommandez-vous, docteure Ella ?

Soudain, une notification apparaît sur mon écran. C'est un mail de Claire, qui me propose d'aller boire un verre après le travail. Matt n'est pas en copie.

Quand nous étions chez le traiteur pour le speed meeting, je :

→ *suis partie précipitamment à cause de Samson. Aller au 142*

→ *suis restée malgré tout. Aller au 107*

61

Aux grands maux, les grands remèdes. Je me réfugie en salle de pause et passe un coup de fil au journaliste.

— *Pronto* !

— Federico ? C'est Ella, de la Carter Corp.

Je lui expose la situation, la tâche colossale que je dois rendre en urgence et le fait qu'un cerveau complémentaire à mes côtés ne serait pas de trop pour les deux soirs à venir.

— Tu as frappé à la bonne porte, *signora*, me dit-il. Après tout, j'ai prolongé mon voyage à Niou Yorke et j'ai un peu de temps devant moi. Je peux te le consacrer. Mais… serais-tu d'accord pour une petite contrepartie ? Je t'aide, tu m'aides à ton tour…

— Ça me semble honnête, j'admets.

— *Molto bene* !

Dans le ton de sa voix, je sens comme un fond d'amusement. Que va-t-il bien pouvoir me demander ?

→ Si on s'est déjà embrassé. Aller au 53
→ Sinon. Aller au 118

62

Je pianote un SMS sur mon smartphone que je destine à Matt, avant de me raviser. Lui aussi doit être crevé, ce n'est pas le moment de l'embêter. Après tout, cette soirée de la Saint-Sylvestre à la Carter, c'était un peu la sienne. J'espère qu'elle s'est bien terminée et que le bilan en sera positif. Jonas est aussi son manager, après tout… Mes joues s'empourprent encore quand je repense à lui, à son regard perçant, impossible à cerner, qu'il m'a jeté après le discours.

Mon téléphone se met soudain à sonner et j'ai un haut-le-cœur en voyant le nom affiché sur l'écran : Samson. Ce que j'ai imaginé est-il vraiment en train de se produire ? Est-ce que Samson m'appelle pour me passer un savon et me virer ? Tremblante, je…

→ réponds à l'appel. Aller au 236
→ laisse plutôt sonner. Aller au 4

63

12 janvier

— Tu as fait quoi ?! s'exclame Claire.

Elle met une main devant sa bouche, choquée. Matt, quant à lui, bat des cils d'étonnement, tout comme le serveur en train de remplir nos verres de chardonnay.

Pas plus tard que ce matin, je découvrais que Lucy avait déjà réservé un traiteur pour le speed meeting. Pensant avoir un élément de moins à gérer, je m'en suis réjouie, mais un mail abrasif de ce cher Samson m'a vite fait déchanter : il m'informait avoir pris soin de tout annuler… sous prétexte que Ryan Carter avait détesté les desserts de ce restaurateur lors d'un précédent séminaire.

Je soupçonne mon chef d'avoir inventé cette histoire pour camoufler sa petite vengeance. Me surprendre dans le bureau de son mec n'a pas dû lui plaire. S'il savait ce qui s'était vraiment passé…

Résultat, j'ai invité mes deux amis sur leur pause de midi pour tester un nouveau traiteur, et en profite pour leur raconter mes dernières aventures.

— Oui je sais, je dis, ça ne me ressemble pas.

— Alors là, je t'arrête tout de suite, princesse, fait Matt : au contraire, c'est tout toi, ça. Tu fonces tête baissée, enfin, je devrais plutôt dire : lèvres en avant ! Sans penser aux conséquences de tes actes. Mais ça ne ressemble absolument pas au Jonas que je connais. Il ne m'a jamais semblé aussi… aussi…

— Hétéro ? tente Claire.

— C'est ça.

— Lui comme moi, je crois qu'on n'était plus nous-mêmes…

— N'empêche, il aurait pu te repousser. Il a un mec, quand même !

Claire a l'air encore plus désemparée que moi.

— Et, plus important encore, ajoute-t-elle : alors que tu savais à quoi t'en tenir, je me demande pourquoi toi, tu es allée aussi loin !

Je secoue la tête.

— Est-ce que je le sais ?

— Il te plaît, c'est forcé, commente Matt. On a rarement ce genre de pulsion pour quelqu'un qui nous rebute.

Mes joues s'empourprent. Je n'ai pas envie de m'étendre sur ce que je ressens quand je suis avec Jonas, d'autant que j'ai l'impression d'avoir déçu Claire. D'habitude, elle s'amuse de mes frasques. Là, son regard est teinté d'une gravité que je ne lui connais pas.

— De toute façon, ça ne change rien, je fais. Comme tu l'as rappelé, il a déjà quelqu'un. J'ai agi sans réfléchir. Vous croyez que… que je devrais aller m'excuser ?

— Ce serait une bonne idée, me dit Matt. Histoire de ne pas laisser ça en suspens.

Claire désapprouve avec énergie.

— Non, affirme-t-elle, moi, je crois que tu devrais l'éviter ! Tu ne travailles pas avec lui directement, alors, tu n'as pas besoin de lui parler… Concentre-toi sur ta mission. Lui comme toi, vous oublierez vite ce qui s'est passé !

La solution évoquée par Claire est séduisante… Celle de Matt, sans doute plus sage, me fiche une trouille inexplicable.

Une notification fait vibrer mon téléphone. C'est un message de Samson, qui me demande de rappliquer à la Carter pour un autre dossier. Je :

→ *fonce à la tour, tant pis pour le traiteur. Aller au 176*
→ *préfère rester pour boucler la question du traiteur : le speed meeting avant tout. Aller au 237*

64

Federico ne répond pas. Tout en regardant à travers la baie vitrée du hall d'entrée, il plisse ses yeux vert d'eau, ébloui par la lumière du soleil. Un frisson me parcourt l'échine tandis que je pense de nouveau à Alex ; je revois mon ex scruter les bateaux au loin, pendant des vacances à la mer. C'est fou comme Federico lui ressemble…

— Quand on parle du loup, je fais en regardant moi aussi à travers la vitre.

— C'est lui, Jonas ? m'interroge l'Italien.

J'acquiesce. Deux hommes sont en grande conversation sur le parvis de la tour Carter. L'un des deux est effectivement Jonas. L'autre, tout aussi grand que lui, est sans doute plus vieux si j'en crois les mèches sel dans ses cheveux. Et il s'agite beaucoup plus, aussi.

Je fais pivoter mon siège pour observer la scène plus attentivement. Mes pieds rencontrent ceux de Federico, qui me sourit et se penche vers moi.

— Petite curieuse… me murmure-t-il à l'oreille. Tu sais lire sur les lèvres ?

— Non. Et toi ?

— Un peu. C'est pratique dans mon métier.

Il me jette un regard effronté, puis reporte son attention sur les deux hommes. L'interlocuteur de Jonas l'empoigne par l'épaule et semble lui crier quelque chose au visage.

— Tu veux savoir ce qui se dit ? propose Federico. D'habitude, je ne fais pas ça gratuitement. Mais pour toi Ella, *come* je t'aime bien, ce sera seulement un baiser.

— Pardon ?!

Si je m'attendais à une telle offre !

— Embrasse-moi, répète Federico. Pour un baiser, c'est promis, tu sauras tout sur tout.

→ *J'accepte. Aller au 126*
→ *Je refuse. Aller au 218*

65

Je m'approche doucement de Matt, qui est en train de se resservir un expresso bien serré, comme il les aime.

— Claire a mangé du lion, ce matin ? je lui demande.

Mon ami secoue la tête.

— C'est ma faute, avoue-t-il. J'ai… comme qui dirait oublié de la prévenir pour un truc.

Je hausse un sourcil.

— Oh mon dieu ! je fais. Tu as finalement suivi mes conseils en lui proposant un « *date* », sauf que tu lui as posé un lapin !

Matt lève les yeux au ciel.

— Oui, on devait se voir avant-hier soir, mais non, ce n'était pas un « *date* ». Je suis vraiment nul, quand je m'y mets.

— T'inquiète pas, je lui dis. C'est Claire. Je suis sûre que sa colère ne durera pas. D'ici une semaine, on rigolera de nouveau tous les trois à la pause de midi.

— Croisons les doigts pour que tu ais raison… En parlant de colère, comment Samson a-t-il pris le rendu en temps et en heure de tes synthèses ?

— Il n'a fait aucun commentaire.

— C'est ce qu'on appelle « une bonne conclusion », avec lui.

— Ouais, et au moins, il ne pourra pas m'accuser de ne pas avoir fait le travail… et me virer pour ça !

— *That's the spirit, my dear !*

— Merci encore, Matt, je dis en déposant un baiser sur sa joue.

→ *Aller au 23*

66

Je m'avance vers mes collègues d'une démarche pas très assurée. Je dois un peu zigzaguer, parce que j'entends des rires en bas de l'estrade, et même un :

— Heureusement qu'elle a des baskets ! Qu'est-ce que ce serait avec des talons…

Samson me toise avec un petit rictus navré, tandis que Jonas me tend le micro.

→ *Aller au 251*

67

Est-ce que j'aborde :

→ *Le dessin et les arts graphiques. Aller au 43*
→ *Mon activité sur Twitch. Aller au 22*
→ *La Carter Corp. Aller au 174*

→ *Ou bien est-ce que finalement, j'attends qu'Ari prenne des initiatives ? Aller au 164*

68

— Mauvaise réponse, tranche Romuald en retournant à ses classeurs. Au revoir, Ella.

— Mais...

— J'ai dit « Au revoir ». Tu diras à Samson de venir chercher cette commande lui-même.

Je reste quelques secondes bouche bée, avant de rebrousser chemin. Il faut savoir accepter la défaite, après tout. Je ponctionnerai mon budget pour commander de nouveaux goodies et croiserai les doigts pour qu'ils arrivent à temps.

→ Aller au 7

69

— C'est vrai, j'avoue, soudainement hésitante. Je ne comprends toujours pas ce qui a poussé Jonas, le chef de mon chef, à me confier cette mission. Je crois que c'est quelqu'un de bien, alors je lui fais confiance mais… tu sais, ce speed meeting, c'est un événement d'envergure. Il en va de la réputation de la Carter Corp, de son rayonnement à l'international. Je suis bien organisée, mais tous les jours, j'ai peur de faire une bourde et de voir l'ensemble de l'édifice s'écrouler comme un château de cartes…

Federico pose une main sur les miennes, crispées.

— Ella, je suis sûr que tu te débrouilles *perfettamente*, me dit-il avec un sourire désarmant. Ce… Jonas. C'est Jonas Chen, c'est ça ? (Je hoche la tête.) J'ai déjà entendu ma collègue prononcer ce nom… Il fait partie de la famille Carter, lui aussi ? me demande le journaliste.

— Pas que je sache.

— Tant mieux.

— Pourquoi, « tant mieux » ?

→ Aller au 178

70

— C'est la brochure sur Arty's Williamsburg ? je demande.

Il suit mon regard et hoche la tête.

— Tu es allée la voir ? me demande-t-il.

— Pas encore. Matt m'a proposé d'y faire un tour, mais les semaines passées ont été trop mouvementées de son côté pour qu'on réussisse à caler une date.

— Matt ? Ton collègue à la com' ?

— Et mon meilleur *ami*, j'ajoute, en appuyant de façon exagérée sur ce dernier mot.

Qu'est-ce que ça peut lui faire, que Matt soit mon meilleur pote ? J'essaie peut-être de le rassurer ? De lui signaler explicitement que je suis célibataire, que s'il veut, il peut foncer les yeux fermés ? Exclusif ou pas, Ari, tu n'as rien à craindre de moi : je suis « open » pour une relation plus charnelle. Ou romantique. Ou les deux à la fois…

Je me désole toute seule.

La preuve, Ari ne répond rien à cela. Et que pourrait-il dire, au juste ? Je viens de tuer la conversation avec une remarque aussi insipide qu'inutile.

Me maudissant intérieurement, je lève les yeux au ciel et croise les siens, si doux… Notre échange silencieux est interrompu quand, arrivé au cinquième étage, l'ascenseur s'ouvre de nouveau. Jonas fait son entrée.

→ Aller au 144

71

Genoux serrés à cause de ma jupe droite, je m'installe sur le sofa. Son velours pourpre est légèrement élimé, mais la matière est chaude et réconfortante. Je sens une gêne au niveau de l'assise. Pendant que Jonas s'assoit à côté de moi, déballant entre nous le contenu de notre déjeuner, j'extirpe deux pions blancs de sous mes fesses.

Sur la table basse, une partie de go semble en cours depuis une éternité… Je ne me souviens pas de la position exacte des pions, mais je suis presque sûre que le plateau était déjà là il y a une semaine.

Le parfum doucereux des épices indiennes se mélange à celui plus boisé que dégage Jonas ; je ne saurais dire lequel des deux je préférerais goûter… Je lui demande :

→ *de m'apprendre à jouer au go. Aller au 25*
→ *qui est en train de gagner la partie de go ? Aller au 84*

72

12 janvier

— Tu as fait quoi ?! s'exclame Claire.

Elle met une main devant sa bouche, choquée. Matt, quant à lui, bat des cils d'étonnement, tout comme le serveur en train de remplir nos verres de chardonnay.

Pas plus tard que ce matin, je découvrais que Lucy avait déjà réservé un traiteur pour le speed meeting. Pensant avoir un élément de moins à gérer, je m'en suis réjouie, mais un mail abrasif de ce cher Samson m'a vite fait déchanter : il m'informait avoir pris soin de tout annuler… sous prétexte que Ryan Carter avait détesté les desserts de ce restaurateur lors d'un précédent séminaire.

Je soupçonne mon chef d'avoir inventé cette histoire pour camoufler sa petite vengeance. Me surprendre dans le bureau de son mec n'a pas dû lui plaire. S'il savait ce qui s'était passé avant qu'il débarque…

Résultat, j'ai invité mes deux amis sur leur pause de midi pour tester un nouveau traiteur, et en profite pour leur raconter mes dernières aventures.

— Oui je sais, je dis, ça ne me ressemble pas.

— Alors là, je t'arrête tout de suite, princesse, fait Matt : au contraire, c'est tout toi, ça. Tu fonces tête baissée, enfin, je devrais plutôt dire : lèvres en avant ! Sans penser aux conséquences.

— Mais il… il n'est pas gay, Jonas ? demande Claire.

— Jusqu'au bout du pénis, d'après ce que l'on sait, confirme Matt. Et ce n'est pas Samson qui nous démentira sur ce point…

— Alors pourquoi ? Pourquoi il t'a laissé faire ? Pourquoi il ne t'a pas repoussée ?

Claire a l'air encore plus désemparée que moi.

— Et, le plus important, ajoute-t-elle : pourquoi toi, tu as fait ça ?

Je secoue la tête.

— Est-ce que je le sais ?

— Il te plaît, c'est forcé, commente Matt. On a rarement ce genre de pulsion pour quelqu'un qui nous rebute.

Mes joues s'empourprent. Je n'ai pas envie de m'étendre sur ce que je ressens quand je suis avec Jonas, d'autant que j'ai l'impression d'avoir déçu Claire. D'habitude, elle s'amuse de mes frasques. Là, son regard est rempli d'une gravité que je ne lui connais pas.

— De toute façon, ça ne change rien, je fais. Je ne l'intéresse pas, et j'ai agi sans réfléchir. Vous croyez que… que je devrais aller m'excuser ?

— Ce serait une bonne idée, me dit Matt. Pour ne pas laisser ça en suspens.

Claire désapprouve avec énergie.

— Non, affirme-t-elle, moi, je crois que tu devrais l'éviter ! Tu ne travailles pas avec lui directement, alors, tu n'as pas besoin de lui parler… Concentre-toi sur ta mission. Lui comme toi, vous oublierez vite ce qui s'est passé !

La solution évoquée par Claire est séduisante… Celle de Matt, sans doute plus sage, me fiche une trouille inexplicable. Une notification fait vibrer mon téléphone. C'est un message de Samson, qui me demande de rappliquer à la Carter pour un autre dossier. Je :

→ *fonce à la tour, tant pis pour le traiteur. Aller au 48*

→ *préfère rester pour boucler la question du traiteur : le speed meeting avant tout. Aller au 271*

73

De toute façon, Samson s'éloigne déjà sans attendre de répartie. Quant à Jonas, son téléphone sonne et il a l'élégance de s'éclipser en ne commentant pas ce qui vient de se passer.

— Quelle peau de vache, ton boss, me souffle Claire alors qu'ils sont partis.

— Comme tu dis… approuve Matt. Je suis content que ce mec ne soit pas mon supérieur. Désolé pour toi, princesse, me lance-t-il en me passant une main dans le dos. Parfois, je me demande si je t'ai fait un cadeau en te rencardant pour ce poste…

— Ne dis pas n'importe quoi !

Je me serre contre lui. Si mon pote n'avait pas été là, je serais sans doute encore au chômage… Mes streams de dessins engagés sont très loin de me rapporter de quoi vivre, vu que je n'ai aucun sponsor. Travailler à la Carter Corp, c'était un rêve… Et c'est devenu une réalité.

— Ce que peut dire ou faire Samson, on s'en contrefiche, j'ajoute. Je suis là et c'est grâce à toi ! Ne l'oublie jamais.

Un sourire franc revient illuminer le beau visage de Matt. Se sentant exclue, Claire attrape mon bras resté libre et nous tire vers le bar.

→ *Aller au 123*

74

Je désigne la bouteille vide de whisky gisant au sol.

— C'est quoi, ça ? je fais.

— Ça ? De l'excellent single malt écossais, vingt-cinq ans d'âge. Enfin, c'était.

— Je me suis mal exprimée : je demandais ce qui t'a amené à boire ici, à la Carter. Et seul.

Les sourcils de Jonas se froncent, puis un rire amer lui échappe.

— Tu vas me faire la leçon, toi aussi ? me crache-t-il au visage. Ou bien est-ce que tu obéis encore à Samson, comme un bon petit soldat ?

— Samson ne m'a rien demandé du tout, je réplique. Je trouve ça simplement étrange. Étrange, et inquiétant. Ça ne te ressemble pas, voilà.

— Ella, on ne se connaît pas (à qui la faute ? je pense), alors épargne-moi tes jugements à l'emporte-pièce, d'accord ?

J'encaisse le coup. Après tout, il a raison. Peut-être que je m'en fais pour rien, mais son agacement, bien réel, me fait penser que j'ai touché juste.

— Il y a quelque chose qui ne va pas ? j'ajoute d'une voix douce. Je… je sais que je ne suis personne. Seulement, quelquefois, parler à un inconnu peut être libérateur.

— Sors d'ici.

Il relève le menton. Son regard est injecté de sang, il semble à bout de force… à moins qu'il ait seulement trop bu, ou trop pleuré.

— Sors d'ici, répète-t-il, ou tu vas le regretter.

Des menaces ? Non… pas lui. Pas Jonas. Je décide :

→ *de m'en aller, malgré tout. Aller au 186*
→ *de rester quand même. Aller au 166*

75

Devant l'ordinateur de Lucy, la « magie » d'Ari opère. Il ne lui faut que quelques minutes pour modifier l'accès sécurisé.

Matt, qui découvre à peine le physique de rêve de l'informaticien, m'adresse un signe discret comme il en a le secret. Je pouffe de rire puis un souvenir me rattrape. Je ne sais pas pourquoi, mais Ari me fait penser à :

→ *l'été de mes sept ans. Aller au 103*
→ *mon premier cours de dessin. Aller au 88*
→ *la montagne enneigée. Aller au 249*
→ *l'océan et ses vagues. Aller au 36*
→ *Titouic, ma plus fidèle abonnée sur Twitch. Aller au 8*

76

— Samson a été… très désagréable au bout du fil, je dis.

Ma remarque provoque un long soupir chez Jonas. Pendant qu'il cherche ses mots, ses mâchoires se contractent, accentuant le pendant masculin de son visage androgyne.

— Je sais comment il peut être, avoue-t-il. Pour cela aussi, je suis désolé. Samson est un homme intelligent, passionné par son travail, mais… son perfectionnisme peut parfois le rendre détestable.

Je hoche la tête. La douceur avec laquelle il parle de son amant est si touchante qu'elle réussit à apaiser ma colère.

→ *Aller au 99*

77

Le mieux, c'est de gagner du temps. J'ai encore dix jours devant moi alors, rien ne presse pour trancher cette question, n'est-ce pas ?

— Je vais y réfléchir, je finis par dire.

— Mais…

— Je vous le promets, Clarke. Le jour du speed meeting, vous n'aurez qu'à venir me voir dans la matinée. J'aurai pris ma décision.

Visiblement déçu, l'entrepreneur hoche la tête.

— Très bien, dit-il. Vous m'avez l'air d'être quelqu'un d'honnête, Ella. Je m'en remets à vous.

Nous nous levons et nous serrons la main. Clarke retrouve le sourire.

— Je sais que vous saurez faire le bon choix. Pour moi, et pour New York ! ajoute-t-il.

Je le raccompagne jusqu'à l'ascenseur. Une fois qu'il est parti, je doute de nouveau. Est-ce que j'ai bien fait ? J'aurais pu l'aider tout de suite… Au lieu de ça, je fais poireauter ce pauvre homme. C'est tout moi, ça : l'éternelle indécise.

En même temps, j'ai besoin de plus d'informations. Ce serait peut-être une bonne idée de m'adresser à une personne qui connaît bien Clarke. Une personne qui a potentiellement grandi avec lui… Mon regard se porte sur le bureau de Jonas. Je sais de source sûre qu'il déteste qu'on vienne toquer en pleine journée si on n'a pas rendez-vous, mais là, il s'agit d'un cas de force majeure… n'est-ce pas ?

Je :

→ *vais voir Jonas. Aller au 111*

→ *préfère finalement rester prudente et ne rien faire. Aller au 186*

78

— Si on déjeunait ensemble ? je propose.

J'ajoute très vite :

— Tous les trois, je voulais dire.

Mes deux options se tournent vers moi comme un seul homme. Ils ne se consultent pas du regard ; leurs yeux, bleu ciel ou mordorés, ne scrutent que moi et mon petit air, faussement réservé. Finalement ils me répondent en chœur, mais à l'opposé l'un de l'autre. Oui pour Ari, non pour Jonas.

— J'ai autre chose de prévu, déclare le manager avant de se diriger tout droit vers la sortie.

Sans même se battre un peu. Je suis d'abord déçue, et puis je me souviens que l'informaticien est toujours là, lui. Avec son air engageant et ses pectoraux pétris par l'océan.

— Alors : italien ou chinois ? me lance-t-il, joyeux.

— Ou bien peut-être indien ?

— Vos désirs seront les miens, madame…

→ *Aller au 172*

79

Je frappe à la porte de Jonas, mais personne ne répond. Ronnie, une assistante comptable de passage à notre étage, m'informe qu'elle l'a croisé dans l'ascenseur il y a peu de temps.

— Il se rendait au 34e, me précise-t-elle.

Sans plus attendre, je fais fi des convenances et rejoins l'étage en question, la boule au ventre. Comment vais-je lui annoncer cette catastrophe ? L'affaire est trop grave pour que je parvienne à être détachée. Le mieux est que je sois la plus franche possible. Ne rien cacher, mais ne pas dramatiser non plus. Proposer un report pour temporiser…

Le 34e est particulièrement calme. L'étage semble être réservé aux réunions et aux formations. En ce moment, une seule grande salle est occupée, si je me fie à la lumière filtrant à travers les stores. Aucun moyen de vérifier que Jonas se trouve bien à l'intérieur, mais je n'ai pas le temps de tergiverser.

Je toque à la porte de la salle éclairée et fais mon entrée. Quinze paires d'yeux se braquent sur moi, ceux de Jonas compris ; tous me toisent comme si j'étais une mouche venant de s'écraser à grand bruit sur l'écran de vidéo projection. Ryan Carter, qui se tenait debout et me tournait le dos, fait une pause dans son discours. Il s'avise de ma présence et lève un sourcil interrogatif.

— Je… je voudrais m'entretenir avec monsieur Chen, je bredouille. C'est à propos du speed meeting…

— Très bien, mais faites vite, déclare Ryan. Cette réunion a déjà subi beaucoup trop d'interruptions.

Je hoche la tête et déglutis. Expliquer ce qui est arrivé devant l'ensemble des collaborateurs est imprudent, je le sais, mais ma langue va plus vite que mon cerveau.

— Nous n'avons plus de lieu d'événementiel depuis ce matin.

— Comment ?! s'écrie Jonas.

La lèvre supérieure de Ryan tique nerveusement.

— Que voulez-vous dire par là, madame Forest ?

Sa voix affiche un calme de surface ; un bel exercice de contrôle de soi qui finit de me mettre les nerfs en pelote.

— Il y a eu… un imprévu. Une intempérie. La responsable m'a téléphoné pour me prévenir que le centre de congrès était inutilisable.

Je marque un temps d'arrêt, scrutant avec angoisse la réaction du CEO. Son visage reste de marbre, il semble attendre la suite de ma déclaration pourtant bel et bien terminée ; afin de ne pas décevoir mon auditoire, j'ajoute un pitoyable :

— Je suis désolée.

Et jette un œil à Jonas, qui semble s'être découvert une passion nouvelle pour la vue sur Manhattan.

— Ne le soyez pas, me répond enfin Ryan, les mains dans les poches.

Son attitude me donne l'impression d'avoir annoncé qu'il manquait du papier toilette dans les W.C., et non que le ciel venait littéralement de nous tomber sur la tête. Rassurée qu'il prenne la chose aussi bien, j'enchéris :

— Le mieux serait sans doute d'ajourner le speed meeting, monsieur. En travaillant dans l'urgence, le résultat risque d'être…

— Merci de m'avoir averti au plus vite, madame Forest, me coupe le CEO. Il est rare qu'une information d'une telle importance m'échappe, mais maintenant que je sais tout ce qu'il y a à savoir, je vais reprendre la situation en main. N'ayez crainte, ce speed meeting aura lieu. *Comme prévu.*

— Mais, monsieur…

— Vous pouvez disposer.

Ryan m'indique poliment la sortie de son regard gris. Je m'éclipse sans demander mon reste, tremblante de honte et d'humiliation.

→ *Aller au 264*

80

— En fait, c'est Samson qui me demande de lui fournir, aujourd'hui sans faute, la commande qu'a passée Lucy avant les fêtes.

Romuald lève un sourcil.

— Samson t'a vraiment demandé ça ?

Je hoche la tête.

— Pour quelle raison ?

— Je n'en sais rien… J'imagine qu'il veut pouvoir te remercier de lui avoir ôté cette épine du pied ?

L'agent d'accueil s'esclaffe.

— Dans ce cas, il aurait pu se passer d'intermédiaire.

— Il est très occupé en ce moment. Avec Jonas.

Une ombre assombrit les traits de Romuald. Jalousie, quand tu nous tiens…

— Bon, on va faire un truc, me dit-il. Si tu réponds correctement à ma question, je t'aiderai à retrouver ces goodies.

Comment sait-il qu'il s'agit de goodies ? Je préfère ne pas relever et accepte son marché :

— Vendu.

— D'accord, alors : il y a quelques jours, Samson est venu chercher quelque chose à l'accueil. Qu'est-ce que c'était ?

J'éclate de rire.

— C'est ça, ta question ?

— Réponds, au lieu de te marrer comme une baleine !

— Qu'est-ce que j'en sais, moi… Ce n'est pas parce que c'est mon chef que je surveille tous ses faits et gestes.

— Pas d'excuse, je veux une bonne réponse ou je te laisse en plan.

Je soupire et fouille dans ma mémoire. Je ne me souviens pas avoir croisé Samson dans le hall depuis longtemps… Ou peut-être que si ? Je tente :

— Il cherchait…

→ *un tournevis. Aller au 68*
→ *un pass magnétique. Aller au 119*
→ *une clef. Aller au 35*
→ *une montre. Aller au 197*

81

Matt a fini par rentrer chez lui, rassuré par mon état. Épuisée, je sombre de nouveau dans le sommeil, et il ne faut pas longtemps pour qu'un songe m'appelle entre ses bras. Je suis de retour à la tour Carter, vêtue d'un tailleur en tweed que même ma mère refuserait de porter.

Un bureau seulement éclairé par des bougies… De l'encens brûle non loin de moi, mais ses bâtonnets sont hors de vue. Odeur de cannelle et de honte. Deux mains pâles et manucurées apparaissent. Géantes, accusatrices, elles déchirent mon contrat plusieurs fois avant de disparaître. J'ai l'impression d'être plongée dans une peinture en clair-obscur. Est-ce que je suis seule ? Non. Quelqu'un est assis dans un sofa à ma droite. Un homme. J'entends le cuir crisser sous lui, sa respiration lente et apaisante. C'est comme s'il donnait corps au silence, qu'il le rendait… attirant. Avec cette étrange pénombre de rêve, je ne distingue rien d'autre que ses jambes, longues et nues, ses doigts fins de pianiste et ses lèvres, comme un trait rose sur l'obscurité, qui barre tout embarras chez moi.

Une pulsion soudaine me fait décoller du sol. Le rêve fait une ellipse : voilà que je me retrouve sous l'inconnu, débarrassée du tailleur défraîchi. Apparemment, je ne portais rien d'autre là-dessous. Tant mieux.

Je peux enfin toucher son visage, mais pas encore le voir. Redessiner ses pommettes lisses, ses sourcils droits, ses yeux en amande. Son corps chaud contre le mien m'enrobe tout entière d'un parfum solide, fait d'écorce et de sève, de forêts irréelles.

— Jonas, je murmure.

Au moment où je l'invoque, son visage androgyne se dévoile. Ses yeux, deux pépites d'or, brillent à la lueur d'une bougie qui n'était pas là, la seconde d'avant. Jonas me regarde sans rien dire. Ses lèvres s'approchent des miennes puis se jouent de moi. Elles me refusent tout baiser. Maintenant mes bras au-dessus de ma tête, Jonas m'empêche de remuer. Mon corps est à lui. Je suis à lui. Son sexe se presse contre le mien, lancinants va-et-vient. Je le veux en moi, mais ça aussi, Jonas me le refuse. Il n'est pas un homme facile à comprendre ou à conquérir.

Le rêve n'ira pas plus loin. Fantasme avorté. Je me réveille en sueur, un tiraillement de frustration entre les cuisses.

→ Dommage... vous pouvez recommencer l'histoire d'Ella en 1, et faire d'autres choix ;-)

82

— Ella Forest, je me présente. C'est moi qui suis en charge de l'organisation du speed meeting, je travaille justement pour la Carter. Mais vous le saviez déjà, non ? Je vous ai vu là-bas.

Prêcher le faux pour savoir le vrai : parfois, ça marche. Parfois seulement… Pendant une seconde, une lueur effarée éclaire le regard du journaliste, mais elle disparaît bien vite.

— C'est impossible, *signora*, s'empresse-t-il de me répondre. Vous devez me confondre avec un autre.

Il attrape mes doigts avec délicatesse et se baisse, simulant un baise-main.

— J'ai de la chance de vous rencontrer ! s'exclame-t-il. Seriez-vous d'accord pour qu'on discute de ce speed meeting ? Une collègue de *Pianeta Blu* écrit un article à ce sujet ; elle serait très heureuse que je lui rapporte des informations, en plus des photos. Comme vous avez la charge de l'événement, elles seront de grande *qualità* !

Je rougis comme une bécasse, mais uniquement parce qu'il a l'air sincère.

— Pas aujourd'hui, je m'en excuse. La semaine prochaine, si ça vous va ?

— Je reste plusieurs jours à Niou Yorke, *allora*, oui, ça me va : autour d'un café ? Vous et moi, *sì* ? Tenez, voici mon nouméro de téléphone. Appelez-moi !

« Federico Dolci », précise sa carte de visite.

— À bientôt, *bella* Ella ! me salue le journaliste.

Federico parti, mon cœur refuse de ralentir. W@x3r ou non, cet Italien ressemble trop à Alex pour que je retrouve mon calme… Reprends-toi, ma vieille ! Ce rendez-vous sera strictement professionnel, ne commence pas à te faire des films.

→ Aller au 41

83

2 janvier

Ce matin, j'arrive à l'heure pile à la Carter Corp, ma stratégie bien en tête pour la journée. Matt me rattrape et nous franchissons ensemble la porte-tambour de l'entreprise.

— Comment va ? me demande-t-il sur un ton guilleret.

Je lui résume brièvement mon premier janvier et lui arrache quelques exclamations.

— Eh bien princesse, quelle histoire ! Félicitations pour cette promotion ! Tu aurais dû m'appeler, hier soir !

Son enthousiasme me met du baume au cœur. J'aborde aussi le message du mystérieux W@x3r. Matt tord le nez.

— C'est à la fois excitant et totalement *creepy*, si tu veux mon avis, me dit-il. Tu le sens comment ?

— Un peu comme toi. Même si pour l'instant, je ne sais rien de lui.

— Tu as raison, il n'y a pas de quoi de faire des films. Au pire, ce ne sera qu'un stalker de plus dans ta vie !

— Tu veux dire : un de plus que toi ? je réplique, tout sourire.

Romuald, l'agent d'accueil, nous salue avec l'un de ses fameux clins d'œil. Et si c'était lui, le dénommé W@x3r ? Une corbeille de papillotes trône sur sa banque. Je :

→ *m'approche pour en prendre une. Aller au 42*
→ *salue Romuald de loin. Aller au 187*
→ *trace ma route jusqu'à l'ascenseur, sans traîner. Aller au 91*

84

— Qui est en train de gagner la partie ?

Je désigne le plateau de jeu et remets les deux petits cailloux blancs à Jonas.

Immédiatement, je sens que l'atmosphère se gâte… Le manager grogne plus qu'il ne parle pour me répondre :

— Les noirs. Comme toujours.

— Non, je voulais dire : qui joue contre toi ?

— Mon père.

Je suis étonnée ; jamais je n'aurais imaginé que Jonas fasse venir des membres de sa famille sur son lieu de travail. Mais peut-être que son paternel bosse aussi à la Carter ?

— Je trouve ça chouette, je balance, afin de détendre l'atmosphère, que toi et ton père puissiez partager cela. Le mien est tellement mauvais joueur que, si j'ai le malheur de lui proposer une partie de cartes, elle se termine forcément en guerre ouverte !

Hélas, ma remarque a l'effet inverse de celui escompté : Jonas se tend. Je le vois reculer dans le canapé et mettre un peu plus de distance entre lui et moi.

— Les pions n'ont pas bougé depuis huit mois, m'avoue-t-il.

— Ah… des emplois du temps trop chargés ?

Jonas secoue la tête. Aux veines sur ses tempes, je perçois que son agacement monte d'un cran, mais les reproches refusent de sortir de sa bouche. J'ai l'impression d'être le témoin involontaire d'une relation père-fils conflictuelle, ou bien trop absente. La porte du bureau s'ouvre avec fracas et je sursaute, plus de soulagement que de surprise.

→ *Aller au 211*

85

— Alors tu es un artiste, comme moi ? je m'exclame, tirant un trait définitif sur cette Geri du passé. Tu sais, j'ajoute, j'aimerais bien apprendre à graffer, à l'occasion.

La fossette d'Ari refait son apparition pour mon plus grand bonheur. Ça me donne envie de l'embrasser, tout de suite, histoire de la retenir. Il ne faut plus qu'elle s'en aille, celle-là !

— Ça me ferait plaisir, moi aussi. On pourrait se faire une session ou deux, toi et moi, un de ces soirs ? propose-t-il. Je te montrerai quelques trucs.

— Génial, oui ! Ça me sortira la tête de l'eau… En ce moment, avec le speed meeting de la mort, je n'ai pas beaucoup de temps à consacrer au dessin. J'ai une chaîne Twitch sur laquelle je streame d'habitude, mais là, ce n'est plus possible.

Je n'ai pas pu me reconnecter depuis le premier janvier. Une semaine sans stream art et sans discussion avec mes followers, ça ne m'était jamais arrivé.

Le regard bleu d'Ari s'assombrit de nouveau.

— Ella, avant que… avant tout, je dois te confier quelque chose.

→ *Aller au 95*

86

— Dis donc, la pizza « bouchère », c'est un changement radical ! je m'exclame, alors que le serveur est toujours près de nous. Tu n'étais pas parti pour prendre les lasagnes végétariennes, à la base ?

Ari lève les yeux vers moi et bredouille :

— Euh, si, tu as raison ! Les légumes, c'est toujours mieux que la viande…

— Ce plat est un délice, tu ne le regretteras pas ! j'ajoute.

L'informaticien a l'air perdu, son sourire est passé de « craquant » à « carrément absent ». Toute l'assurance du pauvre garçon a elle aussi fichu le camp. Peut-être que c'est moi qui le mets dans cet état… ou bien une autre femme ? Je tends les menus au serveur en le remerciant pour sa patience, puis je :

→ *décide d'en avoir le cœur net. Aller au 108*

→ *lance une conversation sur n'importe quel sujet pour aider Ari à se détendre. Aller au 67*

87

J moins 4.

Dans mes veines, ce n'est plus du sang qui coule, mais des flots de panique liquide.

— Relax, me fait Matt depuis son bureau. Tu es dans les temps, non ? De quoi tu as peur ?

— De ma poisse légendaire.

Mon meilleur ami éclate de rire.

— Allons, princesse : ce speed meeting est comme qui dirait « sur les rails », tu n'as plus qu'à attendre tranquillement le départ du train.

— Un accident est si vite arrivé, je réplique en me penchant vers lui : un wagon qui se décroche, une vache sur les voies… ou même un attentat.

Matt secoue la tête. Il a un air moqueur et, comme je ne suis pas d'humeur, ça m'agace plus que de coutume.

L'irruption de monsieur Gomina (alias Samson) me fait me redresser illico sur ma chaise. Quand il se promène dans l'open space, on dirait toujours un contrôleur en quête d'un procès-verbal…

— Je vois que tu as encore le temps de bavarder avec ton voisin, me dit-il avec dédain.

— C'est ma faute, monsieur le professeur, déclare Matt avec un sourire en coin.

Loin de se dérider, Samson ignore le commentaire et laisse tomber une note de service sur mon clavier :

— Un travail en urgence, commente-t-il. Ryan Carter exige un dossier de synthèse sur chacun des entrepreneurs invités. Il veut pouvoir les consulter la veille de l'événement.

— Chacun des… je commence, balbutiante, avant de faire les yeux ronds et de m'exclamer : mais il y en a près de soixante-dix !

— Soixante-quatorze très exactement, précise Samson, un rictus naissant sur son visage de fouine. Mais puisque tu as du temps à tuer, ces synthèses ne devraient pas être un problème.

Mon tortionnaire repart les mains dans les poches, content de sa nouvelle trouvaille qui fera de ma vie un enfer. C'est à peine s'il ne se met pas à siffloter !

Des tremblements s'emparent de moi. Soixante-quatorze synthèses à écrire, à raison de quatre à six pages chacune… comme il faut que je dorme un peu avant le speed meeting, j'ai à peu près quarante heures devant moi pour pondre trois cent soixante-dix pages de prose, sans compter les recherches nécessaires. Impossible. Je me retiens à mon bureau pour ne pas flancher, mais les tremblements se font de plus en plus violents.

— Ella, ça va ? me murmure Matt.

— Ou… oui, ça va.

En vérité, je n'y arriverai pas toute seule, mais à deux, ça me semble encore faisable. Je peux demander à mon meilleur ami de m'assister (Aller au 17), quitte à ce qu'on passe deux soirs ensemble sur ce dossier… ou bien, je peux me tourner vers un expert en information qui connaît bien le domaine environnemental (c'est-à-dire Federico) et sera sûrement volontaire pour m'aider (Aller au 61).

La dernière solution serait de refuser tout net de produire ces synthèses (*Aller au 143*). Elles ont soi-disant été « exigées » par le CEO lui-même mais, après tout, qui me dit que ce n'est pas un nouveau stratagème de Samson pour me mettre en difficulté ? Il est bien capable d'inventer n'importe quoi pour que je me plante en beauté…

88

Mon premier cours de dessin. J'avais huit ans, et tout ce dont je me souviens, ce sont les mains de mon professeur : des mains solides, faites pour façonner, avec de l'encre de Chine sous les ongles et un fusain au bout des doigts. Celles d'Ari me les rappellent étrangement…

— Et voilà ! m'annonce celui ci, interrompant mes pensées. Il me tend un papier.

— Tu as un accès provisoire au disque local de Lucy. Cet identifiant et le mot de passe associés sont valables pour les deux mois à venir.

— Merci ! je réponds.

— En cas de problème, tu sais où me trouver, me fait-il en repartant vers l'ascenseur.

→ *Aller au 221*

89

Dans l'open space du quarante-deuxième étage, Claire fait le pied de grue près de mon bureau. Elle a l'air excitée comme une puce. Que fait-elle au service com' de si bonne heure ?

— Devinez quoi ? nous lance notre copine de la RH. Lucy a eu un accident de voiture ! J'ai enregistré son arrêt de travail en arrivant ce matin.

Matt et moi échangeons un regard entendu tandis que j'allume mon poste.

— Oh non ! s'exclame Claire avec une moue déçue. Ne me dites pas que vous étiez déjà au courant !

Les autres collègues de l'étage la foudroient du regard. Claire n'est pas la plus discrète de la firme… Je confirme d'un hochement de tête et lui fais signe d'approcher, histoire qu'elle baisse d'un ton.

— J'ai repris la mission de Lucy, je murmure. Sur le gros événementiel de janvier.

— Le SPEED MEETING ? s'écrie Claire.

Grognements dans tout l'open space.

— Claire… je grommelle, moins fort !

— Pardon. Celui présidé par Ryan Carter ?

Je hoche la tête, puis fronce les sourcils en parcourant le cloud : visiblement, Lucy n'y a pas déposé les dossiers dédiés à l'organisation de l'événement. Il va falloir que je trouve un moyen d'accéder à son disque local.

Joignant le geste à la parole, je passe de l'autre côté de la cloison qui me sépare habituellement de Lucy et m'installe à son poste. Une voix cassante s'élève soudain dans mon dos.

— Tu n'as pas autre chose à faire que de fouiller dans les affaires de tes collègues ?

Samson. Mon ventre se tord d'angoisse quand je l'entends me parler ainsi. Qu'est-ce que je lui ai fait, au juste ? Je me tourne vers lui et tente de sourire, mais ça ressemble probablement à une horrible grimace de stress.

— J'ai...

Les mots ont du mal à sortir de ma gorge. Mon chef me regarde différemment, ce matin. Je ne suis plus une petite assistante qu'il peut ignorer ; c'est sûrement ça qui le met dans une rage folle.

— Est-ce que tu connaîtrais le mot de passe de Lucy ? je demande d'une voix douce.

Sa réponse claque tel un fouet sur mon visage.

— J'ai l'air de travailler au service informatique ?

Rares sont les informaticiens qui se pointent chaque lundi matin avec un nouveau costume à deux mille dollars.

— J'ai une réunion dans cinq minutes, ajoute-t-il sur le même ton abrasif. Va chercher dix cafés pour moi et mes partenaires. Tout de suite.

Aller lui chercher des cafés ? Et puis quoi encore ? Je serre les poings. Matt franchit déjà la travée qui sépare nos deux rangées de bureaux. En tant que boxeur et ami, il doit ressentir la colère qui m'étreint et s'attend maintenant au pire. Derrière Samson, il m'adresse des gestes d'apaisement, m'encourage silencieusement à garder mon calme. Je :

→ *refuse tout net d'obéir à Samson. Aller au 9*

→ *m'exécute à contrecœur. Aller au 226*

90

— Clair ? Oh oui, très.

Je fais mine de partir, puis me ravise et ajoute :

— En parlant de « clair », si je puis me permettre, tu devrais éviter les costumes gris perle, parce que ça te donne l'air d'un Romuald. Pas très flatteur.

Un rire m'échappe. Je ne sais pas ce qui me prend. Les nerfs, sans doute. Alors que je m'attends à me faire jeter dehors comme une malpropre, Samson réplique entre ses dents :

— Heureux de voir que tu passes un bon moment. Puisque tu parles de Romuald, va donc lui tenir compagnie, tu veux ? Entre larbins, vous devriez vous entendre. Maintenant, hors de ma vue.

Je quitte le bureau de mon chef sans demander mon reste. Je peux maintenant m'adresser à Romuald, l'agent d'accueil, qui doit en effet conserver un bordereau de toutes les livraisons à la tour (merci Samson ! je n'y aurais pas pensé sans ton aide). Peut-être saura-t-il où la commande de goodies a été entreposée ? (Aller au 208) Ou alors, je peux me tourner vers Matt (Aller au 214), ou bien vers Ari (Aller au 92), si ce n'est pas déjà fait.

91

Matt fait un saut par la banque d'accueil pour récupérer quelques papillotes. De mon côté, je préfère ne pas m'arrêter et appelle directement l'ascenseur. Si Romuald est mon inconnu de Twitch, je creuserai la question plus tard. Ce matin, j'ai plus important en tête : le speed meeting doit se tenir dans moins d'un mois. Si je veux être à la hauteur de l'événement, autant commencer sans traîner.

→ *Aller au 89*

92

Me tourner vers l'informaticien serait une bonne idée pour prendre le problème par un autre angle. Je me demande comment il va. La dernière fois qu'on s'est vus, lui et moi, c'est quand…

→ *on a déjeuné ensemble. Aller au 183*
→ *je l'ai laissé en plan pour aller déjeuner avec Jonas. Aller au 247*

93

— Je suis désolée Federico, je réponds, mais ça ne va pas le faire.

— Dans ce cas, je suis aussi désolé que toi, *signora*… Bonne chance avec cette urgence.

Avant que je puisse répliquer, le journaliste me raccroche au nez.

— Super…

Je peux maintenant me tourner vers Matt (*Aller au 17*) ou bien oublier ces synthèses dans un coin de ma tête et me concentrer sur le reste (*Aller au 143*).

94

Je hèle Romuald :

— Hé ! Tu as besoin d'aide ?

Ma voix le fait carrément sursauter, et son air apeuré me donne l'impression qu'il vient de voir un fantôme…

— Non non non, merci, bafouille-t-il. Ça ira !

La porte du vestiaire s'ouvre derrière lui et un cauchemar ambulant en sort : Samson. Quand il m'aperçoit, son air soucieux se fait soupçonneux.

— Qu'est-ce que tu veux, toi ? me lance-t-il.

Bon sang, il ne peut pas me lâcher la grappe ? Je devrais peut-être en parler à Jonas. Lui saura probablement le recadrer, en espérant qu'il ne prenne pas sa défense…

— Rien, je réponds en le regardant droit dans les yeux. Je parlais à notre jeune collègue. Ça pose un problème ?

Les yeux de Samson se font fuyants. Il grommelle des mots que je ne comprends pas, mais j'ai autre chose à faire que de lui demander de répéter : mon rendez-vous n'attendra pas tout l'après-midi. J'emprunte l'ascenseur et laisse le pauvre Romuald gérer cet abruti.

→ *Aller au 24*

95

— Voilà, déclare-t-il en grimaçant : c'est moi, W@x3r.

Mes yeux papillonnent, le temps que mon esprit percute. W@x3r ? Le fameux W@x3r, celui qui m'a envoyé des messages privés début janvier ? Celui que je m'imaginais tantôt charmeur, tantôt voyeur ? J'étais loin de me figurer Ari derrière ce pseudo, lui qui me semble si franc et avenant, pas du tout secret. Je ne sais pas trop quoi penser de cette révélation. Quand je vais apprendre ça à Matt, je suis sûre qu'il sera aussi surpris que moi.

La porte du restaurant s'ouvre et Jonas fait son entrée, accompagné d'un Samson qui minaude à son bras. Mes yeux croisent ceux de Jonas et, soudain mal à l'aise, je détourne le regard. Oh, après tout : qu'est-ce que ça peut faire, au juste, si les deux managers me trouvent là ? J'ai bien le droit de déjeuner au restaurant avec un collègue, que je sache.

— Ella ?

La voix d'Ari, rendue lointaine par ma distraction. Je reporte mon attention sur lui.

— Tu… tu ne m'en veux pas ? me demande-t-il, nerveux.

Son front se plisse d'inquiétude. Alors c'est pour son identité cachée qu'il avait l'air si embarrassé ?

Je :

→ *donne raison à ses inquiétudes. Aller au 204*

→ *le rassure. Aller au 10*

96

— Tu veux parler d'Ari ?

Matt confirme.

— Ce n'est pas comme s'il y avait vraiment quelque chose entre nous…

— Ah bon ? J'avais pourtant compris que vous vous étiez rapprochés. Et puis, il est à ton goût, pas vrai ?

Je hausse les épaules.

— C'est vrai, oui. Mais… je crois que j'aurais finalement préféré qu'il ne me contacte pas sur Twitch.

— Pourquoi ça ?

— Parce que… parce qu'il est déjà partout !

Mon exclamation fait réagir dans l'open space. Des « chut » s'élèvent d'autres bureaux pour que je baisse d'un ton.

— Sur mon lieu de travail, dans ma vie en ligne, bientôt dans mon lit… je chuchote. On aura très vite fait le tour de nous deux, tu comprends ? Avec Federico, au moins, ça reste encore mystérieux.

— Je crois que tu exagères un peu, princesse, commente Matt.

Avec Federico, j'ai surtout l'impression de pouvoir ranimer une ancienne relation. Sa ressemblance avec Alex est si intense qu'elle ravive des sentiments puissants chez moi, des sentiments que j'avais pourtant pris soin d'enfouir très profondément, histoire de ne plus jamais souffrir par leur faute…. Mais ça, hors de question de le mentionner à Matt. Lors de ma rupture avec mon ex, il a bataillé des mois entiers pour me rendre le sourire. Si j'évoque ne serait-ce que l'ombre d'une rechute, il ne va pas s'en remettre et risque même de m'en vouloir.

— Bon, assez parlé de moi, je fais (je me lève pour attraper une bouilloire et me resservir de l'eau chaude). Ça fait des lustres que tu ne m'as pas raconté ce qui se passe dans ta vie !

→ *Aller au 60*

97

Retour à la case départ, pétrie de douleurs dans mon lit. Je me souviens maintenant…

Samson m'a montré une note rédigée par Jonas et signée par Ryan Carter lui-même. « Pas de favoritisme, c'est la règle ». Une belle épitaphe pour ce travail que je viens de perdre de la façon la plus idiote possible. Je le savais, pourtant : je n'aurais jamais dû aider ce type. Samson s'est fait un plaisir de me licencier.

→ *La suite en 235*

98

12 janvier

— Il a fait quoi ?! s'exclame Claire.

Elle met une main devant sa bouche, choquée par le comportement d'Ari. Matt, quant à lui, bat des cils d'étonnement, tout comme le serveur en train de remplir nos verres de chardonnay.

Pas plus tard que ce matin, je découvrais que Lucy avait déjà réservé un traiteur pour le speed meeting. Pensant avoir un élément de moins à gérer, je m'en suis réjouie, mais un mail abrasif de ce cher Samson m'a vite fait déchanter : il m'informait avoir pris soin de tout annuler… sous prétexte que Ryan Carter avait détesté les desserts de ce restaurateur lors d'un précédent séminaire.

Je soupçonne mon chef d'avoir inventé cette histoire : en ce moment, il adore m'en faire baver. Résultat, j'ai invité mes deux amis sur leur pause de midi pour tester un nouveau traiteur, et en profite pour leur raconter mes dernières « aventures ».

— Oui, comme ça : il n'a même pas touché à son plat et s'est confondu en excuses, avant de me laisser en plan.

— Manger seule au restaurant, quelle horreur ! renchérit Claire, encore plus désemparée que moi.

— Très étrange, ce garçon… commente Matt. En même temps, tu aurais dû te douter que tu allais tomber sur un os.

— Pourquoi ? je demande.

— Eh bien, il est drôle, sportif, craquant… vraiment trop parfait ! Ça cachait forcément quelque chose.

Claire pouffe de rire :

— Tu oublies qu'il bosse à l'informatique. C'était déjà louche, non ?

— Pas faux ! concède Matt en riant à son tour.

Je soupire en me resservant une de ces délicieuses verrines à l'aubergine pimentée.

— Arrêtez de vous moquer, tous les deux, je dis, alors que je peine moi aussi à garder mon sérieux. En vrai, ça m'inquiète un peu. Il y a de grandes chances que je sois responsable de son état, et j'ai horreur de ne pas savoir pourquoi.

— Si ça t'inquiète tant, parle-lui-en, me suggère Matt. Tu seras fixée.

— C'est une idée… Il me faudra simplement un prétexte pour me rendre de nouveau dans son service.

Une notification fait vibrer mon téléphone. C'est un message de Samson, qui me demande de rappliquer à la Carter pour un autre dossier… Je :

→ fonce à la tour, tant pis pour le traiteur. Aller au 48

→ préfère rester pour boucler la question du traiteur : le speed meeting avant tout. Aller au 271

99

— Je vais aller droit au but, déclare Jonas : notre collègue Lucy a eu un accident de voiture dans la nuit.

— Quoi ?! je hoquette.

J'ai du mal à contenir ma surprise et, en même temps, je me sens étrangement apaisée. Sauvée. Je :

→ *demande si l'accident est grave. Aller au 267*

→ *souffle de soulagement. Aller au 182*

100

Tout l'après-midi, je ne tiens pas en place. J'essaie de me concentrer sur une plaquette « ultra urgente » que m'a demandé de réaliser Samson, mais ce qui s'est passé avec Federico brouille mes réflexions… Et Matt, qui m'entend et me voit gigoter sans arrêt depuis son bureau, finit par s'en inquiéter :

— Ça ne va pas ? me chuchote-t-il. Tu as des démangeaisons là où je pense ?

Comme je lui fais les gros yeux, mon ami reprend :

— Oh allez princesse, je te charrie, tu le sais bien… Qu'est-ce qui te tracasse ?

Je lui fais un rapide résumé de la situation. Matt réagit comme à son habitude, avec des « oh ! », des « ah ! » et des yeux écarquillés, accompagnés de gloussements.

— Eh bien, eh bien ! Il emploie les grands moyens, ce Federico. Tu lui fais confiance ?

— Je ne sais pas trop… C'est un journaliste. Est-ce qu'on peut faire confiance à un journaliste ?

— À ta place, ce n'est pas son métier qui me préoccuperait, mais plutôt sa façon d'agir. Tu vas le revoir ?

— Peut-être.

— Mais alors, fait Matt, qu'est devenu ton autre « prétendant » ?

— Mon autre « prétendant » ?

Il doit sans doute faire référence à celui avec qui j'ai déjeuné l'autre jour.

→ *Si j'ai déjeuné avec Ari. Aller au 96*

→ *Si j'ai déjeuné avec Jonas. Aller au 11*

101

La triche, très peu pour moi et la Carter.

— Écoutez, Clarke… je commence.

Mon air contrit parle sans doute de lui-même. L'entrepreneur m'arrête d'une main.

— N'allez pas plus loin, fait-il, le regard aussi noir qu'une nuit sans lune.

— Je suis désolée. Vous aider me semblerait déloyal et, franchement, je me sentirais très mal vis-à-vis des autres entrepreneurs en lice. Vous imaginez, si ça finissait par se savoir ? La Carter aurait très mauvaise presse et… et vous, eh bien, je suis certaine que vous vous sentiriez aussi coupable que moi.

Clarke se lève, secouant la tête.

— Ne me servez pas de couplet moralisateur, Ella. J'ai compris. Je me débrouillerai sans vous.

Il sort de la petite salle et claque la porte derrière lui, oubliant son manteau.

Je le rattrape le vêtement à la main et croise le regard désapprobateur de Samson en train d'échanger un mot avec lui. Clarke récupère son vêtement et, sans rien ajouter, disparaît dans l'ascenseur. Mon chef me prend à parti :

— Je t'avais dit de répondre à sa demande, siffle-t-il entre ses dents. Au lieu de quoi, il repart mécontent ?

— Il voulait quelque chose que seul Ryan pourra lui offrir, je réplique aussi sèchement que possible. Je ne suis pas magicienne.

— Ça, on avait remarqué.

Je hausse un sourcil tandis qu'il retourne à son bureau. C'est bizarre : ces derniers jours, Samson m'avait habitué à des réparties bien plus cinglantes. Plus qu'en colère, il avait l'air… déçu ? Peu importe. J'espère seulement que Clarke n'ira pas trop pleurer dans les jupes de Jonas. S'il apprend que j'ai refusé d'aider son demi-frère, ça risque de barder pour moi.

→ *Aller au* **186**

102

Je commande un autre Green Cosmo pour la route et le descends cul sec. Le barman, un beau roux à la barbe fournie, m'adresse un sourire à tomber. D'un mouvement du menton, il me désigne Claire ; elle vient de s'affaler sur le comptoir, la tête dans un bol de chips.

— Elle va s'en remettre ! je lui fais avec un clin d'œil.

— Et vous ? réplique-t-il d'une voix un peu trop nasale à mon goût.

Tant pis, je pense. On n'a pas besoin de parler entre deux baisers…

— Moi ?

Je me redresse sur mon siège et bombe la poitrine, mais mon équilibre est quelque peu précaire. Une de mes fesses glisse de l'assise, je me retiens au bar de justesse.

— Moi, ça… ça va, je me sens tout à fait bien.

— C'est ça, c'est ça, me fait le barman en ricanant.

Son sourire s'élargit encore. Craquant.

J'attrape une assiette en carton qui traîne sur le comptoir (qu'est-ce que ce truc fait là ? j'en toucherai deux mots à Matt, la vaisselle à usage unique, non merci !) et je la retourne. Puis je tire un crayon de ma pochette et le pointe vers le beau rouquin.

— Je vais te… vous le prouver, je bafouille, tout en posant la mine sur le carton. Je suis une artiste de talent !

Après tout, je ne fais pas du « stream art » pour rien. Le dessin, pour pêcho, ça marche tout le temps ! Testé et approuvé à maintes reprises, parfois même de façon involontaire. Comme avec cette Hannah, là, il y a deux ans, une bikeuse à l'anniversaire de Matt. Elle avait cru que je la draguais en la dessinant, alors que mes intentions étaient strictement amicales. Elle s'était jetée sur moi dans la salle de bains et m'avais roulé une pelle. Embarrassée, je m'étais confondue en excuses et m'étais enfuie à toutes jambes. Aujourd'hui, avec le recul, je me dis que j'aurais peut-être dû profiter à fond de l'expérience qui se présentait à moi...

Je chasse ce souvenir et, en quelques coups de crayon, esquisse un portrait du barman. Je souligne les angles francs de son visage, ses yeux en amande, ses sourcils en bataille, sa mèche rebelle qui lui tombe comme une virgule sur le front... Mon œuvre terminée, je la retourne pour la lui présenter.

— Voilà ! je lance, fière de moi.

La réaction du barman ne se fait pas attendre. Il cille et me demande :

— C'est quoi, au juste ?

— Comment ça, c'est « quoi » ? Mais c'est vous !

— Ah ouaiiis... fait-il, tout en ramassant la collection de coupes que Claire et moi avons vidée. Si vous voulez mon avis, votre talent a disparu en même temps que le contenu de ces verres.

J'examine mon dessin d'un peu plus près. Un beau gribouillis, en effet... Les lignes se mélangent un peu trop devant mes yeux. Quand je relève la tête, le barman a déjà filé à l'autre bout du comptoir. Zut.

→ *Aller au 268*

103

L'été de mes sept ans. Des vacances de rêve en Floride, avec ma tante et ses filles. La ville s'appelait…

— Est-ce que tu connais Ponce Inlet ? je demande à Ari de but en blanc.

L'informaticien se fige une seconde avant de reprendre son pianotage.

— Plutôt bien, oui. J'y suis né. Pourquoi ?

— Ça alors ! Si ça se trouve, on s'y est croisés ?

Gamine, j'y suis restée pendant deux mois, tout un été. Les meilleures vacances de ma vie.

— Peut-être…

Cette coïncidence incroyable n'a pas l'air de le remuer.

— Et voilà ! m'annonce-t-il finalement en me tendant un papier. Tu as un accès provisoire au disque local de Lucy. Cet identifiant et le mot de passe associés sont valables pour les deux mois à venir.

— Merci ! je réponds.

— En cas de problème, tu sais où me trouver, me fait-il en repartant vers l'ascenseur.

→ *Aller au 221*

104

— Tu as raison, j'admets : personne.

En réalité, je pense à Jonas. Le souvenir de notre échange dans son bureau et de ce contact électrique entre nous à la soirée du Nouvel An me font de nouveau frissonner. Bravo, Ella ! Si tu as le chic pour t'enticher de mecs inaccessibles, tu n'as jamais fait pire qu'avec Jonas : gay et déjà maqué. Penche-toi plutôt sur le cas « Ari ». Lui, au moins, a l'air un peu plus intéressant !

→ *Aller au 75*

105

J'ajuste mon micro-cravate et allume la caméra, puis j'envoie une notification à mes abonnés. J'active ma tablette graphique et ouvre une page blanche sur mon logiciel de dessin. Rituel avant toute session créative, je fais rouler le stylet entre mes doigts. Le geste m'apaise déjà. Dessiner me fait toujours du bien. Très vite, une trentaine d'habitués se connecte sur le stream. Certains sont des twitcheurs comme moi, d'autres des étudiants en art avec qui j'ai sympathisé. Je ne les connais pas tous « IRL », bien sûr, mais quelle importance ? L'anonymat favorise les échanges entre nous.

— Salut la compagnie ! je lance. Bonne année à toutes et tous, c'est parti pour le premier stream de la nouvelle année !

De plus en plus de followers affluent et me saluent sur le tchat dédié, à grand renfort d'emojis.

— Aujourd'hui, je vous préviens, j'ai mal à la tête… Je vous propose qu'on se fasse une session « à la cool », d'accord ? Je dessine des lieux bien connus du globe, mais en troquant leurs contours contre de la végétation : arbres, plantes, fleurs, lierre, etc. Et vous… vous essayez de deviner où c'est. OK ?…

Les habitués ne sont pas très enthousiastes. Beaucoup sont trop fatigués pour jouer avec moi. Titouic, l'une de mes premières abonnées, me suggère un « draw my life ». Je réponds en faisant la grimace.

— Oh non, désolée… Vraiment, la soirée d'hier n'était pas géniale. Je n'ai pas envie d'en parler, même en dessin.

Une forêt de « cœurs » emplit le tchat, assortie d'une même question : « Qu'est-ce qui s'est passé ? » ou d'exclamations : « Raconte-nous ! »

Mes joues s'empourprent quand je repense à mon discours et au regard que m'a jeté Jonas. Je me mets à bafouiller :

— C'est juste que je me suis totalement ridiculisée, et… laissez tomber. S'il vous plaît, on passe à autre chose, d'accord ?

Je débute un croquis sans trop savoir où je vais. Une statue de la Liberté couverte de lierre prend forme peu à peu. Soudain, une fenêtre de tchat s'ouvre et je lis ce qu'un certain W@x3r m'adresse en privé :

Moi, je ne t'ai pas trouvée ridicule du tout, hier soir. Tout ce que tu as dit sur l'effondrement, c'était passionnant.

Quoi ?! Qui est ce W@x3r ? Quelqu'un qui bosse à la Carter, ou bien un simple invité du patron ? Interdite, je n'ai pas le temps de lui répondre que mon téléphone sonne. C'est Samson au bout de fil. Merde. Samson qui m'appelle, c'est vraiment mauvais signe. Tremblante, je…

→ *réponds à l'appel. Aller au 236*
→ *laisse plutôt sonner. Aller au 4*

106

Je refuse tout net. Ce n'est pas que je n'en ai pas envie, mais…

— Ce n'est ni le moment ni le lieu pour ça, je réponds.

— Ah ? Il y a un « lieu » et un « moment » pour les baisers ? *Non lo sapevo*…

Il joue l'ingénu en battant des cils, mais je ne me laisse pas amadouer. De l'autre côté de la vitre, Jonas s'est séparé de l'homme avec qui il se disputait. Le voilà seul en train de revenir vers la tour. Il n'a pas l'air plus abattu que d'habitude… Je me demande qui était cet inconnu, mais tant pis : céder à la requête de l'Italien m'aurait vraiment mise mal à l'aise. Mes baisers ne sont pas à vendre, et moi non plus. Et puis, qui me dit qu'il ne me baratinait pas ? Si ça se trouve, il ne sait absolument pas lire sur les lèvres et raconte n'importe quoi juste pour obtenir ce qu'il veut.

Je lorgne une montre invisible et me lève de mon siège :

— Je vais y aller, j'ai du travail qui m'attend.

— *Molto bene*. Je vais faire pareil. Merci pour ce… café, Ella, ajoute Federico. *Ciao*, à bientôt peut-être ?

— Peut-être, je lâche, avant de filer vers l'ascenseur.

→ Aller au 146

107

— Que penses-tu de Claire ? je suggère.

Matt fronce les sourcils, stylo en bouche.

— Hmm… Tu veux parler de « notre » Claire ? Celle qui a le sourire greffé au visage, des doigts de fée en pâtisserie et qui concourt tous les ans pour être élue Reine du commérage ?

— Celle-là même ! D'accord, tu vas me dire que ce n'est pas ton style de nana… Mais elle est chou, non ?

— Certes, adorable, mais… mais c'est Claire.

— Et ? j'insiste.

— Eh bien, je ne sais pas si elle et moi on pourrait… enfin, sauter le pas. Ne plus être amis, tu vois, devenir « autre chose ».

— En couple, l'autre reste un ami, je réplique avec un sourire en coin. J'ai même entendu dire que c'est le meilleur ami qui soit.

Matt lève les yeux au ciel.

— Écoutez-la, cette coquine : elle me ressort mes propres paroles pour me les jeter au visage !

Je lui souffle un baiser de la main et retourne à ma plaquette. Cette pause légère m'a fait du bien, mais il est urgent que je me remette au travail.

— Promets-moi d'y penser, je fais.

— Je promets, je promets…

→ *Aller au 171*

108

— Tu as des soucis ? je lui demande. Tu veux m'en parler ?

Ari secoue la tête avec énergie.

Si ce n'est pas une énorme perche, ça, je ne sais pas ce que c'est. Je soupire et enfile mon costume de psy. Matt me ferait sans doute remarquer (à juste titre) qu'il n'y a rien de mieux pour se tirer une balle dans le pied quand on veut l'amour, et pas l'amitié… Mais ce pauvre Ari me fait de la peine.

— Allez ! je fais en lui prenant les mains pour l'empêcher de transformer sa serviette de table en confettis. Crache le morceau !

J'imagine déjà plusieurs scénarios : il s'est fait larguer et a besoin d'une oreille compatissante… Ou bien, à l'opposé : il a plaqué sa copine pour de mauvaises raisons, et il l'a dans la peau. Ou bien encore : il est amoureux d'une femme, mais il vient d'apprendre qu'elle est lesbienne. Dans tous les cas, s'il se confie, je serais probablement rangée dans la case « amie » pour le reste de ma vie. Mais que voulez-vous ? Je ne peux pas m'en empêcher : je suis une éternelle gentille.

Ari prend une longue inspiration, comme s'il s'apprêtait à plonger pour un concours d'apnée. Zen, le Maori ! Il va finir par me rendre chèvre avec toutes ses simagrées.

→ *Aller au 95*

109

Samson entre en trombe dans le bureau de Jonas et marque un temps d'arrêt.

— Qu'est-ce que tu fais là, toi ? feule-t-il.

— Du calme, Samson, le tempère Jonas. C'est moi qui l'ai invitée.

Le beau brun se tourne vers moi, me regarde droit dans les yeux et ajoute :

— Pour parler speed meeting. La date approche.

— Tu aurais pu en discuter avec moi, rétorque Samson. Je suis au courant de tout ce que fait Ellie. Je suis son boss, tu te souviens ?

Je déglutis et :

→ *vais dans son sens. Aller au 195*

→ *apporte de la nuance. Aller au 28*

110

Le silence, entre Ari et moi, n'est pas désagréable. Au contraire : il me fait l'effet d'une bulle de paix et de sérénité. Je ne sais rien de ce mec, et pourtant je me sens bien en sa présence. Comme s'il y avait une connivence installée de longue date entre nous.

Nous étions épaule contre épaule, mais voilà qu'Ari se penche sur moi. Il tend le bras vers le bouton d'arrêt d'urgence de l'ascenseur avant de se raviser. Au passage, il partage avec moi un parfum de sable vanillé, sans fausse note avec son allure de vacancier… Dans ma poitrine, mon cœur s'emporte. Le visage d'Ari n'est plus qu'à quelques centimètres du mien. Je me noie littéralement dans ses yeux bleu azur, avec l'envie irrépressible de coller mes lèvres aux siennes, sans réfléchir.

— Ella… bredouille-t-il. Je voulais te dire…

Oui ? je l'encourage dans ma tête.

J'ai envie de toi, me dit-il enfin tout bas en collant son front fiévreux contre le mien, puis en glissant sa langue dans ma bouche, une langue curieuse, gourmande, découvreuse. *Depuis ce premier jour,* reprend-il, *dans mon bureau, j'aurais voulu…*

Tais-toi, je m'entends répondre avant de bloquer pour de bon l'ascenseur. *Tais-toi et prends-moi. Tout de suite.*

Allions le geste à la parole. Nos hauts (chemisier cintré, t-shirt décontracté) restent en place tandis que nos bas (jupe crayon, collants, jean) se font la malle. Mes mains dévalent le dos puissant d'Ari, pétrissent avec avidité ses fesses à la fois fermes et douces, pendant que lui se perd dans le parfum de ma chevelure. Tout contre moi, mon Maori dégage la chaleur enivrante d'un soleil insulaire ; le contact de sa peau me transporte ailleurs, bien loin de cet ascenseur où les néons blafards me filent le cafard. Quelques caresses plus tard, nos souffles sont déjà courts, nos sexes humides de désir. Leur rencontre est inévitable. Guidé par mes soins, Ari pénètre en moi. Nos corps s'enchevêtrent, s'entrechoquent, s'aiment. Nos respirations s'unissent, bouche contre bouche, sexe contre sexe. Les secondes s'allongent, se rétrécissent, perdent la boule et pendant ce temps devenu fou, Ari poursuit son balancement régulier. *Dedans. Dehors. Encore*, je lui murmure à l'oreille, la voix perlée d'émotion. Sur l'échelle du plaisir nous grimpons ensemble, de plus en plus haut, de plus en plus vite. Les palpitations de nos cœurs s'emballent, je les sens au creux de nos deux ventres, non plus bas, là où ne faisons qu'un.

Et puis… Et puis l'ascenseur s'arrête net, émet un « ding » qui rompt immédiatement le charme. Ari fait un pas en arrière, comme s'il venait de se brûler à mon contact.

Merde. Je déglutis, me rends compte que tout ce scénario ne se jouait que dans ma tête, qu'il ne s'agissait que d'un nouveau fantasme, loin, très loin de la réalité. Ma pauvre Ella. Mais une phrase du Maori est restée en suspens. Quoi ? Qu'est-ce que tu voulais me dire, Ari ? Je supplie intérieurement le dieu des élévateurs pour que le nôtre reparte… Au lieu de cela, les battants s'ouvrent et Jonas apparaît sur le seuil du cinquième étage.

→ *Aller au 144*

111

Je toque à la porte de son bureau. Aucune réponse. Dans l'open space, les autres employés du service com' s'affairent sans faire attention à moi. Peut-être que Samson est avec lui en ce moment… Ce qui serait un argument de plus pour éviter de le déranger. Je plaque l'oreille contre le battant, mais rien ne filtre.

Je consulte sur mon smartphone l'agenda partagé du service com' ; rien de noté pour Jonas. Il s'est sans doute absenté. Un signe pour que je tourne les talons ? Je :

→ *décide tout de même d'insister. Aller au 239*
→ *préfère abandonner et rester prudente : Aller au 186*

112

Après une matinée éreintante au téléphone, je prends le soleil hivernal en compagnie de Claire et de Matt. On boit un café sur le parvis de la tour avant de retourner à nos tâches respectives.

Claire partage avec nous des scones maison.

— Comment vous les trouvez ? nous demande-t-elle, ses grands yeux passant de Matt à moi, interrogatifs.

Des frisettes malicieuses s'échappent de sa capuche molletonnée pour lui chatouiller le nez.

— Délichieux, fait Matt la bouche pleine. Tu es vraiment la meilleure pâtissière que je connaisse.

— Bien d'accord ! je confirme, en mordant dans un des gâteaux.

Les joues de notre copine s'empourprent sous nos compliments. Je surprends le regard de Matt qui s'attarde un peu plus longtemps que d'habitude sur Claire. Je devrais peut-être :

→ *jouer les entremetteuses. Aller au 242*
→ *ne pas me mêler de ça. Aller au 254*

113

— C'est vrai, j'avoue, soudainement hésitante. Je ne comprends toujours pas ce qui a poussé Jonas, le chef de mon chef, à me déléguer cette mission. Je crois que c'est quelqu'un de bien, alors je lui fais confiance mais... tu sais, ce speed meeting, c'est un événement d'envergure. Il en va de la réputation de la Carter Corp, de son rayonnement à l'international. Je suis bien organisée, mais tous les jours, j'ai peur de faire une bourde et de voir l'ensemble de l'édifice s'écrouler comme un château de cartes...

Federico pose une main sur les miennes, crispées.

— Ella, je suis sûr que tu te débrouilles *perfettamente*, me dit-il avec un sourire désarmant. Ce... Jonas. C'est Jonas Chen, c'est ça ? (je hoche la tête). J'ai déjà entendu ma collègue prononcer ce nom... Il fait partie de la famille Carter, lui aussi ? me demande le journaliste.

— Pas que je sache.

— Tant mieux.

— Pourquoi, « tant mieux » ?

→ Aller au 64

114

12 janvier

— Tu as fait quoi ?! s'exclame Claire.

Pas plus tard que ce matin, je découvrais que Lucy avait déjà réservé un traiteur pour le speed meeting. Pensant avoir un élément de moins à gérer, je m'en suis réjouie. Mais un mail abrasif de ce cher Samson m'a vite fait déchanter : il m'informait avoir pris soin de tout annuler… sous prétexte que Ryan Carter avait détesté les desserts de ce restaurateur lors d'un précédent séminaire.

Je soupçonne mon chef d'avoir inventé toute cette histoire. Résultat, j'ai invité mes deux amis sur leur pause de midi pour tester un nouveau traiteur, et en profite pour leur raconter mes dernières « aventures ».

— Oui je sais, je dis : moi non plus, je ne vois pas pourquoi je me suis évanouie.

— Tu ne nous couverais pas quelque chose ? demande Claire. Une mauvaise grippe ?

Je secoue la tête.

— Je ne crois pas.

— Ou alors, quelque chose a fait grimper ta jauge de stress en flèche, commente Matt. Ça m'est arrivé une fois. Comme toi, j'ai tourné de l'œil sans prévenir.

— Ah oui ! Je me souviens, je m'exclame. C'était pendant le grand oral, non ?

— Exact, confirme Matt. Il y avait dans mon jury une nana que… enfin, j'avais eu une histoire avec elle. On s'était rencontrés une semaine plus tôt dans un bar, et pour la draguer, j'avais menti sur toute la ligne. Je m'étais inventé une carrière, une maison dans les Hamptons… La retrouver en face de moi ce jour-là, ça m'a fait un choc. Mais le pire, ça a été quand elle s'est mise à déballer toutes mes conneries devant les autres examinateurs. J'ai bien cru que j'allais être recalé pour un simple coup d'un soir. Je ne me suis jamais senti aussi mal de toute ma vie. Et là, mon cerveau n'a pas trouvé meilleure idée que de me faire tomber dans les pommes. Est-ce que Jonas a dit ou fait un truc qui aurait pu provoquer ça chez toi ?

— Pas que je me souvienne…

Je me garde bien de préciser ce que *moi*, j'étais en train de lui avouer. Je n'ai pas envie de me remémorer ce moment gênant… Qu'est-ce que je croyais, au juste ? Qu'il allait me prendre dans ses bras et me confier que, lui aussi, depuis le Nouvel An, il ressentait la même chose pour moi ? N'importe quoi.

Une notification fait vibrer mon téléphone. C'est un message de Samson, qui me demande de rappliquer à la Carter pour un autre dossier… Je :

→ *fonce à la tour, tant pis pour le traiteur. Aller au 48*

→ *préfère rester pour boucler la question du traiteur : le speed meeting avant tout. Aller au 271*

115

Je lève devant moi le menu du New Delhicious, en espérant que cela suffise à me rendre invisible. Mon cœur bat la chamade, à croire que je suis en mission d'infiltration pour le compte de nos concurrents! Pourquoi est-ce que j'agis comme une collégienne? Samson, bien sûr, est devenu si désagréable ces derniers jours que je me porte mieux en le croisant le moins possible… Mais il y a autre chose, je le sens. Quelque chose qui concerne Jonas, que je n'ai pas envie qu'il voie.

Je baisse doucement la carte afin de jeter un œil au comptoir. Merde! Ari et Jonas discutent ensemble… Oh non, Ari désigne notre table de la main! Et voilà : comment se retrouver grillée en deux secondes!

Qu'est-ce qu'il lui raconte sur nous? Sur ce tête-à-tête aux allures de «date»? Le rouge me monte aux joues. Je repose le menu et adresse un sourire poli à Jonas, qui évidemment, reste de marbre. Samson est plus expressif; il se colle à son mec, passe une main dans son dos… Je me retiens de lever les yeux au ciel. Franchement, Samson, tu devrais carrément lui pisser dessus, histoire de bien marquer ton territoire!

Des bouffées de colère remplacent celles de honte. Je tâche de me raisonner. Après tout, Ari peut bien raconter ce qu'il veut. Je ne vais pas jouer les timides. Sur un lieu de travail, on a le droit d'être ami avec ses collègues, d'aller au restaurant avec eux, et plus si affinités… Ça n'a jamais dérangé personne. Mieux : je ne me suis jamais cachée, alors pourquoi la situation changerait-elle aujourd'hui ?

Ari revient à table, une assiette remplie à ras bord à la main. Alors que Jonas et Samson s'en vont avec leur commande, il surprend mon regard rivé sur eux.

— Ça va ? s'enquiert-il.

— Très bien, pourquoi ?

Je peux être franche, mais je mens aussi très bien.

— On dirait que tu viens de croiser ton pire ennemi, répond Ari.

Une appellation qui irait comme un gant à Samson, en effet... Mais pour Jonas, à cet instant, tout mon corps me hurle le contraire. Je change de sujet en désignant l'assiette d'Ari :

— Tu me fais goûter ?

→ *Aller au 130*

116

J'ignore son état et réponds à sa question.

— Il s'agit de ton frère Clarke...

— Demi-frère, me corrige-t-il.

— Demi-frère, oui. Il est venu me rendre visite. Il m'a demandé une faveur, en vue du speed meeting. Un passe-droit.

— Et tu as accepté, déclare Jonas d'un ton neutre.

— Non. Pas encore, en tout cas. Je voulais avoir ton avis.

Mes doigts se tordent de nervosité. Je m'agenouille sur le tapis, face à lui.

— Je sais qu'il est de ta famille, j'aurais probablement dû l'aider, mais…

— Tu as bien fait, me coupe Jonas.

Sa remarque me surprend tellement que je balbutie :

— Qu… quoi ?

— Clarke est un incapable, rongé par la jalousie. Son projet semble magnifique sur le papier, mais crois-moi, ce n'est qu'une illusion, bien loin des valeurs mises en avant dans son argumentaire. C'est une merde qui ne mérite pas de rencontrer Ryan.

Un malaise me vient. C'est bien la première fois que j'entends Jonas s'exprimer aussi durement.

— Je suis désolé, reprend-il, comme s'il avait remarqué l'effet que ses paroles ont sur moi. J'aurais peut-être dû t'avertir avant, le concernant. Est-ce qu'il a été désagréable avec toi ?

— Non… non. À vrai dire, il a été plutôt poli.

— Avec les années, il a sans doute appris à masquer son impatience. Excepté avec moi : il ne peut pas s'empêcher d'être odieux.

— Il n'a pas de raison de se cacher de son petit frère qui le connaît déjà très bien.

— « Petit » frère ?

Jonas ricane.

— Clarke est plus jeune que moi.

— En le voyant, je n'aurais pas cru.

— Son mauvais fond l'a probablement fait vieillir plus vite. Merci, ajoute-t-il : merci d'avoir fait rempart.

Je :

→ lui demande pourquoi il a bu. Aller au 74

→ lui suggère de prendre du repos. Aller au 222

→ tente d'en savoir plus sur son état :

• Si je sais qui est sur la photo de son bureau. Aller au 152

• Si je sais qui jouait contre lui au go. Aller au 59

→ Enfin (si 2 cœurs ou plus ont déjà été débloqués), je peux aussi trouver le courage de reparler de notre déjeuner en tête-à-tête. Aller au 203

117

Pas le temps, je suis en retard, tellement en retard ! Je le fais comprendre à Romuald en évitant son regard. Aujourd'hui, désolé mon joli, on ne flirtera pas ! J'allonge mon pas avant d'appuyer frénétiquement sur le bouton de l'ascenseur.

→ Aller au 89

118

— Que veux-tu en retour ? je demande.

— J'aimerais venir au speed meeting dont tu as la charge. Tu auras bien une entrée pour moi ?

Je fronce les sourcils.

→ Aller au 230

119

— En effet, et qu'y-avait-il sur ce pass ?

— Encore une question ? Tu avais dit qu'il y en aurait une seule !

— Réponds-moi.

— Pff…

Pourquoi me cuisine-t-il autant ? Est-ce que ce pass magnétique a un rapport avec la commande ? Si c'est le cas, ça signifie que Samson est lié à la disparition des goodies… et que Romuald est complice. Bon, ne t'énerve pas, Ella. Tu as besoin de Romu, alors réfléchis : que pouvait-il y avoir sur ce pass ? Un élément qui permet de l'identifier rapidement, peut-être…

— Un numéro à trois chiffres. *Aller au 197*

— Un logo de la Carter. *Aller au 35*

— Un smiley souriant. *Aller au 231*

— Une étiquette rouge. *Aller au 158*

— Le mot « Archives » écrit en bleu. *Aller au 68*

120

— Ça va, je ne vous dérange pas trop pendant votre petite séance de yoga improvisée ?

Samson est penché au-dessus de nous, les traits déformés par la fureur. Il nous a hurlé dessus sans faire de distinction, mais je sens bien que je suis celle dont il se méfie. Pour lui, son amant est hors de cause.

Jonas se remet debout. Le masque de neutralité qui pare habituellement son visage a repris sa place.

— Du calme, Samson, dit-il. C'est moi qui lui ai proposé cet… exercice.

Le beau brun baisse le regard vers moi et ajoute :

— Pour aborder le speed meeting depuis un autre point de vue. Sortir de notre zone de confort. La date approche et Ella a besoin de toute l'aide que nous pourrons lui fournir afin de mener cette mission à bien.

Il ment avec une telle assurance que c'en est déstabilisant. Et Samson a l'air de gober ça tout rond.

— Tu aurais pu m'en parler avant, rétorque-t-il, tu ne crois pas ? Ou m'inviter.

— Je l'ai fait, réplique Jonas. Tu n'étais pas disponible.

Lui et son amant échangent un long regard, ils semblent oublier ma présence… C'est parfait, parce que je ne rêve plus que d'une chose : m'enfuir très loin d'ici. Je me relève et cherche à filer en catimini quand Samson me lance une ultime menace.

— Ce soir, ne t'échappe pas trop vite, me dit-il. Toi et moi à 18 heures, on va avoir une petite conversation.

Une fois dehors, je ravale mes larmes en pensant à ce qui me pend au nez… et cours me confier à Matt.

♦

En choisissant ce chemin, Ella vient de vivre un moment crucial pour sa carrière, symbolisé par ce carreau. Retenez bien le nombre

de carreaux que vous collecterez au cours de votre lecture… car il se pourrait qu'il y ait des conséquences !

→ *Aller au 63*

121

2 janvier

Sortir avec Matt n'était peut-être pas l'idée du siècle.

Ce matin, j'arrive à la Carter avec presque cinq minutes de retard. La veille, en rentrant du bar, j'ai vu que j'avais raté je ne sais combien de messages sur mon Twitch, à commencer par celui d'un certain W@x3r qui dit m'avoir « remarquée lors de la soirée du Nouvel An »… Pour ne rien arranger, j'ai failli avoir un accident de vélo et je me coltine un mal de tête depuis le réveil. Des pulsations sourdes qui refusent de diminuer, malgré les deux cachets de paracétamol que je viens d'ingurgiter. En passant la porte-tambour, je remets ma jupe-portefeuille en place, stressée.

Romuald, l'agent d'accueil en costume gris, m'adresse son clin d'œil habituel. J'espère qu'il a tout oublié de ma prestation du trente-et-un… Une corbeille de papillotes trône sur sa banque. Je :

→ *m'approche pour en prendre une. Aller au 140*

→ *salue Romuald de loin. Aller au 209*

→ *trace ma route jusqu'à l'ascenseur, sans traîner. Aller au 117*

122

Jonas et moi nous rendons d'abord au très chic restaurant indien du coin, le New Delhicious ; le manager récupère une commande pour notre déjeuner (il avait donc prévu que j'accepterais sa proposition ?), avant qu'on remonte tous les deux au quarante-deuxième étage de la tour.

Sans dire un mot, Jonas déverrouille la porte de son bureau.

L'antre est autant en désordre que la fois dernière… soulignant une fois de plus la contradiction entre l'homme, à l'allure si précise et impeccable, et son environnement de travail.

Jonas referme derrière lui et m'étudie de ses yeux sombres, tachetés d'or.

— Fais comme chez toi, me dit-il enfin.

Ce n'est pas comme si son bazar débordait d'options ! Je ne peux pas m'empêcher de penser que cette banale proposition est un nouveau test. En bon stratège, Jonas cherche à brosser un portrait de ma personnalité. Je me sens telle une souris blanche piégée dans son laboratoire. Espérons que la suite de l'expérience me sera favorable…

Après réflexion :

→ j'emprunte le siège en cuir de son bureau. Aller au 57
→ j'opte pour le siège invité, en face. Aller au 243

123

La soirée bat son plein et nos verres à tous les trois s'empilent... Je ne sais plus combien j'en ai bus, mais j'ai chaud. *Très* chaud. Je pivote sur mon tabouret de bar et observe les convives autour de moi, me faisant la réflexion qu'il y a beaucoup d'employés masculins à la Carter. Peut-être que l'un d'entre eux serait tenté par une nuit avec une fille torride du service Événementiel ?

Je souris à cette pensée mais je me reprends aussitôt : il faut que j'arrête avec ces aventures sans lendemain. Sur le moment c'est amusant, c'est vrai, mais... j'ai toujours ce vide en moi, depuis ma rupture avec Alex. Et rien de ce que j'ai pu faire depuis trois ans n'a jamais réussi à le combler. L'impression de courir comme une dératée dans la mauvaise direction... Près de l'estrade, je repère de nouveau Jonas et Samson en train de discuter avec la responsable des Ressources humaines, Cassidy Sparke, et son adjointe (devrais-je plutôt parler d'esclave ?). Si Cassidy lorgne la foule de son regard de vipère (d'après Claire, elle a la langue qui va avec), la façon dont Samson reluque Jonas est bien différente... S'il le pouvait, je suis sûre qu'il lui ferait l'amour là, tout de suite, sur la piste de danse. Jonas, lui, garde une distance respectueuse, que ce soit avec Samson ou ses interlocutrices. Quand il s'adresse aux autres, ses pommettes hautes et ses lèvres bougent à peine. Il a la beauté d'une statue de glace. Ses mains aux longs doigts de pianiste s'agitent beaucoup, mais je devine que dans son cas, il ne s'agit pas de remplissage inutile. Tout semble si calculé, si expert chez lui. Cet homme-là ne doit sans doute jamais rien laisser au hasard. Et moi, je me laisserais bien caresser par des gestes aussi maîtrisés…

Mais qu'est-ce que je raconte ? Je secoue la tête. En plus d'être gay, ce type est déjà pris, Ella. Autrement dit : passe ton chemin.

Claire rapproche son tabouret et se colle à moi façon chewing-gum, puis rappelle le barman pour un autre Green Cosmo. Matt a eu l'excellente idée de faire adapter plein de cocktails connus pour les mettre « au vert ». Après plusieurs essais, on a décrété que le Green Cosmo était notre boisson favorite ! Le jus de canneberge du cocktail original a été remplacé par une décoction de menthe poivrée et de thé matcha. Additionnés probablement d'un soupçon de curaçao, sans quoi, impossible d'obtenir un vert aussi flamboyant que celui-là ! Matt me reluque avec des yeux qui pétillent ; l'alcool lui fait beaucoup d'effet, on dirait. Il se penche vers moi et me chuchote :

— Je sais à quoi tu penses, princesse.

— Ah oui ?

— Oui. Tu penses : « Qui vais-je bien pouvoir glisser entre mes cuisses, cette nuit ? »

Claire fait les yeux ronds. Pour la forme, j'administre à mon ami une tape sur le bras :

— Aïe ! se plaint-il, rigolard.

Sourire aux lèvres, je finis tout de même par lui donner raison.

— D'accord, tu me connais bien. Je suis ouverte aux suggestions !

En réponse à ma demande, Matt lève les mains et prend un air de petit angelot innocent.

— Mais, madame, dit-il, je me garderais bien de vous conseiller qui que ce soit ici…

Je manque de m'étouffer.

— Ben voyons ! je fais entre deux hoquets. Qui a essayé de me brancher avec tous les gars de la com' ? Ce n'est pas toi, peut-être ?

— C'était différent, objecte Matt. Il s'agissait d'éveiller chez toi – et chez eux – de l'intérêt… social, disons. Je n'ai jamais parlé de relation charnelle, que je sache…

Claire pouffe.

— Mais Matt, s'écrie-t-elle, tu ne parles « que » de ça !

Je tape du plat de la main sur le comptoir et conclus :

— Claire : un, Matt : zéro !

Claire et moi éclatons de rire, tandis que mon meilleur ami nous abandonne en faisant semblant de bouder. En réalité, je sais qu'il a une fille du secrétariat exécutif en vue, une collègue de Lisa ; il profite que cette grande brune est seule pour foncer vers elle et entamer un tête-à-tête.

Quant à moi, je décide de…

→ *me commander un autre verre pour la route. Aller au 102*

→ *m'aventurer sur la piste de danse. Aller au 19*

124

Sapé comme un prince, mon journaliste! Il a même dégainé le nœud papillon pour l'occasion. J'ai du mal à croire qu'il avait pensé à apporter ce genre de costume à New York. Jusqu'à présent, il m'a plutôt fait l'effet d'un baroudeur se fichant complètement de sa tenue.

Néanmoins, il a gardé avec lui son accessoire fétiche : son smartphone est pendu autour de son cou, façon paparazzi.

Je l'accueille en tapotant l'écran de son joujou électronique :

— Pas très discret, monsieur! je lui fais.

Federico m'offre un sourire enjôleur.

— Mais, *signora*, je me sentirais nu sans lui…

Il réalise avec deux-trois clichés de la foule attroupée près du buffet.

— Ne te fais pas remarquer, je lui rappelle.

— Ne t'inquiète pas, *bellissima* : je connais mon métier. Merci encore de m'avoir permis de venir aujourd'hui. Christina, ma collègue, sera ravie!

Il dépose un baiser sur ma joue et, à la manière d'un touriste, entreprend de visiter les lieux.

→ Aller au 265

125

Après une semaine de congé maladie, je reviens à la tour Carter sous les applaudissements de tout le quarante-deuxième étage. Claire a fait un crochet par le service com' : épaule contre épaule avec Matt, elle m'adresse un sourire timide. Notre boss, Ryan Carter lui-même, est là pour me féliciter, dans un splendide costume couleur acier qui met en valeur son regard magnétique :

— Madame Forest : bravo ! me dit-il. Votre énergie sans limites et votre persévérance ont permis le succès de ce speed meeting. Nos actions ont pris vingt points rien que ce matin ! Chen a eu une excellente intuition en vous confiant cette mission.

— Comme toujours, glisse l'intéressé avec un sourire non feint.

Je note que Samson, mon chef, est absent aujourd'hui. Encore une bonne nouvelle ! J'attrape la coupe de champagne que Matt me tend. Depuis mon réveil, une question me taraude, elle remplit tous les silences et sous-titre toutes mes pensées.

— Et… à propos de Federico ? je demande. Le journaliste, ses menaces…

Ryan pose une main rassurante sur mon épaule.

— Ne vous en faites pas, la firme n'a rien à craindre. Ses dires sont des mensonges, basés sur une profonde rancœur et un désir de vengeance. Nos activités ne peuvent être mises en doute par ce genre d'allégation sans fondement.

Le CEO désigne Jonas.

— J'ai demandé que votre travail soit reconnu autrement qu'avec des bulles de champagne. Chen ?

Jonas hoche la tête.

— Que dirais-tu d'être la nouvelle responsable Événementiel de notre filiale new-yorkaise, Ella ? me propose-t-il.

La mâchoire m'en tombe presque et Matt s'esclaffe. Mon meilleur ami s'incline vers moi ; il me chuchote :

— Princesse, c'est à ce moment-là que tu réponds « oui ».

— Mais, Samson… je marmonne.

C'est le poste de mon supérieur, et on me le refile comme ça, sans le consulter ?

— Samson ne travaille plus ici, déclare Ryan.

Viré ? je pense. Pourquoi ?

— J'ai accepté sa mutation, me précise-t-il. Pour une nouvelle filiale que nous ouvrons à Shanghaï.

Jonas était-il au courant ? Samson l'aurait averti avant de postuler pour un job à des milliers de kilomètres de là… Enfin, j'espère. Le beau brun conserve une expression indéchiffrable.

— Alors ? me relance-t-il. Intéressée ?

— Je crois que… que j'ai besoin de réfléchir, je réponds. Et d'étudier ce nouveau contrat avec attention.

Ryan lâche un rire franc ; il choque sa coupe contre la mienne et me félicite encore :

— De l'énergie et de la sagesse : j'aime ça ! Chen ? Vous n'avez qu'à poursuivre cette discussion dans le futur bureau de madame. Enfin, celui qui le *deviendra* si elle se décide à signer, bien sûr…

Il désigne d'un geste vague l'ancien domaine de Samson. Matt et moi échangeons un sourire en coin : promue à un poste de direction après seulement huit mois dans le service… J'ai fait mieux que lui !

Le pas et le cœur légers, je m'engage dans le sillage de Jonas. Professionnellement, cette nouvelle année est aussi éprouvante que réussie. Je suis sur la bonne voie, non ? En tout cas, mon avenir se fera à la Carter… et on ne pouvait rêver meilleur épilogue que celui-là !

FIN

126

Moi qui m'imaginais trop entreprenante ! Cet Italien me bat à plates coutures. Mais je ne boude pas mon plaisir. Après tout, j'ai bien envie de vérifier si sa ressemblance avec Alex va jusque-là…

— *Allora* ? me demande Federico, tandis que l'homme avec Jonas tourne les talons, le laissant seul sur le parvis.

Je jette un coup d'œil vers la banque d'accueil. Romuald est concentré sur son écran, il ne fera pas attention à nous. J'attrape Federico par le col de sa chemise et écrase mes lèvres contre les siennes. Tout de suite, sa langue au goût de café noir rencontre la mienne. Son baiser est pressé, impétueux, tout comme pouvaient l'être ceux d'Alex, quand on ne se voyait pas pendant deux semaines et que les retrouvailles se faisaient… urgentes. Je sens sa main qui appuie sur ma nuque pour m'empêcher de reculer. Si nous étions dans une chambre, nul doute que les vêtements auraient déjà volé un peu partout à travers la pièce. Mon journaliste est décidé à faire en sorte que ce baiser dure… Du coin de l'œil, je surprends Jonas en train de marcher vers l'entrée de la tour. Vite ! Sans douceur, je repousse Federico des deux mains.

— Je crois que ça suffira, je fais avec un sourire. Trop de café me donne mal à la tête.

Federico réajuste son col. Il me regarde d'un air presque conquérant. Ne rêve pas, mon joli : si tu as eu ce que tu voulais, moi aussi.

— Ils se disputaient, m'explique-t-il. Jonas, et l'homme avec lui.

— Ça, j'avais remarqué ! À propos de quoi ?

— Je n'ai pas trop compris. Apparemment, Jonas et lui sont de la même famille.

Ah bon ? Les deux n'avaient pourtant rien en commun, à part leur taille immense.

— L'autre lui a demandé une faveur, continue Federico, mais ton *boss* a refusé de la lui accorder, et… ce n'était pas la première fois qu'il lui disait non. Satisfaite, *signora* ?

Il s'approche à nouveau de moi et dépose deux baisers chastes aux coins de mes lèvres, avant de terminer par un troisième, plus franc.

— Satisfaite, je murmure, tout sourire. Je dois retourner travailler.

— *Molto bene*. Je vais faire pareil. Merci pour ce… café, Ella, ajoute-t-il, mais je sais qu'il ne parle absolument pas de la boisson chaude. *Ciao*, à bientôt ?

— Peut-être, je lâche, énigmatique, avant de filer vers l'ascenseur.

→ Aller au 100

127

Avec un large sourire, je tends la bo
ouverte à Romuald.

— Oh, c'est gentil ! me dit-il. Mais je vais devoir refuser…

— Tu es au régime ? je m'exclame, les yeux écarquillés.

Sous son veston, j'ai déjà surpris de petites poignées d'amour, mais rien qui justifie de se mettre à la diète. Il semble pourtant que j'ai visé juste, car ses pommettes rosissent.

— Ça fait partie de mes résolutions de l'année, m'explique-t-il.

— C'est toi qui vois ! je dis en refermant ma boîte. Mais si tu veux mon avis, les résolutions, c'est mauvais pour le moral et la santé…

— L'alcool aussi ! réplique-t-il.

Nouveau clin d'œil de sa part, très appuyé celui-ci. Je sais pertinemment où il veut en venir. Pour ne pas montrer ma gêne, je hausse les épaules et file vers l'ascenseur où vient d'arriver Matt.

— J'ai un truc à te raconter, je lui fais. Plusieurs, même. Tu ne vas pas en croire tes oreilles.

→ *Aller au 89*

128

— Je cherche une commande, j'explique. Elle a dû être livrée avant les fêtes de Noël, mais je n'arrive pas à mettre la main dessus.

— Elle ne se serait pas perdue en chemin ?

— Lucy avait dans ses fichiers une copie numérique du bon de livraison… Donc non, la commande est bien arrivée ici. Ce que je me demande, c'est où elle a été stockée. J'ai cherché partout à mon étage, dans nos archives, j'ai même fouiné dans plusieurs bureaux et je n'ai rien trouvé.

— Étrange.

Romuald grimace tout en saisissant le classeur des livraisons de l'an dernier.

— Voyons voir…

Après un temps à tourner les pages en vain, il conclut, penaud :

— Je n'ai rien dans mes fichiers. De plus en plus bizarre… Désolé Ella, mais je ne peux rien pour toi sur ce coup-là.

Je peux tenter d'insister en invoquant Samson (*Aller au 80*), ou bien laisser tomber l'affaire pour de bon (*Aller au 7*).

129

20 janvier

Aujourd'hui, j'accueille Federico à la Carter.

— *Scusi !* me dit le journaliste, je m'y prends un peu à la dernière minute…

— Vous avez bien fait. De toute façon, ce rendez-vous était déjà prévu.

En fait, je suis surtout contente d'avoir reçu ce matin des nouvelles du bel Italien. Nous sommes presque fin janvier, je commençais à désespérer !

— On peut se tutoyer, *no* ? me demande-t-il avec un sourire timide.

— Oh oui, bien sûr ! C'est plus naturel.

Cette rencontre avec lui allège mon quotidien. En ce moment, j'ai vraiment besoin de m'extraire du quarante-deuxième étage, ce lieu où, chaque jour, je me sens un peu plus à la merci de Samson. Depuis une semaine, plutôt que de me hurler dessus, mon chef a trouvé une nouvelle façon de passer sa colère sur moi : des dizaines de Post-it chargés de mépris égaient de leurs couleurs flashy des piles de dossiers en attente.

Pour l'instant, ça ne m'a pas mise en difficulté. Les lieux et le traiteur du speed meeting sont validés, les entrepreneurs ont tous reçu leurs invitations, le dernier mailing est parti hier… Je suis dans les temps, même s'il me faut encore régler une histoire de goodies perdus.

— Tu veux un autre café ? je propose à Federico. Cappucino ? Expresso ?

— *No,* merci, je n'ai pas terminé celui-ci ! me dit-il en levant haut le mug de la Carter.

Nous nous sommes installés dans les deux sièges en forme d'œuf du hall d'entrée. Cette rencontre ne doit pas s'éterniser, même si j'ai bien l'intention d'en profiter…

— *Allora*, me fait Federico en roulant le « r » de son adorable accent, raconte-moi : tu travailles ici depuis longtemps ?

— À peine huit mois.

— Ah oui ! C'est peu. Et tu me disais qu'on t'avait *finalmente* confié l'organisation du speed meeting ? Ce n'est pas un peu… *come dite…* « challenging » ?

Je :

→ montre de la confiance en moi. Aller au 44
→ suis hésitante. Aller au 113

130

12 janvier

Ce matin, je découvre que Lucy a déjà réservé un traiteur pour le speed meeting. Je m'en réjouis, pensant avoir un élément de moins à gérer, mais un mail abrasif de ce cher Samson me fait vite déchanter : il m'informe avoir pris soin de tout annuler… sous prétexte que Ryan Carter avait détesté les desserts de ce restaurateur lors d'un précédent séminaire.

Je soupçonne mon chef d'inventer toute cette histoire : en ce moment, il adore m'en faire baver. Résultat, j'ai invité Claire et Matt sur leur pause de midi pour tester un autre traiteur, et en profite pour leur raconter mon déjeuner en compagnie d'Ari.

— On a des points communs, lui et moi, j'explique. On aime tous les deux les arts graphiques, on passe beaucoup de temps sur Twitch, il a de l'humour et moi aussi…

— Oui, et vous êtes aussi très sportifs, l'un comme l'autre, c'est ça ? me charrie Matt.

— OK, j'avoue, il est plus en forme que moi… mais je fais du vélo tous les jours, quand même ! J'ai des cuisses fermes !

Claire fait la moue.

— Franchement, je ne sais pas ce que tu lui trouves, à ce type, me dit-elle. Il est vraiment quelconque.

— Quelconque ?

Je manque de m'étouffer avec un morceau de chapati.

— Tu es vraiment difficile, non ? lui lance Matt. Si lui est « quelconque », je me demande ce que je suis, moi…

— Toi, tu es toujours parfait, réplique Claire de la manière la plus naturelle qui soit.

Je commente, un sourire narquois aux lèvres :

— Les goûts et les couleurs, comme on dit… ce qui me vaut une tape de Matt sur l'épaule en représailles. Écoute Claire, j'ajoute : au moins, toi et moi, on ne se battra pas pour le même homme !

Cette fois, notre copine ne trouve rien à redire. Une notification fait vibrer mon téléphone. C'est un message de

Samson, qui me demande de rappliquer à la Carter pour un autre dossier. Je :

→ *fonce à la tour, tant pis pour le traiteur. Aller au 176*

→ *préfère rester pour boucler la question du traiteur : le speed meeting avant tout. Aller au 237*

131

— Ça va aller, je fais. Maintenant qu'il n'y a plus de malentendu, on va tous pouvoir reprendre une vie normale.

Je me rends compte un peu tard de ma maladresse. Claire vient de m'avouer qu'elle a des sentiments pour moi, et je balaie ça d'un geste, d'une parole badine, comme si rien ne s'était passé. Comme si ça n'avait aucune importance. Elle déglutit et son visage se ferme : trop tard pour que je me rattrape.

— Pardonne-moi… je commence.

— Ne t'en fais pas, m'interrompt-elle, le ton chagrin. J'ai l'habitude. Tu n'es pas la première à me mettre un râteau en pleine poire, tu sais. Et puis, j'aurais dû me douter que… Enfin, ce genre de choses ne se commande pas.

— Je suis désolée. Sincèrement.

— Ne le sois pas.

Elle se force à sourire.

— Je dois retourner travailler, me dit-elle. Bon courage pour le speed meeting. Je penserai à toi.

Je la regarde s'éloigner et disparaître dans l'ascenseur, avant de rejoindre mon poste, triste d'avoir blessé une amie.

→ *Aller au 23*

132

Je m'approche à pas de loup pour comprendre ce qu'il cherche. Romuald se redresse, les traits renfrognés, et me surprend.

— Ella ? Tu as besoin de quelque…

Il s'arrête en plein milieu de sa phrase quand la porte derrière lui s'ouvre brusquement. Samson sort du vestiaire, l'air tout aussi préoccupé que Romuald. Lorsqu'il me voit appuyée à la banque d'accueil, son visage se crispe.

— Qu'est-ce que tu veux ?

Encore ce ton hargneux… Je n'ai pas l'énergie de me battre une fois de plus.

— J'allais demander à Romuald s'il avait besoin d'aide, je fais en jetant un œil à notre jeune collègue. Ça pose un problème ?

— Personne n'a besoin de ton aide ici, lâche Samson.

Au lieu de me soutenir, Romuald fait tout ce qu'il peut pour se faire oublier. Il se baisse une nouvelle fois et disparaît sous sa banque.

— OK, j'ai compris… je dis. Bon courage, Romuald.

Je me dirige d'un pas rapide vers l'ascenseur avec le regard incendiaire de Samson qui me brûle le dos.

→ *Aller au 24*

133

Sous la table, j'enlève un de mes talons et viens caresser sa jambe avec mon pied, sans le quitter des yeux. Je croise son regard et – victoire ! – parviens enfin à lui arracher un sourire franc, bien que teinté de tristesse. Il écarte les genoux et rompt volontairement le contact entre nous.

— Ella, avant que… avant tout, je dois te dire quelque chose.

Le ton dans sa voix m'inquiète. Il a quelqu'un. C'est sûr : il est déjà maqué et veut mettre les choses au clair avant qu'on aille plus loin. En attendant ses confidences, je suis aussi tendue que les collants résille sur mes cuisses. Que va-t-il m'annoncer ?

→ *Aller au 95*

134

1er janvier

L'impression d'avoir un marteau-piqueur dans le crâne. La lumière aveuglante qui filtre à travers les volets n'arrange rien à mon état.

J'ai envie de me réfugier sous une montagne de coussins, mais le réveil indique déjà treize heures et je me sens coupable d'avoir dormi si longtemps. D'habitude, j'encaisse mieux que ça les soirées arrosées ! M'est avis que les Green Cosmos étaient bien plus chargés en alcool qu'ils ne le laissaient présager.

J'ai la bouche pâteuse et sans doute une haleine à réveiller les morts.

Une jambe après l'autre, je m'extirpe du lit, puis je glisse les pieds dans mes pantoufles-hamsters. Des bribes de mon petit discours me reviennent pendant que j'allume mon ordinateur, emmitouflée dans un plaid molletonné.

— Oh là là…

Je me suis ridiculisée. Devant Samson. Devant Jonas. Devant toute la Carter Corp.

Mon cœur manque un battement. Pourvu que la scène n'ait pas été filmée. Pourvu qu'il n'y ait aucune trace de tout ça, quelque part. Et pourvu que ce ne soit pas un argument pour me mettre à la porte… J'ai trop besoin de ce boulot.

Réchauffée par la nervosité, je fais un saut dans la cuisine et me prépare une camomille en espérant retrouver un peu de sérénité grâce à elle.

Quand je reviens près de l'ordinateur, tous mes programmes se sont lancés. Je décide…

→ de dessiner en live sur ma chaîne Twitch. Aller au 105

→ de me connecter simplement pour discuter avec mes followers. Aller au 37

→ d'envoyer un message à Matt. Aller au 62

135

Je me lève, ne pouvant plus contenir ma nervosité.

— Jonas, je… Pardonne-moi, je fais, et je sens d'emblée le rouge me monter aux joues. Oui, Samson est un problème en ce moment. Il me met la pression dès qu'il en a l'occasion, mais… enfin, ça, je pense que je peux le gérer. Le reste me semble plus compliqué. Et par « le reste », j'entends ce que je ressens, aujourd'hui…

Je n'ose déjà plus le regarder en face, mais les mots qui sortent de ma bouche en jaillissent comme d'une cascade intarissable. Destructrice.

— Je ne sais pas ce qui m'arrive, ce n'est pas « moi », tout ça. Les émotions, je les laisse normalement loin du travail. Dans un placard, enfermées à triple tour. Mais depuis cette soirée où je suis montée sur scène, depuis ce moment où tu m'as confié ce boulot, je… je ne sais plus où j'en suis. Il s'est passé un truc, non ? J'ai senti… entre nous, quelque chose…

— Tu as senti « quelque chose » ? répète Jonas d'une voix neutre.

Je croise enfin son regard où je lis une forme d'inquiétude. Ou plutôt de l'incompréhension. Oui, bien sûr, il doit penser que je suis folle. Que la pression me fait totalement craquer. Bientôt, je vais probablement recevoir une belle lettre de licenciement signée de sa main. Je dois sortir d'ici, de cette tour… Je ne me sens pas bien du tout. Si ça continue, je vais tourner de l'œil.

— Ella, commence Jonas.

Son front se plisse, il se lève à son tour et fait un pas vers moi. Puis deux. Il ne sait pas comment agir avec moi ; ses gestes, d'habitude si calculés, sont hésitants. Le fracas de la porte qui s'ouvre derrière nous coupe net ma respiration, et Jonas m'attrape par les épaules avant que je m'évanouisse dans ses bras.

♦

En choisissant ce chemin, Ella vient de vivre un moment crucial pour sa carrière, symbolisé par ce carreau. Retenez bien le nombre de carreaux que vous collecterez au cours de votre lecture… car il se pourrait qu'il y ait des conséquences !

→ Aller au 40

136

— Très clair. Mais, comme tu as travaillé étroitement avec Lucy sur ce dossier, je pensais…

— Franchement, arrête de penser, Ella, me dit-il, cassant à souhait. Ça ne te va pas du tout.

Je ne peux m'empêcher de le regarder avec colère. Comment une ordure pareille peut-il encore avoir un poste ici, dans une grande multinationale ? Ce qu'il me fait subir, c'est de la maltraitance pure et simple. Est-ce que je suis la seule à en faire les frais, ou bien a-t-il fait fuir tous mes prédécesseurs ? Pourquoi personne n'a-t-il dénoncé ses pratiques ? Je ne me pose pas vraiment cette dernière question… La réponse est évidente.

— Qu'est-ce qu'il y a ? ajoute-t-il.

— Tu as de la chance que Jonas soit à la Carter, je déclare.

— Ah bon ? Et pourquoi cela ?

— Parce qu'il est le seul à te protéger. Un jour, il ne sera peut-être plus là pour le faire.

Samson ne fait pas mine d'être affecté. Au lieu de cela, il m'adresse son plus beau rictus.

— Des menaces, madame Forest ? Vraiment ?

Il fait claquer sa langue comme un professeur mécontent.

— Ridicule. J'irai en toucher deux mots à Jonas, déclare-t-il. Ce n'est pas l'attitude que l'on attend de nos salariés. Allez ouste, du balai !

◆

En choisissant ce chemin, Ella vient de vivre un moment crucial pour sa carrière, symbolisé par ce carreau. Retenez bien le nombre de carreaux que vous collecterez au cours de votre lecture… car il se pourrait qu'il y ait des conséquences !

→ Aller au 186

137

— Dis Ari, je fais entre deux bouchées de samossa… Tu as quelqu'un, en ce moment ?

Surpris, mon informaticien s'étouffe dans son lassi, et une partie du liquide lui ressort par le nez. J'ai déjà vu plus sexy!

— On t'a… me demande-t-il en toussant, on t'a déjà dit que tu étais directe, comme fille?

Je fais la moue.

— Souvent, oui. C'est un problème?

Ari se racle la gorge.

— Pas vraiment.

Un coup de serviette pour enlever ces gouttes de lait qui lui restent sur le menton, et son sourire à fossettes réapparaît enfin.

— En fait, c'est plutôt rafraîchissant, ajoute-t-il. Mon ex… Geri, c'était tout le contraire, avec elle. Je n'arrivais jamais à savoir ce qu'elle avait en tête. Elle pouvait me faire la gueule pendant des jours sans que je comprenne pourquoi.

Il soupire.

Je ne vais pas m'escrimer à lui expliquer pourquoi cette Geri ne m'intéresse que très moyennement… Mais je peux m'en servir pour rebondir :

— Une ex, donc… j'en déduis, pas d'actuelle?

— Pas d'actuelle, me confirme Ari.

— Parfait! je conclus, en trinquant avec son verre.

— À nous?

— À nous… peut-être, je complète sur un ton de mystère.

Son sourire s'élargit encore. Toi et moi, on est sur la même longueur d'onde, pas vrai W@x3r?

Il m'adresse un clin d'œil (bleu, très bleu) et se dirige de nouveau vers le buffet. Pendant ce temps, un nouveau couple pénètre dans le restaurant; mon cœur fait un bond :

c'est Jonas, accompagné de Samson. Ils s'approchent du zinc et commandent à emporter. Sur ma banquette, je me fais toute petite avant de me raviser : de quoi ai-je peur, au juste ? Je :

→ *me fais discrète. Aller au 115*
→ *me fais remarquer. Aller au 27*

138

— Et si on déjeunait ensemble, Jonas ? je tente, avec tout l'aplomb dont je suis capable.

Ari me lance un regard étrange, le bleu assombri par la déception je suppose, et peut-être l'étonnement. Quant à Jonas, il se fige en pleine marche et se retourne à peine pour me répondre :

— J'ai autre chose de prévu, désolé. On discutera une autre fois.

Le manager parti, Ari revient vers moi, les mains dans les poches. Une décontraction feinte qui ne trompe personne, surtout pas moi : il a ce sourire en demi-teinte, le croissant de lèvres timide. Triste de ne pas avoir été choisi en premier, heureux d'être le seul restant.

— Est-ce que je ferai un remplaçant acceptable, selon toi ? me demande-t-il.

Je prends une grande inspiration et me force à sourire en l'attrapant par le bras :

— Tu n'es pas un remplaçant, Ari, je fais. Un surfer n'est jamais sur le banc de touche, il prend la vague et conquiert l'océan !

Ma verve illumine son visage. Très vite, les nuages dans ses yeux couleur ciel se dissipent.

— Alors laisse-moi t'appeler Atlantique… réplique-t-il toutes fossettes dehors.

— OK, mais seulement pour ce déjeuner !

→ *Aller au 172*

139

Je mets une main devant ma bouche, à la fois choquée par ces révélations et confuse de me laisser autant aller. Heureusement, Jonas n'a pas l'air de s'en formaliser.

— Tu pourrais peut-être demander une avance à Ryan ? je suggère. Ou bien à Samson ?

— Hors de question.

Il y a de la fierté dans sa réponse, une envie de ne pas montrer de faiblesse devant ses pairs… ou son amant.

— D'accord, je reprends. Dans ce cas, ton père pourrait contracter un prêt, et toi…

— Me porter garant ? Bien sûr, et de cette façon, ce sale con finira par avoir ma peau en même temps que la sienne. Je n'ai aucune confiance en lui, Ella.

— Je comprends, mais cette dette risque de te retomber dessus, alors…

Une idée me vient soudain :

— Et ton demi-frère ?

— Clarke ?

Un rire triste lui échappe.

— Il est aussi fauché que notre vieux.

Jonas prend sa tête dans ses mains. Recroquevillé ainsi sur le tapis, il a l'air si chétif ! Lui qui me fait d'habitude l'effet d'un géant de glace…

— Je ne sais pas quoi faire, marmonne-t-il.

À genoux, je m'approche de lui et saisis ses longs doigts graciles.

— Chaque chose en son temps, je murmure, en malaxant doucement chacune de ses phalanges, l'une après l'autre.

Une nouvelle fois, je sens qu'il relève le menton et m'observe. Ses lèvres entrouvertes attirent irrésistiblement mon regard, mais je dois me concentrer sur ma tâche.

— C'est un truc que j'ai appris pendant de grosses angoisses, j'explique à voix basse : masser une partie du corps, n'importe laquelle, aide à relâcher la tension.

Je laisse le silence s'installer de nouveau, nous enrober tous les deux. Dix bonnes minutes s'écoulent sans que nous n'échangions un seul mot. Lui ferme les yeux, définitivement à ma merci… Après les phalanges, je passe aux paumes, galbes et douces, puis à ses poignets de pianiste. Le moment est aussi reposant pour lui qu'il est éreintant pour moi, tiraillée entre mon désir de bien faire et celui d'aller plus loin que de simples massages.

Quand je parviens enfin à m'arrêter, Jonas inspire longuement. Il rouvre les yeux et me contemple de ses iris mordorés, encore troublés par l'alcool, mais son regard est d'une telle intensité que j'en suis immédiatement retournée.

— Merci Ella, me dit-il de sa voix de basse. Tu es pleine de talents cachés : streameuse, dessinatrice, et ce doigté incroyable.

— On a tous nos petits secrets.

— C'est vrai. Et maintenant…

— Et maintenant ?

— Je te suis redevable, m'explique Jonas. J'ai horreur de ça, ajoute-t-il en se levant.

Il me tend la main et m'aide à me remettre debout, puis enfile sa veste tant bien que mal et m'entraîne vers la sortie.

— Où va-t-on ?

— Tu verras.

→ *Aller au 175*

140

Je m'approche pour prendre une papillote et le sourire de Romuald s'élargit.

— Remise de ton trente-et-un ? me demande-t-il sur un ton moqueur.

J'ai ma réponse : il n'a rien oublié du tout. Mes joues s'empourprent de nouveau au souvenir de ce maudit discours. Plus jamais je ne boirai une goutte d'alcool sur mon lieu de travail !

— Désolée, Ella, commence Romuald, je ne voulais pas te…

Je tourne les talons, m'enfuis vers l'ascenseur et le laisse seul avec ses excuses.

→ *Aller au 89*

141

— Oui, je confirme.

— À cause de Samson ?

Là aussi, je pourrais me contenter de répondre par l'affirmative, sans rien ajouter d'autre… Depuis que Jonas m'a confié l'organisation du speed meeting, mon chef me mène la vie dure. Je le sens en permanence sur mon dos. Samson me donne l'impression d'être un tigre prêt à bondir sur sa proie. Un bête faux pas de ma part et je finirai en pâtée pour chat, ou pire, virée de la Carter.

Mais bien sûr, il y a autre chose. Je ne sais pas ce que j'espérais. Peut-être de l'intérêt venant de Jonas qui dépasserait le simple cadre de ma mission. Qui dépasserait même… le cadre professionnel. Est-ce que je peux vraiment lui confier cela ? J'ai peur de sa réaction. Je vais clairement me brûler les ailes… Je :

→ *me jette à l'eau, et advienne que pourra. Aller au 135*

→ *confirme pour Samson, sans aller plus loin. Aller au 250*

→ *trouve un mensonge adéquat. Aller au 51*

142

— Que penses-tu de Claire ? je suggère.

Matt fronce les sourcils, stylo en bouche.

— Hmm… Tu veux parler de « notre » Claire ? Celle qui a le sourire greffé au visage, des doigts de fée en pâtisserie et qui concourt tous les ans pour être élue Reine du commérage ?

— Celle-là même ! Je sais, tu vas me dire que ce n'est pas ton style de nana… Mais elle est chou, non ?

— Certes, adorable, mais… mais c'est Claire.

— Et ? j'insiste.

— Eh bien, je ne pense pas non plus être son genre.

— Son genre de mec ?

— Si tu veux.

— Comment ça ?

Matt fait non de la tête.

— Désolé, princesse. Je t'aime beaucoup mais, comme ce n'est pas moi, la Reine du commérage, je n'en dirai pas plus à ce sujet.

Il me souffle un baiser de la main et retourne à son travail. Je fronce les sourcils avant de l'imiter ; cette pause m'a fait du bien, mais il est urgent que je finisse cette plaquette avant ce soir, sinon Samson m'arrachera les yeux pour s'en faire des pendentifs.

→ *Aller au 171*

143

Retour à la case départ, pétrie de douleurs dans mon lit. Je me souviens maintenant.

Ryan Carter lui-même m'a congédiée. Et il n'a pas pris de gant, ce jour-là, pour m'expliquer pourquoi : « Cette demande de synthèses, ce n'était pas une fantaisie de ma part, madame Forest : c'était un ordre. Un ordre que vous avez choisi d'ignorer. » Il a tenu ce discours devant tout le quarante-deuxième étage. Matt se terrait derrière son écran, désolé pour moi, pendant que Samson jubilait depuis le seuil de son bureau.

Mise à la porte pour avoir négligé un travail exigé par le grand manitou. Je ne crois pas qu'on puisse imaginer pire raison pour licenciement. Je peux dire adieu à ma recommandation…

→ *La suite en 213*

144

En pénétrant dans l'ascenseur, le manager ne prononce pas un mot. A-t-il compris ce qui se jouait entre Ari et moi ?

La présence de Jonas m'électrise jusqu'au bout des seins. Avec lui dans les parages, je me sens immédiatement fébrile… et j'oublie tout le reste, à commencer par Ari qui s'est mis en retrait. Comme s'il percevait lui aussi que la tension était montée d'un cran, qu'un orage de désir se préparait. Ce « phénomène Jonas », décidément, je ne me l'explique pas. Depuis la fameuse soirée du Nouvel An, à chacune de ses apparitions, j'ai l'impression de vivre un Big Bang émotionnel, entre excitation et frustration extrême. Et s'il a le malheur de se mettre à parler, je termine deux fois chamboulée.

Le rez-de-chaussée, la lumière du jour, enfin ! Je me précipite hors de l'ascenseur, reprends ma liberté et une goulée d'air frais, par la même occasion. Jusqu'à présent, figurez-vous que je retenais ma respiration. Une véritable idiote.

Jonas m'accoste par surprise :

— On mange ensemble, Ella ? me propose-t-il. J'aimerais qu'on fasse le point sur le speed meeting.

Cette voix, toujours aussi envoûtante… L'orage éclate en moi mais, accepter l'invitation, ce serait éconduire Ari pour de bon. Est-ce que j'en ai le droit ? Est-ce que je dois ?

Je :

→ décline l'invitation de Jonas. Aller au 153
→ accepte l'invitation. Aller au 45
→ montre de l'hésitation. Aller au 18

145

Alors que je grimpe de nouveau sur mon vélo pour retourner à la Carter, le photographe m'accoste :

— *Scusi*, madame !

Il a un adorable accent italien, et sa ressemblance physique avec Alex est perturbante : des cheveux d'un blond miel, épais et coupés trop courts sur un visage poupin ; des lèvres fines, presque absentes, conjuguées à un sourire permanent. Un regard vert d'eau, plein de malice... Et un corps effilé, élancé vers le ciel à la façon d'un peuplier !

Comme Alex, il me dépasse d'une bonne tête.

— J'ai remarqué que vous avez visité ce bâtiment, *allora*... peut-être que vous pourrez m'aider ? Je travaille à *Pianeta Blu*, un journal italien sur l'écologie et le développement dourable. J'ai appris que, bientôt, la Carter Corp va organiser *uno* speed meeting ici. Vous connaissez la Carter ?

Je réponds :

→ *ouvertement. Aller au 185*

→ *en ne disant pas tout. Aller au 47*

146

Tout l'après-midi, je ne tiens pas en place. J'essaie de me concentrer sur une plaquette « ultra urgente » que m'a demandé de réaliser Samson, mais ce qui s'est passé avec

Federico brouille mes pensées… Et Matt, qui m'entend et me voit gigoter sans arrêt depuis son bureau, finit par s'en inquiéter :

— Ça ne va pas? me chuchote-t-il. Tu as des démangeaisons là où je pense?

Comme je lui fais les gros yeux, mon ami s'esclaffe :

— Oh, allez princesse, je te charrie… Qu'est-ce qui te tracasse?

Je lui fais un rapide résumé de la situation. Matt réagit comme à son habitude, avec des « oh ! », des « ah ! » et des yeux écarquillés, accompagnés de gloussements.

— Eh bien, eh bien! Il emploie les grands moyens, ce Federico. Tu lui fais confiance?

— Je ne sais pas trop… C'est un journaliste. Est-ce qu'on peut faire confiance à un journaliste?

— À ta place, ce n'est pas son métier qui me préoccuperait, mais plutôt sa façon d'agir. Tu vas le revoir?

— Peut-être.

— Mais alors, fait Matt, qu'est devenu ton autre « prétendant »?

— Mon autre « prétendant »?

Il doit sans doute faire référence à celui avec qui j'ai déjeuné l'autre jour.

→ *Si j'ai déjeuné avec Ari. Aller au 12*
→ *Si j'ai déjeuné avec Jonas. Aller au 192*

147

Je rentre chez moi après avoir posé une demi-journée de récupération auprès du service RH. D'aucuns diraient que ce n'est pas raisonnable de s'accorder du repos alors qu'une catastrophe vient de vous tomber dessus. Mais j'ai besoin de me ressourcer, de reprendre ma respiration après ces deux nuits d'apnée. Si je ne souffle pas maintenant, aucune idée pour sauver le speed meeting ne germera de mon esprit.

Une grosse sieste plus tard, je me lève un peu vaseuse et m'emmitoufle dans une polaire trop large pour mon gabarit. Un vêtement qu'Alex a oublié chez moi et que je me suis finalement approprié. C'est ma veste doudou, celle où je me sens le mieux quand je broie du noir. Je lance ma chaîne Twitch et salue en parallèle mes abonnés sur le canal discord. Les habitués sont fidèles au poste. Leur accueil, à la fois chaleureux et inquiet, me réchauffe le cœur. Depuis le début du mois de janvier, je n'ai pas pu me connecter pour dessiner en leur compagnie. Cette mission « speed meeting » m'a ôté toute mon énergie de streameuse. Je m'en excuse auprès d'eux ; les emojis <3 pleuvent dans le canal de discussion.

Un onglet se met à clignoter ; quelqu'un m'envoie un message en privé. C'est W@x3r.

Ça fait longtemps que tu ne t'étais pas connectée.

J'ai pris un après-midi pour souffler. Et toi, tu ne bosses pas en journée ?

Même raison que toi : j'avais besoin de respirer.
C'est chaud au boulot, en ce moment.

Comme je te comprends……

Mes points de suspension en excès le font tiquer.

Quelque chose qui cloche ?

J'organise un événement très important pour la firme. Il devait avoir lieu dans deux jours.

Ouais. Et ?

Je n'ai plus de salle. La tempête l'a détruite T_T

😮 *!!!!*

Exact.

Je suis dans une merde noire.

C'est dans deux jours et je repars de zéro : dégotter un nouveau lieu + si j'y arrive, gérer le métrage, le plan de salle, la communication en urgence, les…

Je m'interromps, parce que je vois que W@x3r est en train de taper un message de son côté.

Attends. J'ai peut-être une solution pour toi.

Quoi ?

AFK

Le silence numérique dure plusieurs longues minutes. Mes doigts tapotent nerveusement ma tablette graphique. Pour calmer ma tension, j'attrape n'importe quel crayon sur mon bureau et griffonne un bout de papier jusqu'à en briser la mine.

Ella ?

Nouveau message.

Oui ?

Note ce contact : Amélia Foxheel, 555-4894.
Elle est maître d'exposition à l'Anchor Building, sur Meatpacking District. Je lui ai dit qu'une copine à moi cherchait un grand espace pour un événementiel et que c'était ultra urgent.
Elle a potentiellement un hangar à te proposer. Il y aura des toiles d'art moderne accrochées aux murs, mais ça devrait le faire. Appelle-la au plus vite.

Mon cœur fait un bond. Je :

→ sais déjà qui il est. Aller au 151
→ ne sais pas qui il est. Aller au 229

148

Quand j'arrive à la tour Carter après une semaine de congé forcé, Samson m'accueille à mon bureau, secondé de Jonas. Ce dernier a l'air grave, tandis que le sifflotement guilleret de mon chef ne me dit rien qui vaille.

Mes stylos, orchidée, cadre photo… ont été rassemblés dans un carton. Mes classeurs ont disparu, de même que mon téléphone et ma station de travail informatique.

— Suivez-moi dans mon bureau, madame Forest, m'ordonne Samson.

Le retour du vouvoiement me glace les sangs. Samson ramasse mes affaires et je suis contrainte de lui emboîter le pas. Jonas ferme la marche, aussi lugubre qu'un cortège funéraire. Sur le chemin, je croise Matt et Claire, qui m'adressent tous deux un regard compatissant avant de baisser la tête… Une fois à huis clos, mon chef lâche mon carton d'effets personnels sur une chaise et s'installe avec décontraction contre son bureau.

— Je ne vais pas y aller par quatre chemins, me dit-il. Certes, le speed meeting a eu lieu et Ryan vous en sait gré. Néanmoins…

Son petit rictus énervant refait surface.

— Néanmoins, il ne lui a pas échappé que vous avez commis de nombreuses maladresses. L'une d'entre elles concerne la présence de ce journaliste italien à l'événement, et il y en a eu beaucoup d'autres avant celle-ci.

Je déglutis.

— Votre persévérance ne saurait contrebalancer toutes ces erreurs, déclare Samson en me dardant d'un regard carnassier. La firme va profondément pâtir de vos actes et votre responsabilité est engagée. Je suis donc au regret de vous annoncer, madame Forest, que vous êtes officiellement licenciée.

La nausée me prend aux tripes.

— Oh, et : n'espérez aucune recommandation de ma part, ajoute Samson en guise de couperet. À la Carter, nous n'avons pas pour habitude de récompenser les catastrophes dans votre genre.

Non content de mettre fin à ma carrière, ce salopard enfonce le clou en m'enlevant toute opportunité de rebond rapide. Outrée par sa cruauté, je me tourne vers Jonas, qui prend bien soin d'éviter mon regard. Il n'a aucune intention de plaider ma cause, ce qui me blesse encore plus que le licenciement lui-même.

J'oublie mon carton d'affaires personnelles et quitte la tour sur le champ. Il ne me reste que mes yeux pour pleurer… et le souvenir de choix qui auraient sans doute pu être différents.

FIN

149

Retour à la case départ.

En un rêve, je viens de revivre mon mois de janvier. Un mois mouvementé, agité. Surprenant, aussi… La chute est brutale, j'en ai le souffle coupé. Le souvenir des eaux glacées de l'Hudson River affole mon cœur. Ma bouche et mes yeux s'ouvrent comme ceux d'un poisson au bout d'une ligne de pêche. En pleine asphyxie.

Dans mon lit, je me redresse d'un coup en criant :

— AAAAH !

Ma voix se brise, la tête me tourne ; la lumière qui traverse les stores de ma chambre est douloureusement vive et je détourne le regard, cherchant le refuge de l'ombre. Je me recroqueville sous la couette.

— Du calme, Ella.

Des bras protecteurs m'entourent avec douceur. Un corps chaud, tout contre moi. Je garde les yeux ouverts. Tous mes sens sont à l'affût. Cette fois, je ne perds pas conscience. Cette fois, je comprends tout de suite de qui il s'agit.

Combien de cœurs ♥ ont été collectés au cours de l'histoire ?

→ *Si le résultat est deux ou plus vous pouvez, si vous le souhaitez, vous rendre au 225*

→ *Sinon, rendez-vous au 245*

150

20 janvier

Aujourd'hui, j'accueille Federico à la Carter.

— *Scusi !* me dit le journaliste, je m'y prends un peu à la dernière minute…

— Vous avez bien fait. De toute façon, ce rendez-vous était déjà prévu.

Je suis surtout contente d'avoir reçu ce matin des nouvelles du bel Italien. Nous sommes presque fin janvier, je commençais à désespérer !

— On peut se tutoyer, *no* ? me demande-t-il avec un sourire timide.

— Oh oui, bien sûr ! C'est plus naturel.

Cette rencontre avec lui allège mon quotidien. En ce moment, j'ai vraiment besoin de m'extraire du quarante-deuxième étage, ce lieu où, chaque jour, je me sens un peu plus à la merci de Samson. Depuis une semaine, plutôt que de me hurler dessus, mon chef a trouvé une nouvelle façon de passer sa colère sur moi : des dizaines de Post-it chargés de mépris égaient de leurs couleurs flashy des piles de dossiers en attente.

Pour l'instant, tout cela ne m'a pas mise en difficulté. Les lieux et le traiteur du speed meeting sont validés, les entrepreneurs ont tous reçu leurs invitations, le dernier mailing de communication est parti hier… Je suis dans les temps, même s'il me faut encore régler une histoire de goodies perdus.

— Tu veux un autre café ? je propose à Federico. Cappucino ? Expresso ?

— *No,* merci, je n'ai pas terminé celui-ci ! me dit-il en levant haut le mug de la Carter.

Nous nous sommes installés dans les deux sièges en forme d'œuf du hall d'entrée. Cette rencontre ne doit pas s'éterniser, même si j'ai bien l'intention d'en profiter…

— *Allora*, me fait Federico en roulant le « r » de son adorable accent, raconte-moi : tu travailles ici depuis longtemps ?

— À peine huit mois.

— Ah oui ! C'est peu. Et tu me disais qu'on t'avait *finalmente* confié l'organisation du speed meeting ? Ce n'est pas un peu… *come dite…* « challenging » ?

Je :

→ *montre de la confiance en moi. Aller au 173*
→ *suis hésitante. Aller au 69*

151

Tu me sauves !! Je t'adore <3

De rien ! Je te laisse, des courses à faire. À+

Qui aurait cru que mon informaticien préféré me sortirait de ce pétrin ? Je contacte la fameuse Amélia, qui me propose une visite virtuelle du hangar d'exposition. L'endroit est super, avec un extérieur qui donne sur le fleuve. Comme solution de remplacement, je n'aurais pas pu rêver mieux. Nous réglons rapidement les détails par téléphone. Une fois les communications envoyées à l'ensemble des participants pour les prévenir de ce changement de dernière minute, je peux enfin respirer. La suite des « festivités », je me la garde pour demain. Pour l'instant, je m'écroule sur le lit, sonnée par la fatigue nerveuse.

→ *Aller au 260*

152

— C'est à cause de ta mère ? Ou de ta sœur ?

Jonas relève le menton, sourcils froncés. Ses yeux sont rougis, entre alcool et tristesse.

— De quoi ?

Je désigne la photo sur son bureau.

— Tu as l'air à bout de force… et d'avoir beaucoup pleuré. Il leur est arrivé quelque chose de grave ?

Jonas prend une grande inspiration.

— Non, non… Enfin, si : elles sont mortes, dans un accident d'avion. Mais ça fait longtemps, rien à voir avec ce qui m'est tombé dessus aujourd'hui.

— Je suis désolée, je fais, encore sonnée. Je peux faire quelque chose ? Pour tes soucis du jour, je veux dire…

Jonas passe une main sur sa nuque.

— Ça dépend, finit-il par dire. Tu aurais 55 000 dollars sous la main ?

— Des dettes à éponger ?

— Pas moi : mon père. Mon foutu père, accro au poker !

— Oh, merde…

→ *Aller au 139*

153

Je déglutis. Bon sang, quelle gamine je fais ! Ce n'est pourtant pas mon genre de me laisser déstabiliser à ce point. D'accord, Jonas me fait de l'effet, aucun doute là-dessus… mais je devrais réussir à me maîtriser !

L'intéressé attend ma réponse, ses yeux ardents barrés par deux mèches sombres.

— Dé-désolée, je bégaie lamentablement. Je ne peux pas.

Sinon, c'est clair, je vais faire une bêtise et me griller pour de bon. Je ne suis pas en état de parler boulot. Je ne suis même pas sûre de pouvoir parler tout court. Et puis, il y a Ari… qui déambule dans le hall, opte pour une colonne de béton et puis non, l'abandonne, avant de rebrousser chemin la seconde suivante. Il met un temps fou à se décider, parce qu'en réalité, il ne part pas. Il m'attend.

Jonas jette un œil à mon sac, avise le calepin que j'agrippe soudain d'une main comme s'il s'agissait d'une bouée de sauvetage. Son sourcil droit se dresse, interrogatif.

— Des projets ?

Mes lèvres s'entrouvrent, avides. T'arracher tes vêtements et te croquer, nu, page après page ? Tu seras ma Rose Dawson sur le *Titanic*, et moi ton Leonardo, on échange les rôles…

N'importe quoi. Heureusement, aucun son ne sort de ma bouche.

— Ce n'est que partie remise, ajoute-t-il sans me quitter du regard, avant de se diriger d'un pas nonchalant vers la sortie.

Jonas parti, Ari, qui patientait l'air de rien mais n'en perdait pas une miette, revient vers moi. Il a ce sourire, le croissant de lèvres à peine recourbé, plus terne que d'habitude. Je le vois à ses yeux, à ce bleu assombri, si sérieux.

— Je suppose que tu ne te joindras pas non plus à moi pour le déjeuner ? me demande-t-il.

C'est la douche froide. Le réveil glacé. Je viens de DÉCLINER une invitation de Jonas ?! Je suis tombée sur la tête, ou quoi ? Je prends une grande inspiration et me force à sourire en attrapant Ari par le bras :

— Pourquoi crois-tu que j'ai refusé sa proposition ?

Prétendre, c'est un mensonge double, à l'autre et à soi. Mais l'effet que j'escomptais est atteint : Ari se laisse berner. Instantanément, les nuages dans ses yeux couleur ciel se dissipent. Tu as fait une bonne action, Ella. Et qui sait ? Le résultat te plaira peut-être.

→ *Aller au 227*

154

12 janvier

Ce matin, je découvre que Lucy a déjà réservé un traiteur pour le speed meeting. Je m'en réjouis, pensant avoir un élément de moins à gérer, mais un mail abrasif de ce cher Samson me fait vite déchanter : il m'informe avoir pris soin de tout annuler… sous prétexte que Ryan Carter avait détesté les desserts de ce restaurateur lors d'un précédent séminaire.

Je soupçonne mon chef d'inventer toute cette histoire pour camoufler sa petite vengeance. Me surprendre dans le bureau de son mec n'a pas dû lui plaire.

Résultat, j'ai invité Claire et Matt sur leur pause de midi pour tester avec moi un autre traiteur, et en profite pour leur raconter mon déjeuner en compagnie de Jonas.

— Son bureau est toujours en désordre, je déclare.

— On parle bien de Jonas, là ? s'étonne Claire. Il a pourtant une réputation de métronome, on le dit rigide dans ses plannings... Depuis que je suis à la Carter, il dépose systématiquement ses congés à la même période. À la RH, on le surnomme le « marronnier ». J'imaginais plutôt qu'il aurait des tendances maniaques.

— Moi aussi ça m'a surprise la première fois que je suis entrée dans son bureau. Et j'ai l'impression que sa vie de famille est tout autant en bazar.

— Qu'est-ce que tu veux dire ? me demande Matt.

Durant le déjeuner, j'étais assise avec Jonas :

→ *sur le sofa. Aller au 58*
→ *sur le tapis. Aller au 168*

155

Sans crier gare, un de mes talons casse sur la dernière marche et je m'étale de tout mon long sur la scène. Des exclamations étouffées fusent dans le public, très vite remplacées par des rires... Je n'aurais jamais dû boire autant. Matt (heureusement qu'il est là) m'aide à me relever.

— Ça va, princesse ? me chuchote-t-il.

Je hoche la tête, rouge de honte. Sous l'œil méprisant de Samson, j'avance en boitillant vers mes collègues et Jonas me tend le micro sans même me regarder.

→ *Aller au 251*

156

Dans l'indécision la plus totale, je me dirige droit vers le coin situé entre Ari et Jonas. Pourquoi devrais-je choisir, après tout ? À cette croisée des chemins, les parfums des deux hommes s'entremêlent pour mon plus grand plaisir : la vanille et le sable chaud d'Ari rencontrent les épicéas glacés de Jonas.

Je jette un œil à ce dernier, dont les doigts restent crispés sur son téléphone, tout comme son attention. Dans un recoin très reculé (mais aussi très joueur) de mon esprit, je m'imagine lui arracher l'objet des mains avec un air effronté au visage avant de me pendre à son cou, dressée sur la pointe des pieds, pour le gratifier d'un baiser volcanique. Le géant glacé n'aurait pas d'autre choix que de se laisser faire… et finirait par fondre de désir pour ma petite personne. Plutôt que d'aller ramasser son téléphone, il agripperait mes fesses de ses longs doigts sylvains et me soulèverait de terre ; dans sa pulsion dévorante, il me plaquerait contre la paroi de l'ascenseur, déchirerait la maille de mon chemisier avec les dents et fourrerait son nez si droit et si sérieux entre mes seins, puis entamerait une descente en rappel le long de mon ventre et se glisserait partout où il pourrait me sentir, me lécher, me goûter…

Tout cela se ferait sous l'œil d'abord médusé puis un peu voyeur et finalement boudeur d'Ari le Maori, qui serait évidemment dépité de jouer la troisième roue de ce carrosse en forme d'ascenseur.

D'un regard coulé je l'inviterais alors, lui, le sable chaud et l'océan tout entier à se joindre à nous. Jonas, partageur, cesserait pour un temps ses dégustations charnelles pour que nous revoyions ensemble les termes de notre bagatelle. Bloqués entre deux étages, nous aurions alors tout loisir d'expérimenter plusieurs recettes de millefeuille (lui sur lui sur moi, ou bien lui sur moi sur lui, ou bien moi sur lui sur lui, et ainsi de suite). Mais ma préférée resterait celle où les lèvres et les langues de mes compagnons si différents l'un de l'autre s'ébattraient sans relâche pour me faire jouir de mille caresses, tantôt timides ou appuyées, stratèges ou spontanées… Il y a bien assez d'endroits sur mon corps pour tout tenter et dans ce but, deux hommes valent mieux qu'un seul.

Un raclement de gorge plus tard, je me tortille discrètement dans ce coin d'ascenseur où rien ne se passe, puis tire sur mon col un peu trop serré. Quelqu'un pour m'aider à dissiper un fantasme de plan à trois on ne peut plus effronté ?

Ari contemple ses chaussures, un sourire adorable étirant ses lèvres généreuses, ce qui n'arrange rien à mon affaire.

— À quoi tu penses ? je lui demande.

— Je comparais la taille de nos pieds. Les tiens sont minuscules… Je me demande même comment tu arrives à tenir debout.

Je pouffe de rire, surprise par le tour incongru que prend cette conversation. Après tout, c'est toujours mieux qu'un désir envahissant ou qu'un silence embarrassé.

— Et tu as souvent des pensées comme celles-là qui te traversent l'esprit ?

— Tu n'as pas idée... L'autre jour, je matais la vidéo d'un streameur qui rejouait au premier *Assassin's Creed*. Je me suis demandé la tonne de paille qu'il faudrait entasser en bas de la tour Carter pour sauter du toit sans se blesser.

— Parce que tu aurais envie de tester ?

— Bof ! Niveau sensations fortes, je suis plutôt surf que base-jump.

Quand notre ascenseur atteint enfin le rez-de-chaussée, les deux hommes en descendent avant moi. Je propose :

→ *à Jonas de déjeuner ensemble. Aller au 138*
→ *à Ari de déjeuner ensemble. Aller au 162*
→ *aux deux qu'on déjeune ensemble. Aller au 78*

157

Me mêler des relations des autres ? Très mauvaise idée.

D'abord, parce que Claire et Matt sont le jour et la nuit. Quand l'un adore claironner sur ses multiples conquêtes, l'autre garde tout pour elle... Je ne crois pas que Claire m'ait déjà parlé d'une quelconque amourette. Elle est si discrète sur sa vie sentimentale ! Je sais, les contraires s'attirent souvent, mais... ces deux-là, je n'imagine vraiment pas sur quoi ils pourraient s'entendre.

Ensuite, si l'histoire entre deux amis se passe mal, on en perd toujours un dans l'équation, voire les deux. J'ai déjà expérimenté la chose et je n'ai pas envie de revivre ça.

Et puis pour finir, j'ai horreur quand Matt essaie de me jeter dans les bras d'un mec, alors je refuse de lui faire le même coup. Si ça doit se faire entre eux, ça se fera. Mais sans moi !

L'heure sur mon smartphone me rappelle celle de mon rendez-vous.

— Zut, je dois filer ! À plus tard !

Je m'élance vers la tour. J'ai un rendez-vous en ville vers 14 h 30 pour visiter le lieu de l'événement ; je dois en vérifier l'adresse et récupérer le dossier que j'ai préparé sur mon bureau.

Derrière sa banque d'accueil, Romuald s'agite beaucoup. Même de loin, je l'entends grommeler à propos d'un objet perdu. Je :

→ *m'approche discrètement. Aller au 132*
→ *lui propose mon aide. Aller au 94*
→ *passe mon chemin. Aller au 198*

158

— On appelle ça une gommette, me corrige Romuald, mais OK, j'accepte ta réponse.

Il sort le pass en question de sa poche.

— Suis-moi.

Nous empruntons l'ascenseur et nous rendons au quarantième. En passant devant le service informatique, je remarque Ari assis à son poste. Romuald me conduit tout au fond du couloir, puis applique le pass magnétique sur le mur de gauche. Un petit cliquetis se fait entendre.

— Une cache secrète ? je m'exclame, ravie.

— Si on veut, me fait Romuald. Ce sont d'anciens vestiaires. On les utilise de temps à autre pour entreposer des dossiers qu'on souhaite... oublier.

— Je vois.

En effet, de vieilles boîtes d'archives poussiéreuses s'entassent sur plusieurs rangées dans ce cagibi pas plus grand que ma salle de bain ; on a à peine la place de faire cinq pas de long avant de se cogner à une pile de cartons. Près de l'entrée, une dizaine de paquets ronds et de rouleaux d'affiches semblent plus récents que le reste. Leur provenance ne fait aucun doute.

— Ma commande ! je m'écrie.

Ouf ! Je n'aurai pas à dépasser le budget qu'on m'a alloué. Dans mon soulagement, je décide de creuser pour en savoir plus :

— Dis-moi Romu, si j'ai bien tout suivi, c'est Samson lui-même qui a stocké ces goodies ici... Mais pourquoi dans ce cagibi ?

L'agent d'accueil hausse les épaules.

— Un homme tel que lui a toujours une bonne raison de faire ce qu'il fait, me dit-il, indécrottable.

— Un homme « tel que lui » ?

— Il est parfait, non ? Moi, je le trouve parfait, en tout cas. J'aimerais être aussi brillant que lui.

Je fais les yeux ronds. Que veux-tu répondre à cela, Ella ? Romuald est peut-être jeune et plein de potentiel, mais il est surtout complètement barré.

Je le remercie pour son aide et bloque la porte du cagibi avec l'un des cartons, avant de me dépêcher de récupérer mes goodies. Voilà qui me fait un ennui de moins à gérer.

→ Aller au 87

159

— La Carter Corp ? Oui, je connais. J'y travaille.

— Ah ? *Allora*, vous pourrez sans doute répondre à…

— Je ne crois pas. Je ne suis que secrétaire.

Je ne sais pas pourquoi je lui mens, c'est tellement puéril de ma part. Seulement… j'ai l'impression que ce journaliste ne joue pas cartes sur table. Le souvenir de l'avoir aperçu au Nouvel An de la firme se fait de plus en plus vivace. Mon esprit me joue-t-il des tours, ou bien est-ce que cet homme était vraiment là, dans la foule, à écouter mon discours raté ? Me sentant un peu coupable, j'ajoute très vite une vérité :

— Vous aimez la photo, je vois. Moi, mon sujet de prédilection, c'est le dessin.

— Oh ! Vous êtes *uno* artiste ?

Comme j'acquiesce, le journaliste me tend une carte où son nom est inscrit en lettres vertes sur fond noir : Federico Dolci.

— Je reste sur Niou Yorke pendant quelques jours, me dit-il. Appelez-moi si vous voulez qu'on en parle… autour d'un café, peut-être ?

— Avec plaisir.

Matt désapprouverait que j'aille plus loin avec ce bel Italien. Je l'entends déjà me sermonner : « Encore ta fixette sur Alex qui te met le feu aux fesses, princesse. » Peut-être bien, mais je m'en moque. Je suis une grande fille qui fait ses propres choix. Et si je veux en savoir plus sur ses intentions, quoi de mieux qu'une discussion plus approfondie ?

→ *Aller au 41*

160

La pause de midi arrive et avec elle, le déjeuner. Le traiteur, à ma demande, s'en est tenu à du végétarien et à du « zéro déchet » : vaisselle comestible, canapés et mignardises, serviettes lavables. Les invités sont impressionnés, certains m'en font part et je jubile : après un tel succès, je parviendrai probablement à convaincre tous les chargés d'événementiel de la Carter de suivre ces mêmes principes.

Pendant le repas, une tête connue fait son apparition : Federico.

→ *Je lui ai donné un pass V.I.P. Aller au 124*
→ *J'ai refusé ou n'ai pas eu l'occasion de lui donner de pass. Aller au 253*

161

Claire et moi laissons échapper un :

— Wouah !

Matt n'a pas menti. La décoration de l'étage est tout bonnement incroyable. J'ai le sentiment de découvrir un poumon vert au cœur de la Carter Corp : d'énormes bacs et pots à végétation luxuriante ont été installés ici ou là, dessinant des alcôves où plusieurs personnes discutent à l'abri des regards. Près de nous, j'entends clapoter des poissons dans un large bassin artificiel… De la pelouse a été déroulée au sol, donnant l'impression de débarquer dans une véritable prairie. Plus loin, au bord d'une vaste « clairière », un bar en forme d'andouiller géant rassemble d'autres d'invités. Mon meilleur ami s'est surpassé : il a recréé un coin de nature en haut d'une tour ! C'est surréaliste. Une estrade de bois brut se déploie contre les larges baies vitrées, au travers desquelles on peut admirer tout Manhattan et ses lumières mythiques.

— Impressionnant, hein ? fait Matt avec un clin d'œil. Et encore, vous n'avez pas vu la carte des cocktails…

— Matt, c'est sensas' ! je m'exclame. Bravo !

Alors qu'on sort de l'ascenseur, Samson se tourne vers moi et me lance :

— Première fois de ta vie que tu vois de la verdure, Ellie ? La petite de Brooklyn n'a jamais mis les pieds à la campagne…

Ella, c'est *Ella*, mon prénom. Je suis presque certaine qu'il le fait exprès.

— … D'ailleurs, reprend-il narquois, ça expliquerait pourquoi tu t'amuses à arroser des plantes en plastique au lieu des vraies : tu ne sais pas faire la différence.

Ça m'est arrivé une fois, *une seule fois* ! Évidemment, il a fallu que ce soit devant lui et des partenaires influents de la firme… Je rougis de honte. La pique de Samson me prend par surprise. Les attaques frontales ne sont pas dans ses habitudes. Lui aime plutôt casser du sucre sur le dos des gens, pas leur balancer la sucrière en pleine figure !

Matt me fait les gros yeux, l'air de dire : « Tu attends quoi pour riposter, princesse ? Te laisse pas faire ! » Comme je secoue la tête, mon ami comprend le message : que pourrais-je répondre alors que Samson est mon boss et qu'il a tout pouvoir sur ma carrière ? Fichu caractère ou pas, je n'ai pas envie de m'en faire un ennemi, surtout pour une gaminerie de ce style.

→ *Aller au 73*

162

— On va manger, Ari ?

— Avec plai… commence-t-il.

Jonas fait volte-face et l'interrompt soudain :

— Désolé d'interférer dans vos plans, mais… Ella ? J'aimerais qu'on déjeune ensemble, aujourd'hui.

Glace et feu. Une voix sépulcrale, un regard de brasier. Et moi, bousculée par cet homme contradictoire, ne sachant plus si je dois me liquéfier ou bien me sublimer. Il « aimerait » qu'on déjeune en tête-à-tête, vraiment ?

— Le speed meeting, ajoute-t-il pour se justifier : il faut qu'on fasse un point rapide, toi et moi. C'est toujours ta priorité, n'est-ce pas ?

Je hoche la tête et, d'un coup d'œil à Ari, lui adresse des excuses silencieuses. Désolée de te faire faux bond, le surfer… À charge de revanche, sur Twitch ou ailleurs. Il soupire en nous souhaitant bon appétit. J'espère qu'il comprend que je n'ai pas le choix, même si… même si l'invitation imprévue de Jonas est loin de me déplaire. En partant, Ari a ce sourire désappointé qui me fend le cœur, plus terne que d'habitude.

— Prenons à emporter, décide Jonas : nous retournerons dans mon bureau pour manger.

→ *Aller au 34*

163

12 janvier

Ce matin, je découvre que Lucy a déjà réservé un traiteur pour le speed meeting. Je m'en réjouis, pensant avoir un élément de moins à gérer, mais un mail abrasif de ce cher Samson me fait vite déchanter : il m'informe avoir pris soin de tout annuler… sous prétexte que Ryan Carter avait détesté les desserts de ce restaurateur lors d'un précédent séminaire.

Je soupçonne mon chef d'inventer toute cette histoire pour camoufler sa petite vengeance. Me surprendre dans le bureau de son mec n'a pas dû lui plaire.

Résultat, j'ai invité Claire et Matt sur leur pause de midi pour tester avec moi un nouveau traiteur, mais impossible d'avoir la paix : seulement trente minutes après notre arrivée, mon téléphone se met à vibrer. C'est un message de Samson, qui me demande de rappliquer à la Carter pour un autre dossier… Je :

→ *fonce à la tour, tant pis pour le traiteur. Aller au 48*
→ *préfère rester pour boucler la question du traiteur : le speed meeting avant tout. Aller au 271*

164

L'attente de nos deux plats se fait dans un silence embarrassé. Plutôt que de prendre les devants, Ari s'est retranché derrière le mur de ses pensées, et moi, eh bien… Je l'imite en laissant divaguer mon esprit vers Federico, puis vers Alex, puis vers Jonas, avant de revenir à lui, dans un grand cercle vicieux. J'aurais peut-être dû dire « oui » à la proposition du manager, tout compte fait. Il aurait fallu parler travail, mais au moins, on aurait *parlé*.

Les plats arrivent après une éternité morose. Ari contemple son assiette d'un air soucieux, sans faire mine d'y toucher. Quelle comédie ! Il ruine ce tête-à-tête, mais il ne me gâchera pas mon repas. Je me jette goulûment sur les pâtes pendant que lui semble toujours se débattre avec ses états d'âme. Soudain, il lève un regard vers moi, plein de résolution… Avant de se dégonfler misérablement.

Son plat encore brûlant, il saute de sa chaise en marmonnant un : « Désolé, Ella, je dois partir », et il me laisse en plan. Comme ça.

— In-cro-ya-ble, je murmure pour moi-même (puisque de toute façon, il n'y a plus personne en face…).

Je ne sais pas si je suis en colère ou simplement estomaquée. Je termine mon repas le plus vite possible avant de, à mon tour, quitter le restaurant. Si je recroise Ari dans un couloir, il me devra une explication !

→ *Aller au 98*

165

— Marché conclu, je fais.

— *Fantastico* ! On se retrouve chez toi ce soir ?

— Entendu.

Je lui envoie mon adresse par SMS et me penche déjà sur la liste des entrepreneurs afin d'organiser le travail qui nous attend.

Avant de se mettre à l'œuvre, Federico me propose d'aller boire un verre… ou deux. Le réconfort avant l'effort. Nous n'avons pas beaucoup de temps, mais mon niveau de nervosité est tel que j'accepte, en espérant que me détendre m'aidera ensuite à être plus efficace sur les synthèses.

Je l'embarque dans un vieux pub du côté de Coney Island, un de ceux dont je garde de bons souvenirs d'étudiante. Le voir assis sur un tabouret, juste à côté de moi avec sa gueule d'Alex, me rappelle encore des moments heureux, des braises presque éteintes qui ne demandent qu'un petit souffle pour s'embraser de nouveau… et mon Italien l'a bien compris. Quelques shots plus tard, nous retournons dans mon deux pièces pour échanger plus que des paroles. Federico me débarrasse de mon tailleur avec une grande dextérité, malgré les degrés d'alcool dans son sang. Nous titubons l'un contre l'autre jusqu'à ma chambre. Quand j'essaie de lui enlever sa chemise, il retient mes gestes maladroits et me pousse sur le lit, avant de remonter ma jupe et de faire glisser collants puis culotte le long de mes jambes, qu'il écarte sans ménagement. Le regard voilé, mon bel Italien se couche sur moi et sa boucle de ceinture vient frotter de façon agaçante contre mon ventre. Je m'arrange pour la dégrafer au plus vite tandis que nos langues, d'une délicieuse amertume houblonnée, continuent de se chamailler. Laquelle aura le dessus ?

Une fois son jean sur les mollets, mon Italien se montre conquérant. D'un geste façon commedia dell'arte, il libère son sexe en érection, et je me fais la réflexion qu'il est encore plus beau que celui d'Alex ; surmonté d'une toison blonde et bouclée, on dirait un petit angelot en pleine envolée… Du bout du gland, Federico tâtonne mon intimité comme s'il cherchait une serrure pour sa clef. Pas étonnant, quand on est autant bourré que lui ! L'image prête à rire, mais le contact de son membre excité me fait immédiatement mouiller… Ah, je crois qu'il a fini par trouver ! Le bel Italien relève mes jambes sur ses épaules et me pénètre brutalement. J'ouvre la bouche de surprise, quoique ses fougueux va-et-vient, la chaleur de son corps contre le mien, le parfum musqué de nos transpirations mêlées me font très vite oublier la brusquerie de cette entrée.

Et puis, pour parfaire sa prestation, Federico me chante des mots doux dans sa langue natale ; je n'en comprends pas la moitié et pourtant, ils me font tourner la tête. Chaque coup de bassin est l'occasion de scander un nouveau « *bellissima* » ou bien un « *fantastica* » qui viennent ajouter de la force aux vagues montantes de mon plaisir. Alors que je ne pensais pas la chose possible, Federico accélère encore le rythme. L'étalon italien dans toute sa splendeur, lancé au galop entre mes cuisses ! Nous haletons et gémissons de concert, toujours plus proches de l'extase, jusqu'à ce final *grandioso,* un orgasme en forme de point d'orgue, d'abord pour lui, ensuite pour moi, où je laisse échapper par erreur le prénom de mon ex.

Heureusement, Federico n'a pas l'air de m'en tenir rigueur. Il s'écroule sur moi et me susurre encore des gentillesses en italien, d'une voix à demi assoupie. Je le fais rouler sur le côté et prends une grande inspiration, rassérénée… Avant de m'asséner une gifle à réveiller une morte. Hors de question de lambiner. Le moment de réconfort est passé ; maintenant, il s'agirait de se mettre à trimer.

→ *Aller au 275*

166

Comme je ne bouge pas d'un iota, Jonas frappe d'un grand coup de poing contre la table basse. Je ferme les yeux, effrayée par cet accès de colère.

— C'est pas vrai ! hurle-t-il. Impossible d'avoir la paix, ici !

Il se lève en trombe et arrache le combiné de son téléphone.

— Samson, ramène-toi, vocifère-t-il. Tout de suite.

Tremblante, je me lève à mon tour et m'attends au pire, tandis que Jonas sort un dossier de la pile qui traîne sur son bureau. Il en tire plusieurs feuilles agrafées et les agite devant lui. Même à cette distance, je saisis qu'il s'agit de mon contrat.

— Il y a des limites à ne pas dépasser, marmonne-t-il.

Quand mon manager nous rejoint enfin, il ne lui faut que quelques secondes pour comprendre ce qui se passe. Un rictus triomphant se dessine sur ses lèvres.

— Débarrasse-moi d'elle, aboie Jonas.

Samson déchire mon contrat en deux. Je déploie beaucoup d'effort pour me retenir de pleurer mais j'y tiens. Je ne lui ferai pas ce plaisir. Je sors sans un mot et récupère mes affaires, avant de quitter la tour et de fondre en larmes sur mon vélo.

→ *Aller au 270*

167

Matt baisse le regard sur mes pieds et siffle :

— Eh bien, eh bien ! On sort le grand jeu : des talons aiguille, vraiment ? Tu es sûre que tu t'es assez entraînée pour marcher avec ça, princesse ?

— Toi, tu n'as pas suivi le dernier marathon de New York…

Je lève les yeux au ciel et soupire, faussement agacée, tout en me débarrassant de mon écharpe et de mon caban.

— J'ai parcouru les quarante-deux kilomètres et des poussières avec ces merveilles aux pieds. Sans broncher.

Ma blague fait mouche : les lèvres de Matt s'étirent en un sourire enjôleur.

— Oh, princesse, et tu m'avais caché ce talent depuis tout ce temps…

— Que veux-tu, je suis une femme pleine de secrets !

→ *Aller au 261*

168

— Eh bien, pendant que je discutais avec lui, Jonas a reçu un appel et j'ai senti une certaine tension entre lui et la personne au bout du fil. C'était son demi-frère.

— Tiens donc ! Un enfant de divorcés. Ça explique pas mal de choses, commente Matt.

— Ah bon ? Comme quoi ? s'exclame Claire.

— Comme son penchant pour le secret, par exemple. Bien sûr, on ne peut pas manquer sa relation avec Samson, mais seulement parce que ce dernier est très ouvert sur la question. Jonas, lui, est extrêmement réservé. Entre collègues, on n'aborde jamais le sujet de la famille, et je le comprends : là-dessus, je suis un peu comme lui.

→ *Aller au 269*

169

Deux jours plus tard, je dépose sur le bureau de mon chef un dossier lourd de quatre cents pages. J'ai des cernes impossibles à camoufler, un mal de tête carabiné et des envies de bâiller toutes les dix secondes environ, mais je suis contente de moi. De nous ! Mon ami et moi avons relevé ce défi haut la main.

— Voici les synthèses, je déclare à Samson. Plus un petit extra que je me suis permis d'ajouter en début de dossier : un pitch en quatre lignes pour chacun des soixante-quatorze projets. Il y a aussi un index à la toute fin, par thématique, pour que monsieur Carter s'y retrouve plus facilement.

Mon responsable jette un œil en coin à mon travail. Il ne fait même pas l'effort de le feuilleter. Quant à me remercier… Ne rêvons pas !

— Tu peux disposer, marmonne-t-il.

— Est-ce que tu veux que j'apporte moi-même ce dossier à Ryan ? je demande. Si tu es occupé…

— Non merci.

Évidemment : il compte se garder tout le mérite. En route pour la salle de pause, j'y aperçois Matt en conversation animée avec Claire. Notre copine RH semble très remontée. Claire, c'est pourtant un petit soleil, toujours guillerette et optimiste. Qu'est-ce qui a bien pu se passer pour qu'elle soit si en colère ?

Après quelques secondes, elle sort en rogne de la salle et se dirige vers l'ascenseur. Je :

→ *vais parler à Matt. Aller au 65*
→ *vais parler à Claire. Aller au 181*

170

— Un problème ? je demande.

Le regard brûlant de Jonas croise le mien et s'adoucit.

— Rien d'important... dit-il, avant d'ajouter : une affaire privée.

— Une sœur envahissante ? je tente. Je connais, j'en ai une comme ça, dans le même style. Heureusement, elle vit au Canada !

— Plutôt un demi-frère.

Au ton qu'il emploie, je comprends qu'il m'est interdit de creuser plus avant. Jonas est un homme à l'armure impénétrable, dure comme de l'acier... Nous déjeunons en silence, avant d'échanger sur le speed meeting et mes avancées récentes sur le sujet.

La porte du bureau s'ouvre, ce qui interrompt brutalement notre discussion.

→ *Aller au 211*

171

Le lendemain en arrivant à la Carter, je sens que dans mes veines, la pression est encore montée d'un cran. Le speed meeting aura lieu dans dix jours. Dix petits jours de rien du tout. Je suis bien avancée, mais il me reste quelques points de détails à régler comme, par exemple, les goodies qui seront remis aux participants. Pas que ce genre de « consommables » soit ma tasse de thé, mais c'est un support de communication incontournable quand on veut imprimer sa marque…

Lucy a déjà bien fait les choses : elle a misé sur des ecocups en plastique recyclé, de l'encre biodégradable et des totebags en chutes de tissus, cousus main par une petite entreprise du New Jersey. Seul problème : je n'arrive pas à mettre la main sur cette commande ! Elle n'a pas été livrée sur les lieux du speed meeting, mais à la tour Carter avant ma prise de mission… et je n'en ai pas vu la couleur. Allez savoir où les cartons sont allés se perdre. Ils pourraient être n'importe où dans le building.

Alors que je compte mener ma petite enquête, mon téléphone sonne ; Romuald de l'accueil m'annonce un visiteur, un certain Clarke « Jen » ? Je n'ai pas bien entendu. Il n'a pas pris rendez-vous, mais ce monsieur insiste pour me rencontrer au plus vite. D'ailleurs, me prévient Romuald, il est déjà dans l'ascenseur et arrive sous peu au quarante-deuxième… Impossible de me défiler.

Intérieurement, je maudis Romuald de ne pas avoir fait écran et me prépare tant bien que mal à cette visite inopportune.

Les portes de l'ascenseur coulissent sur un homme en costume clair. Même de loin, je reconnais à qui j'ai affaire : c'est lui qui discutait (non : se disputait) avec Jonas la veille, devant la tour… pendant que je prenais un café en compagnie de Federico. Je m'avance dans la travée d'un bon pas pour aller le saluer. Comme un diable de sa boîte, Samson sort à ce moment-là de son bureau et me grille la priorité.

— Clarke ! s'exclame-t-il, tout sourire. Comment vas-tu ?

— Très bien, merci Samson, répond l'intéressé en lui offrant une poignée de main à faire blanchir ses jointures.

Mon chef serre les dents à cause de ses doigts broyés. Amusée, je ralentis le pas pour ne pas interrompre ces politesses masculines.

— Ton costume est superbe, comme toujours, ajoute Samson, obséquieux à souhait. Tu es un homme de goût.

— Je te retourne le compliment… Je viens m'entretenir avec l'organisatrice de votre speed meeting, déclare Clarke. Une certaine Lucy, je crois ?

— Mon assistante a repris cette mission, répond Samson à ma place.

Je tends la main en priant pour ne pas subir le même sort que mon chef. Clarke l'attrape et la secoue mollement.

— Enchanté de faire votre connaissance, madame.

— Appelez-moi Ella.

— Clarke Chen, se présente-t-il. Jonas est mon demi-frère.

— Ah !

« Chen », pas « Jen » ! Je comprends mieux, maintenant…

— Ellie, me dit Samson en haussant le ton comme s'il réprimandait une collégienne, Clarke est un habitué de la maison. Alors pour une fois, débrouille-toi pour faire ton travail correctement : offre-lui quelque chose à boire et tâche de répondre à sa demande.

Il se tourne vers Clarke, lui tâte l'épaule en guise de « au revoir » et débarrasse enfin le plancher.

— Je n'ai pas soif, s'empresse de préciser Clarke en voyant ma mine atterrée. Il se comporte toujours ainsi avec vous ?

— Je préfère ne pas en parler. Suivez-moi : nous allons nous installer dans une salle de réunion, nous serons plus tranquilles.

Je guide Clarke vers une pièce aveugle où nous attendent une fontaine à eau, un ficus envahissant et une table ronde avec quatre chaises Stark. Clarke s'assoit en face de moi ; maintenant que nous sommes seuls, je prends le temps de le détailler.

Ses différences physiques avec Jonas me sautent encore plus aux yeux qu'auparavant, même si je retrouve dans son regard les paillettes d'or du demi-frère et le charme de ses traits fins, légèrement androgynes. Clarke a toutefois le visage moins dégrossi, des pommettes plus étalées, des cernes plus marqués aussi… Ses cheveux de jais se laissent envahir par d'épaisses mèches grises. Il est probablement l'aîné de la fratrie.

— Je ne vais pas y aller par quatre chemins, me dit-il. Vous devez savoir que je suis inscrit à ce speed meeting ?

Voilà pourquoi son nom de famille me disait quelque chose ! Bien sûr, c'est le même que Jonas, mais c'est surtout qu'il figure sur ma liste d'entrepreneurs invités. Quel est son projet, déjà ? Des serres urbaines et flottantes sur l'Hudson River… De l'inclusion pour des personnes en réinsertion, je crois.

Je hoche la tête pour confirmer.

— Jusqu'ici, je n'avais pas osé en parler à Jonas, m'explique Clarke. Je ne voulais pas utiliser nos liens familiaux pour… enfin, pour être privilégié, vous comprenez ?

— C'est tout à votre honneur, je fais en souriant.

— Il n'empêche, reprend-il, je dois reconnaître que ce soutien de la Carter serait providentiel. D'autant que nos autres pistes ont récemment été quelque peu… contrariées. Le projet vient d'être retoqué dans trois appels d'offres, et sans co-financement assuré, la ville refusera de nous accorder ses subventions.

Son regard, aidé de ses sourcils épais, s'assombrit soudain.

— Je m'en suis dès lors ouvert à mon frère, poursuit-il la voix enrouée. Jonas est d'accord pour me donner un coup de pouce ; mais il m'a dit aussi que je devais me tourner vers « la cheffe d'orchestre de l'événement », car vous aviez tout pouvoir sur son déroulement.

Si Clarke n'avait pas l'air aussi sérieux, j'aurais éclaté de rire.

— Jonas vous a vraiment dit ça ?

— Je le cite.

— Eh bien… c'est très flatteur (et incroyablement stressant) de sa part, et je serais heureuse de pouvoir vous aider, mais je ne vois pas en quoi…

— Oh, c'est assez simple, me coupe Clarke. Jonas suggérait de m'éviter la phase de présélection lors du speed meeting. Si je pouvais m'entretenir directement avec Ryan…

— Ryan Carter ?

— C'est ça.

Je déglutis. « The » *boss* en personne, et il voudrait que je le jette dans ses bras, sans préliminaire aucun ?

— Je ne vous demande pas de valider mon projet pour lui, ma chère. Juste de m'assurer une rencontre avec celui que mon entreprise convaincra, et qui me soutiendra à coup sûr si j'ai l'opportunité de la lui présenter.

Encore cette voix éraillée, chargée d'émotion.

— Ce projet est très important pour moi, pour ma famille aussi… Aidez-moi, Ella. Aidez ce projet à prendre vie.

En disant cela, il a posé une main sur les miennes, croisées sur mon dossier « speed meeting ». Je me mords la lèvre, indécise. Son honnêteté me touche. Je pourrais lui faciliter les choses en lui donnant tout de suite un carton de présélection. Il a déjà le soutien de son demi-frère, après tout. Mais, en même temps, est-ce que je peux vraiment prendre cette décision sans consulter les grands pontes ? Et si l'entrevue avec Ryan se déroule mal ? Si Clarke fait un scandale parce qu'il reçoit un nouveau refus de financement ? Tout ça risque de me retomber dessus… et après cela, Samson se ferait sans doute une joie de me mettre à la porte.

Je :

→ *décide de l'aider dès aujourd'hui. Aller au 188*

→ *lui promets d'y penser, mais préfère ne rien faire tout de suite. Aller au 77*

→ *refuse catégoriquement. Aller au 101*

172

Nous nous dirigeons vers New Delhicious, un excellent restaurant indien du quartier. Les prix sont assez élevés, mais Ari propose de m'inviter, alors je ne me refuse rien ! J'opte pour le large buffet à volonté végétarien. Samossas, naans au fromage et autres beignets de légumes sont tous autant charnus que savoureux. À la table près de nous, un couple d'Italiens roucoule à n'en plus finir. Je me demande d'abord pourquoi ils sont venus se perdre dans notre quartier d'affaires, avant de repenser à Federico, le journaliste. Est-ce que lui et moi, on se recroisera un jour ?

Face à moi, Ari semble dans son élément. Il hèle le serveur pour lui demander des nouvelles de sa famille, tape dans la main du chef cuistot, revient quelques minutes plus tard avec deux verres de lassi à la cardamome…

— Offerts par la maison ! m'annonce-t-il, les deux fossettes épinglées aux coins de ses lèvres.

Le voir aussi joyeux est communicatif ; je me sens des ailes pousser dans le dos, et un essaim de papillons vient se nicher au creux de mes reins… Je :

→ le questionne sur le propriétaire du restaurant. Aller au 216

→ le remercie pour l'invitation. Aller au 5

→ l'interroge sur ses origines. Aller au 32

→ vérifie qu'il est bien célibataire. Aller au 137

173

— Un défi ? Oui, c'en est un, mais… J'aime en relever ! Surtout quand il s'agit d'organiser un événement tout en faisant preuve de créativité. À vrai dire, il y a huit mois, s'il y avait eu un recrutement au poste de responsable communication, j'aurais présenté ma candidature.

— Et tu aurais sûrement été prise, déclare Federico avec son joli sourire.

— Merci. Jonas, le chef de mon chef, a décidé de me faire confiance pour cette mission… et je crois qu'il a eu raison. C'est un mec bien.

— Jonas… Jonas Chen, c'est ça ? (je hoche la tête) J'ai déjà entendu ma collègue prononcer ce nom. Il fait partie de la famille Carter ? me demande le journaliste.

— Pas que je sache.

— Tant mieux.

— Pourquoi, « tant mieux » ?

→ *Aller au 178*

174

— Ça fait combien de temps que tu travailles à la Carter ? je lui demande.

Tout en déchirant sa serviette en papier, Ari déclare :

— Quatre ans, deux mois et dix-huit jours…

Je n'imaginais pas que sa réponse allait être si précise !

— Eh bien ! je lui fais, amusée. Tu sais ce qu'on dit des mecs avec une aussi bonne mémoire ?

Il hausse un sourcil et lève ses yeux océan vers moi. Enfin, il semble cesser de broyer du noir et pendant un instant, j'ai toute son attention !

— Non, quoi ? me demande-t-il.

— Qu'ils ont forcément une énorme… RAM.

D'accord, c'est de l'humour d'informaticien… Excusez-moi de savoir m'adapter à mon public ! La preuve, je fais mouche : les traits d'Ari se détendent, sa charmante fossette réapparaît ; ça me donne envie de l'embrasser, tout de suite, pour la retenir. Il ne faut plus qu'elle s'envole, celle-là !

Je :

→ *cherche le contact. Aller au 133*

→ *choisis un autre sujet de conversation. Aller au 67*

175

Alors que nous nous échappons de la tour Carter, un véritable ouragan s'abat sur nous. Vent et grêle nous fouettent le visage, c'est à peine si j'arrive encore à distinguer mon pauvre vélo accroché au bout du parvis. J'imagine que toute activité d'extérieur est désormais exclue…

Jonas hèle un taxi, nous nous y réfugions en vitesse. Il prend les choses en main et fournit une adresse dans Manhattan à notre chauffeur, sans m'expliquer où il m'emmène.

J'hésite à l'interroger, et puis… je me ravise. Les surprises sont assez rares dans ma vie, autant me laisser porter. J'espère simplement qu'on ne va pas échouer dans un de ces *roofs top* selects qui puent le cigare de luxe et le fric à plein nez.

Après un court trajet, le cab' nous dépose entre la 6e et la 12e, au pied d'un building à la façade art déco. Hall de marbre soigné, plantes vertes bien entretenues… Jonas et moi empruntons un ascenseur pour rejoindre le vingtième étage. Et là… le décor change du tout au tout. Des boiseries scandinaves s'étendent du sol au plafond. Une atmosphère chaude et sèche me force à ôter très vite mon manteau, ainsi que mon cardigan. Des lumières tamisées et une musique d'inspiration asiatique viennent parfaire ce décor inhabituel au sein d'un quartier d'affaires.

Derrière une banque d'accueil, une jeune femme blonde en tailleur grège sourit à Jonas. Visiblement, ces deux-là se connaissent.

— Bonjour Clarice, lui dit-il.

— Bonjour, monsieur Chen, répond l'hôtesse.

— Mon amie et moi désirerions profiter de vos services…

— Madame n'est pas une habituée, je me trompe ?

— Je ne crois pas, lui confirme Jonas. Vous mettrez tout sur ma note.

— Très bien, monsieur.

J'observe les lieux pour comprendre de quoi il retourne et surprends un homme vêtu seulement d'une serviette blanche autour de la taille, en train de traverser le corridor situé sur notre droite.

— Viens, me murmure Jonas.

Il me guide à travers un deuxième couloir et m'indique une porte où il est inscrit « vestiaire ».

— On se retrouve de l'autre côté.

Je hoche la tête, n'osant pas avouer que je ne sais toujours pas à quoi je dois m'attendre. Alors que Jonas pénètre dans le vestiaire pour hommes, je fais de même chez les femmes. Les serviettes blanches posées sur le banc, les petits casiers de rangement et la rouquine à moitié nue me font dire que les vêtements n'ont pas la cote ici. Heureusement, je ne suis pas pudique… Mes joues s'empourprent cependant en pensant à Jonas. Pourquoi m'a-t-il emmenée dans un endroit pareil ? On se connaît à peine, lui et moi… Quand Boucles Rousses se débarrasse de sa serviette-éponge, je m'aperçois qu'elle ne porte rien dessous. Elle pénètre dans une des douches disponibles. J'enlève alors l'ensemble de mes fringues, culotte comprise, avant d'attacher mes cheveux en chignon et de m'entourer d'une serviette.

— Allons voir de quoi il retourne, je marmonne, un peu excitée par l'inconnu.

Je sors du vestiaire par une autre porte, située à l'opposé de l'entrée. Un grand espace baigné de lumière naturelle me fait face. Des bains bouillonnants et jacuzzis bordent une large baie vitrée, tandis qu'une piscine tout en longueur permet de rejoindre un bar aux teintes sobres. Le serveur, tout comme les clients, est torse nu… Certaines femmes ne portent qu'une serviette autour de la taille, elles aussi. Passés les vestiaires, l'endroit est visiblement mixte.

Jonas me fait signe d'approcher. Son torse nu est pâle et musclé ; ce beau gosse s'épile, manifestement. Je me doutais qu'il était du genre à prendre un soin extrême de sa personne, tout comme Samson, mais je ne pensais pas que ça allait jusque-là. Il se tient devant une sorte de petit cabanon en bois brut.

— Qu'est-ce que c'est ? je lui demande.

Il ouvre la porte et la chaleur autour de nous devient étouffante. Un sauna. La chaleur, ce n'est vraiment pas mon truc… mais il paraît qu'après un tel traitement, une douche froide vous relaxe instantanément ; j'imagine que ça explique le choix de Jonas.

Comme il me montre son dos, je peux enfin admirer la totalité de son tatouage. Une sorte de dragon renversé, dont les ailes noires et majestueuses se déploient sur ses omoplates… et viennent masquer d'anciennes cicatrices. Des brûlures ? Plutôt des coups de fouet, ou de martinet… Le mystère Jonas s'épaissit. Nous entrons dans le cabanon et je m'assois tout près de la sortie. Si je dois m'échapper en vitesse, autant être prête. Dérangés par notre arrivée, les deux hommes et les trois femmes installés en face de moi froncent les sourcils. Eux se sont déjà débarrassés de leur serviette et se tiennent là, nus comme des vers. Je jette un œil à Jonas, qui a enlevé sa protection et s'assoit près de moi. *Oh, my !* il a un énorme… Ne pas penser à ça – ne pas penser à ça – ne pas penser « tout court », Ella… Bon sang, Samson doit le sentir passer ! Je détourne la tête, honteuse d'avoir seulement imaginé leurs ébats amoureux, et décide de respecter la mode du coin en dénouant moi aussi ma serviette en tissu.

Jonas garde les yeux clos, la tête appuyée en arrière contre la cloison du sauna. Après cinq bonnes minutes à suffoquer en silence, je finis par demander :

— Tu viens ici souvent ?

Il hoche du chef.

— Ce n'est pas très courant à New York, ce genre d'endroit, j'ajoute.

— Mon père était mordu, explique-t-il à voix basse. C'est lui qui l'a fondé, il y a trente ans de cela. Pour faire plaisir à ma Finnoise de mère.

— Ah… Tu pensais le croiser ici, aujourd'hui, je déclare.

— Pas du tout. C'est un lieu que j'apprécie. Pour son ambiance. Et surtout… pour son silence.

Message reçu. Après dix minutes dans cette chaleur muette, je finis néanmoins par saturer. Je remets ma serviette en place et quitte le cabanon, heureuse de retrouver un peu de fraîcheur. J'ai l'impression que ma peau et mes poumons respirent de nouveau ! Et si je tentais la douche froide ? En Finlande, fais comme les Finnois… je retourne dans le vestiaire, jette ma protection sur un banc et me glisse dans un box libre. Quand je tourne le robinet, une pluie glacée m'arrose depuis le plafond et je glapis de surprise.

— Brrrrr !

Le choc thermique est violent, mais supportable. En fait, il devient de plus en plus agréable. Les gouttes froides roulent en douceur sur ma peau comme des perles de rosée. J'en profite pour me frictionner et me masser lentement. Peu à peu, ma main droite se perd un peu trop bas. Ce n'est pas le moment pour un plaisir solitaire… Pourtant, la présence toute proche de ces clients, la possibilité qu'on me surprenne en pleine action m'émoustille plus que de raison. Doucement, je joue de mon index et ferme les yeux, sentant de plus en plus l'urgence du désir grimper…

— Ella ?

La voix de basse de Jonas.

— Oui ? je réponds, stoppant net ma petite séance en solo. Entre mes jambes, la douleur du plaisir interrompu se fait cruelle.

La porte s'ouvre et Jonas apparaît. Sans gêne, il pénètre dans le box et me toise de toute sa hauteur.

— Tu es dans le vestiaire des hommes.

— Quoi ?!

En quittant le sauna, j'étais si pressée que j'ai dû me tromper d'accès.

Sous le jet glacé, avec ses cheveux trempés qui lui dégoulinent sur le visage, Jonas est deux fois plus attirant, ce qui n'arrange rien à mon état. La douleur lancinante au creux de mon sexe gagne en force mais, pour l'instant, je ne peux rien faire pour l'apaiser. J'observe mon manager qui, comme si je n'étais pas là, se frictionne le corps tout entier avec un savon rond avant de le laisser tomber au sol, paupières closes. Sa bouche entrouverte, les gouttes qui s'attardent sur ses tétons, le joli V de ses abdos, tout en lui me donne envie… Il faut que je m'échappe d'ici, sinon, je vais faire une bêtise.

Je m'apprête à sortir du box quand mon pied glisse sur la savonnette de Jonas. Je tente de retrouver mon équilibre en m'agrippant à ce que j'ai sous la main… son TORSE, par exemple. Excellente idée, Ella ! Jonas rouvre les yeux et m'aide à me stabiliser, ses deux mains fermes plaquées sur mes hanches. Son pubis frotte contre le mien. Je suis à deux doigts de défaillir.

— Ça va ? me demande-t-il.

— Pardon, oui, je marmonne. J'ai juste dérapé.

Nous restons là sans bouger quelques secondes, autant dire une éternité pour moi avec un clitoris au bord de l'extase. Je me noie dans ses yeux d'or, lui a les siens rivés sur ma bouche. Et puis l'impensable a lieu : Jonas se penche sur moi (à moins que ce soit moi, qui me dresse sur la pointe des pieds ?) et nos lèvres se rencontrent. C'est un baiser de cinéma, long et doux, le plus chaste qui soit, mais qui agit comme un souffle sur les braises de mon corps. Après la douche froide, je me transforme en volcan. C'est la première fois de ma vie qu'un seul baiser me fait jouir.

La respiration coupée, je m'écarte enfin de lui et sors du box le cœur battant.

— Je… je vais m'en aller, je murmure à travers le battant. Je viens de me souvenir, j'ai un rendez-vous urgent, ce soir.

— Très bien, fait Jonas après un temps d'arrêt. Et… Ella ?

— Oui ?

Encore un silence.

— Ce baiser : je… c'était une erreur.

Je déglutis. Sonnée par l'orgasme, je ne réponds rien.

— Une erreur, répète-t-il. Ça ne peut pas être autre chose que ça. Alors on oublie, tu veux bien ?

Je me force à acquiescer.

— On oublie.

Ma voix s'éraille sous le coup de l'émotion. Je prie pour que Jonas n'ait rien remarqué et attrape ma serviette, titubant à la fois de plaisir et de honte, l'amour-propre griffé au cœur. Merde, mon premier râteau depuis… depuis Alex. Et il est magistral. Sans un mot de plus, je me dirige droit vers la sortie. Il ne me reste plus qu'à encaisser cette humiliation comme il se doit : en m'abrutissant de travail les jours prochains pour ne plus y penser.

♥

En choisissant ce chemin, Ella vient de vivre un moment important pour sa vie amoureuse, symbolisé par ce cœur. Retenez bien le nombre de cœurs que vous collecterez au cours de votre lecture… car il se pourrait qu'il y ait des conséquences !

→ Aller au 7

176

— Désolée les amis, je dois filer !

— Un truc urgent ? m'interroge Matt.

— Le « truc » s'appelle Samson… je te laisse imaginer la suite !

Je remercie le traiteur pour la dégustation, récupère sa carte de visite en lui demandant d'envoyer un devis sur ma boîte mail et pars en courant. Quelques coups de pédale plus tard, trois caisses pleines d'archives m'accueillent à mon bureau… Avec un Post-it de Samson collé dessus.

« Trouve-moi toutes les occurrences de la Carter, là-dedans. Infographie pour demain, 10 h. »

Génial… Comme si je n'avais que ça à faire. Voyons le côté positif : j'ai eu une belle excuse pour laisser Claire et Matt en tête-à-tête… qui sait ce qui en émergera ?

→ Aller au 129

177

— Parce que… parce que j'avais envie de te voir.

Ma réponse crée un blanc. Ari finit par réagir, mais sa voix est atone, comme débarrassée de toute émotion :

— OK, dit-il. Donc quand tu as besoin d'aide, tu as envie de me voir. Et quand tu veux juste passer du bon temps, tu t'adresses à lui.

— Mais non, voyons ! je m'exclame. Arrête de déformer mes propos. J'aime bien passer du temps avec vous deux, voilà tout.

— Tu sais Ella, parfois, il faut savoir faire un choix.

Ari me tend la copie du bon de livraison.

— Désolé, mais je préfère ne pas aller plus loin. S'il s'avère que ça met en cause un grand ponte de la Carter, je risquerais ma place. Maintenant, si tu veux bien, je vais plutôt retourner à mon problème de faille.

Je récupère le papier. Désarçonnée, je hoche la tête et rejoins mon bureau en mode automatique.

→ *Aller au 7*

178

Federico ne répond pas. Tout en regardant par la baie vitrée du hall d'entrée, il plisse ses yeux vert d'eau, ébloui par la lumière du soleil. Un frisson me parcourt l'échine tandis que je repense à Alex ; je revois mon ex scruter les bateaux au loin, pendant des vacances à la mer. C'est fou comme Federico lui ressemble…

— Quand on parle du loup, je fais en regardant moi aussi à travers la vitre.

— C'est lui, Jonas ? m'interroge l'Italien.

J'acquiesce. Deux hommes sont en grande conversation sur le parvis de la tour Carter. L'un des deux est effectivement Jonas. L'autre, tout aussi grand que lui, est sans doute plus vieux si j'en crois les mèches sel dans ses cheveux. Et il s'agite beaucoup plus, aussi.

Je fais pivoter mon siège pour observer la scène plus attentivement. Mes pieds rencontrent ceux de Federico, qui me sourit et se penche vers moi.

— Petite curieuse… me murmure-t-il à l'oreille. Tu sais lire sur les lèvres ?

— Non. Et toi ?

— Un peu. C'est pratique dans mon métier.

Il me jette un regard effronté, puis reporte son attention sur les deux hommes. L'interlocuteur de Jonas empoigne ce dernier par l'épaule et semble lui crier quelque chose au visage.

— Tu veux savoir ce qui se dit ? propose Federico. D'habitude, je ne fais pas ça gratuitement. Mais pour toi Ella, *come* je t'aime bien, ce sera seulement un baiser.

— Pardon ?!

Si je m'attendais à une telle offre !

— Embrasse-moi, répète Federico. Pour un baiser, c'est promis, tu sauras tout sur tout.

→ *J'accepte. Aller au 201*
→ *Je refuse. Aller au 106*

179

Ari m'entraîne au bout du couloir et s'arrête devant une découpe dans le mur de gauche… qui est en réalité une porte bien camouflée.

— Une cache secrète ? je m'exclame.

Ari insère son passe-partout dans la fente. Un « clic » magnétique se fait entendre.

— Sésame, ouvre-toi, murmure l'informaticien.

Nous découvrons un cagibi rempli de vieilles boîtes d'archives qui s'amoncellent sur plusieurs rangées. J'ai à peine la place de faire cinq pas avant de me cogner à une pile de cartons. Question sécurité, on repassera ! La poussière me fait tousser. Près de l'entrée, une dizaine de paquets ronds et plusieurs rouleaux d'affiches me semblent plus récents que le reste.

— Ma commande !

Je ne cache pas mon soulagement de l'avoir enfin retrouvée, et croise le sourire doux d'Ari. Sa fossette, en cet instant, me fait terriblement envie. Je me pends à son cou et lui glisse plusieurs « merci » au creux de l'oreille. Son parfum de vanille, délicatement iodé, vient me chatouiller le nez et réveille un désir au fond de moi. Je le serre plus fort encore et Ari finit par rendre les armes, m'entourant lui aussi de ses bras réconfortants.

Alors que je m'écarte de lui, la petite ampoule au plafond grésille avant de nous faire faux bond. Nous voilà plongés dans le noir. Ari et moi nous mettons à rire. Lui plaisante avec une histoire de mauvais karma qui me poursuit. Je sens qu'il me retient contre lui, je ne lutte pas. Une fois les rires évanouis, il ne reste plus que nos deux respirations pour meubler cette obscurité.

Sans crier gare, le Maori m'embrasse. C'est un baiser fougueux, qui ressemble à une bourrasque en pleine canicule. J'ai laissé loin derrière cette histoire de commande. Personne ne sait que nous sommes ici, personne ne viendra nous déranger. Autant en profiter. Nos respirations s'accélèrent, je me laisse emporter par la vague qui grandit peu à peu en moi. Ari, de son côté, a définitivement perdu toute timidité. Ses mains palpent mes hanches avec vigueur avant de défaire les attaches de ma jupe fourreau. Il tire ensuite sans ménagement sur le tissu et le vêtement déclare forfait. Je le devine qui s'agenouille devant moi, et sa bouche remonte le long de mes jambes, de mon pubis, de mon ventre. Ari dépose sur mon corps des baisers tendres et humides qui me font frissonner de plaisir ; ils sont comme des petits cailloux qui l'aideront, plus tard, à trouver son chemin.

Une fois qu'il se tient de nouveau debout contre moi, je déboutonne sa chemise à tâtons.

— J'ai envie de toi, me confie-t-il, collé à mes lèvres.

— Ça tombe bien, je riposte en l'embrassant à pleine bouche avant de lui tourner le dos.

Je glisse une main sous son jean dégrafé. Au moins, il ne m'a pas menti ! Caresses lascives sur son sexe dressé, avant de le frôler de mes fesses nues, cambrée, les jambes légèrement écartées, l'attendant avec impatience. Entre nous, pas besoin de mots : mon informaticien reçoit le message cinq sur cinq... Dans cette obscurité, tous mes autres sens sont exacerbés. Quand Ari me pénètre enfin, il lâche un gémissement d'excitation, et je frémis de tout mon corps sous la force du désir qui m'étreint. Posées sur mes hanches, ses mains douces et calleuses d'artiste marquent le rythme de notre tandem. Je guide l'une d'entre elles jusqu'à l'entrée de mon sexe et amène ses doigts à pianoter, là-juste-ici-voilà-comme-ça, une seconde mélodie, plus énergique, plus brute, plus improvisée, en contraste de la première qui est d'une régularité de métronome. Au toucher répond la voix ; chacune de ses entrées, chacun de ses touchers francs me provoque un petit cri de plaisir, bref et aigu… Que la danse se poursuive.

À l'abri dans ce local d'archives, oublié du reste du monde, Ari joint son timbre clair au mien. Notre duo de vocalises fait grimper en flèche mon niveau d'excitation, oui-voilà-c'est-ça-encore-plus-fort, jusqu'au point d'extase ultime, un rugissement orgasmique en totale harmonie.

Passé ce moment d'ivresse, la paresse ; nos gestes sont gourds, mollassons, drainés de leur force vive. Dans le noir, je ressens comme une légère gêne qui s'installe entre nous. Des interrogations fusent sous mon crâne : depuis combien de temps avons-nous quitté nos postes ? Nos supérieurs ne vont-ils pas se poser des questions ? Quelqu'un nous a-t-il vus nous absenter ensemble ?

Le souvenir du speed-meeting et de ce que j'étais venue chercher ici balaient cette parenthèse béate, pendant laquelle il n'était question que de sexe et de désirs urgents à assouvir.

Silencieux, Ari entrebâille la porte du local pour laisser un peu de lumière entrer et me permettre de me rhabiller. Je m'exécute à la hâte, puis c'est avec un sourire timide que je m'approche de lui pour lui voler un baiser. Mon Maori me le rend avec ardeur. Il en profite même pour me garder quelques secondes de plus contre lui. Ce geste me rassure tout autant qu'il m'effraie. Entre nous, il y aura peut-être plus qu'un plan cul… et la question sera de savoir si oui ou non, je serai à la hauteur.

→ *Aller au 87*

180

Ella connaît-elle l'identité de W@x3r ?

→ *Si oui, allez au 190*
→ *Sinon, rendez-vous au 244*

181

Je rejoins Claire près de l'ascenseur. Aujourd'hui, elle porte un petit chemisier au motif Liberty et une jupe crayon bleu pastel. Un serre-tête de la même couleur retient ses cheveux frisés ; il lui donne un joli look rétro. Je la trouve très élégante, si ce n'est son mascara qui a coulé à cause de l'émotion. Quand je pose une main sur son épaule, je la sens tressaillir sous mes doigts.

— Ça va ? je lui demande.

Je sors un mouchoir de ma poche et le lui tends.

— Oh, Ella, fait Claire en mouillant le tissu avec sa langue, puis en se frottant la joue avec (ce faisant, elle étale encore plus la trace noire laissée par son maquillage). Ça va, oui. Je suis trop bête, c'est tout.

L'ascenseur arrive, mais je la retiens et l'attire dans un couloir exigu, celui qui mène à la photocopieuse.

— Tu es sûre que tu ne veux pas m'en parler ?

Claire secoue la tête avec insistance.

— Écoute, je reprends : je connais bien Matt. Je ne sais pas ce qui s'est passé entre vous mais, ce que je sais, c'est que ce n'est pas quelqu'un de méchant. Alors quoi qu'il ait fait, tu peux être certaine que ce n'était pas intentionnel.

Ma copine RH me jette un regard plein d'amertume, puis son front se plisse et ses yeux s'embuent de larmes.

— Toi aussi, tu vas penser que je suis une idiote.

— Je ne penserai jamais ça de toi, Claire. Tu es l'une des personnes les plus brillantes et pétillantes d'intelligence que je connaisse.

Je la prends dans mes bras. D'abord tendue, ses muscles se relâchent et elle finit par poser sa joue mouillée contre mon épaule.

— Je… suis un peu jalouse, tu vois, marmonne-t-elle au creux de mon cou. Et Matt…

— Ne va pas plus loin. Matt est un sacré tombeur : c'est dur à supporter, ça, surtout quand on a des sentiments pour lui.

Claire s'écarte de moi.

— Hein ? fait-elle. Des sentiments « pour lui » ?

Un petit rire lui échappe.

— Tu n'y es pas du tout, Ella. Des sentiments, j'en ai, oui. Ça, c'est certain… Mais pas pour Matt. *Pour toi.*

— Qu… quoi ?

Sa déclaration me fait l'effet d'une gifle. J'ai dû mal comprendre.

— Je suis jalouse de Matt, parce que ce crétin, non content de m'oublier l'autre soir alors qu'il m'avait invitée dans un bar pour me présenter des copines à lui, a passé deux nuits avec toi ! Deux nuits *entières* !

Je fronce les sourcils, complètement paumée.

— Tu... tu as des sentiments « pour moi » ?

Claire me regarde, les lèvres tremblantes. Ses joues se teintent de rouge embarrassé.

— Je... oui... balbutie-t-elle. Ça fait longtemps que je voulais t'en parler... Mais je n'ai jamais trouvé le courage. Et puis tu collectionnes les aventures, ça m'a toujours intimidée. Toi et Matt, vous êtes si ouverts sur vos histoires de cul... Moi, je ne suis pas comme ça, mais ça ne veut pas dire que je ne ressens rien du tout !

— Je suis désolée, Claire. Je ne savais pas.

— Mais Matt, lui, savait ! L'autre soir quand j'ai appris, plantée sous la pluie, qu'il était fourré chez toi et qu'il ne viendrait pas, j'ai vu rouge. Il aurait pu me proposer de l'accompagner, mais non, il te voulait pour lui tout seul !

— Je t'assure que non : c'est moi qui lui ai demandé son aide. On a bossé comme des cinglés pendant deux jours et deux nuits.

Ma copine renifle, sceptique.

— Ah bon ?

— Oui, et crois-moi, lui comme moi, on aurait préféré être dans ce bar avec toi. Mais je n'avais pas le choix : c'était pour Ryan en personne. Impossible de me défiler.

— Oh, Ella...

Claire se remet à pleurer et son mascara, à couler.

— Tu vois : quand je te disais que tu allais me prendre pour une idiote ! Dire que je lui ai fait une scène…

Troublée par la révélation de Claire, je ne sais d'abord pas comment réagir. Et puis…

→ *Je rassure simplement mon amie. Aller en 131*

→ *J'envisage une relation plus profonde avec elle. Aller en 50*

182

Je ne parviens pas à contenir un sourire de soulagement. Jonas fronce les sourcils.

— C'est l'accident de Lucy qui te rend à ce point heureuse ?

Quelle cruche ! Je me sens mieux, c'est vrai, et pour une raison puérile : ce qui est arrivé à ma collègue semble avoir occulté mon discours d'hier soir. Jonas n'aborde même pas le sujet.

Mais si tu ne t'es pas assez ridiculisée la veille, Ella, tu es en train de le faire maintenant…

Je vire au cramoisi et bredouille :

— Non, non, pas du tout… Est-ce qu'elle va bien ?

→ *Aller au 267*

183

… C'est quand on a déjeuné ensemble, et…

→ *qu'il s'est sauvé avant même d'entamer son assiette. Aller au 263*
→ *que mon manager et son amant ont débarqué. Aller au 210*

184

— S'il te plaît, Samson, je réplique en battant des cils : tu es un excellent manager; tu as les yeux partout et une formidable mémoire. Jonas et moi avons évoqué combien tu étais quelqu'un de précieux à la Carter, à la fois brillant et plein de générosité ! J'étais convaincue que tu étais la personne qui pourrait m'aider.

Les joues de Samson s'empourprent. J'y suis peut-être allée un peu fort, niveau hypocrisie… mais peut-être n'y a-t-il vu que du feu ?

— Désolé de te décevoir, dans ce cas, fait-il : je réserve mon excellence à d'autres fins. Adresse-toi aux petites gens, pas à moi.

Je hoche la tête avec une déférence feinte et quitte la pièce sans demander mon reste. À sa manière, Samson vient de me donner une piste. Je pourrais en effet interroger Romuald, le réceptionniste, qui doit normalement conserver un bordereau de toutes les livraisons à la tour. Peut-être saura-t-il où la commande de goodies a été entreposée ? (Aller au 208) Ou alors, je peux me tourner vers Matt (Aller au 214), ou bien vers Ari (Aller au 92), si ce n'est pas déjà fait.

185

— Ella Forest, je me présente en tendant la main. Je travaille justement pour cette firme. C'est moi qui suis responsable de l'organisation du speed meeting.

— Ah oui ?

Federico attrape mes doigts avec délicatesse et se baisse, simulant un baise-main.

— J'ai de la chance de vous rencontrer ! s'exclame-t-il. Est-ce que vous seriez d'accord pour qu'on discute de ce speed meeting ? Ma collègue de *Pianeta Blu* qui écrit l'article serait très heureuse que je lui rapporte des informations, en plus des photos. Comme vous avez la charge de l'événement, elles seront de grande *qualità* !

Je rougis comme une bécasse.

— Pas maintenant, je m'en excuse. La semaine prochaine, si vous voulez ?

— Je reste plusieurs jours à Niou Yorke, *allora,* oui, ça me va : autour d'un café ? Vous et moi, *si* ? Tenez, je vous donne ma carte. Appelez-moi !

— Je n'y manquerai pas.

— À bientôt, *bella* Ella ! me salue Federico.

Tandis qu'il part de son côté, mon cœur refuse de se calmer. Cet Italien ressemble vraiment trop à Alex…

Reprends-toi, ma vieille ! Ce rendez-vous sera strictement professionnel, alors ne commence pas à te faire des films.

→ *Aller au 238*

186

Deux heures que je les cherche sans relâche. Ces goodies me donnent vraiment du fil à retordre. Comment ont-ils pu disparaître ? Je pourrais bien sûr en recommander, mais à dix jours à peine du speed meeting, tout ça risque de coûter très cher à la Carter… et à ma réputation d'employée persévérante.

Les fichiers de Lucy ne m'apprendront rien de plus. Je vais devoir me tourner vers l'humain (et sa mémoire défaillante) pour résoudre ce mystère. Je décide de m'adresser à :

→ *Samson, mon chef (parce que je n'ai peur de rien !). Aller au 196*
→ *Matt, mon meilleur ami et atout au service com'. Aller au 214*
→ *Ari, l'informaticien, pour réfléchir autrement. Aller au 92*

187

Matt et moi saluons Romuald de loin, sans nous approcher de la banque d'accueil. Mon ami pense à la même chose que moi, car il me glisse à l'oreille :

— Romuald pourrait être ton mystérieux W@x3r… Ça te plairait ?

Je ne réponds rien d'autre qu'un sourire en coin.

— Je prends ça pour un oui, fait Matt en minaudant à son tour. Toi, en ce moment, tu as un faible pour les jeunots !

Je hausse les épaules.

— Il est craquant, non ? je chuchote.

— Je te fais confiance ; je n'ai aucune expertise en la matière !

Matt appelle l'ascenseur et nous nous engouffrons à l'intérieur.

→ *Aller au 89*

188

J'ouvre mon dossier et découpe l'un des cartons de présélection en suivant les pointillés. Une dizaine était prévue, il n'en restera plus que neuf. Mais qui s'apercevra de cela, à part l'organisatrice du speed meeting… autrement dit : moi ?

Dessus, je recopie au feutre l'intitulé du projet de Clarke, ainsi que son propre nom. Puis je lui remets le précieux sésame.

— Ne le perdez pas ! Vous en aurez besoin lors de la deuxième partie de la journée.

— Merci, merci infiniment, fait Clarke en me prenant le carton des mains. Vous êtes un ange, Ella.

Nous nous levons ; Clarke s'avance vers moi, m'attrape par les épaules et m'embrasse sur les deux joues. La surprise me fige, mais je finis par rire de sa familiarité.

— Un ange à la Carter, répète-t-il. C'est assez rare vous savez, dans cette firme ?

— Dites-le bien à votre frère, dans ce cas ! Qu'il n'ait pas l'idée de se débarrasser de moi.

— Je suis persuadé qu'il n'en fera rien, mais je n'y manquerai pas. Au revoir, très chère Ella.

Là-dessus, je le raccompagne jusqu'à l'ascenseur avant de retourner à mon bureau, guillerette d'avoir accompli une bonne action.

♦

En choisissant ce chemin, Ella vient de vivre un moment crucial pour sa carrière, symbolisé par ce carreau. Retenez bien le nombre de carreaux que vous collecterez au cours de votre lecture... car il se pourrait qu'il y ait des conséquences !

→ Si vous avez collecté trois carreaux (celui-ci inclus). Aller au 97
→ Sinon. Aller au 186

189

— Je… je vais faire de mon mieux.

Jonas m'adresse un large sourire, le tout premier de ce genre que je surprends chez lui.

— Non, tu vas faire plus que ça, me dit-il. Tu vas réussir. Tu le *dois*.

Son insistance me refroidit instantanément.

— C'est une menace ?

Sans répondre, Jonas me laisse en plan et retourne à ses dossiers. Le signal est clair : si je me plante sur cette mission, je pourrai dire au revoir à mon poste d'assistante.

— Sois à l'heure demain, me lance Jonas.

Il ne relève même pas la tête vers moi pour me congédier.

Je sors de son bureau, tremblante. Sous mon crâne c'est la tempête, entre peur et excitation. J'ai besoin de me calmer.

→ *Si j'ai déjà reçu un message d'un dénommé W@x3r. Aller au 30*

→ *Je décide de retourner chez moi. Aller au 224*

→ *Je choisis d'appeler Matt. Aller au 15*

190

Ella connaît l'identité de W@x3r. Mais…

Durant ce mois de janvier, a-t-elle vécu un véritable tête-à-tête avec lui ?

→ *Si oui vous pouvez, si vous le souhaitez, aller au 256*

→ *Sinon, rendez-vous au 244*

191

Retour à la case départ, pétrie de douleurs dans mon lit. Je me souviens maintenant.

J'aurais dû répondre à ce message… Mon retour de chez le traiteur a été tardif et Samson m'a passé un sacré savon. Un savon qui est allé plus loin que ce que j'avais imaginé…

Il m'a licenciée. J'ai perdu mon travail, tout ça pour un fichu SMS que j'ai préféré ignorer.

Oh, bien sûr, ce n'était pas la seule raison. Samson était remonté contre moi, ça durait depuis plusieurs jours. Il attendait simplement la bonne occasion pour me mettre à la porte, avec la bénédiction de Jonas, en plus.

→ *La suite en 235*

192

— Tu veux parler de Jonas ?

Matt confirme.

— Bah ! Ce n'est pas un « prétendant ». Lui ne prétend rien du tout, en tout cas… et moi non plus, j'ajoute d'une petite voix.

— Arrête ton char, princesse : je sais quand un mec te plaît, et là, c'est plus que flagrant.

— Si tu le dis… Mais c'est sans espoir, pas vrai ?

— …

— Pas vrai ?

— Les chances de conclure avec lui sont plutôt nulles, en effet, admet Matt.

— Donc, le sujet est clos. Federico, lui, semble intéressé ET hétéro. Le choix est vite fait. Mais assez parlé de moi (je me lève pour attraper la bouilloire et me resservir de l'eau chaude) : ça fait des lustres que tu ne m'as pas raconté ce qui se passe dans ta vie !

→ *Aller au 60*

193

Plutôt que de répondre, je fonce tête baissée vers l'ascenseur, les yeux rivés sur ma boîte à cookies. Romuald doit trouver mon attitude étrange, car je l'entends me demander :

— Ella, ça va ?

Matt, qui vient de débarquer, éclaire sa lanterne à ma place :

— Désolés, on est pressés !

De longues secondes pleines de nervosité s'écoulent avant que l'ascenseur n'arrive enfin. Je m'empresse de monter à l'intérieur et attends que les portes se referment sur nous pour lever les yeux.

— Tu m'expliques ? me fait Matt, le regard soucieux.

Les quarante-deux étages ne seront pas de trop pour lui résumer mon premier janvier…

→ Aller au 89

194

Comme tout le monde, je sais où se trouve le service informatique, mais je ne m'y rends jamais. La plupart de nos problèmes en la matière se résolvent à distance. J'aurais pu passer un simple appel téléphonique, seulement j'ai besoin de m'extraire du quarante-deuxième étage, ne serait-ce que pour quelques minutes. Cet épisode avec Samson me laisse sur les nerfs, une promenade au sein de la tour me fera du bien.

Quand j'arrive au quarantième, un décor digne d'un film d'horreur m'accueille : les néons du couloir grésillent à n'en plus finir, certains sont même complètement éteints. Au fond, une inquiétante lumière bleutée filtre de sous un panneau d'acier. À ma droite, plusieurs salles sombres ont leur porte entrebâillée : j'y devine des montagnes de cartons, ou bien des étagères chargées... À ma gauche, un unique bureau est éclairé. J'avise le profil de son locataire en regardant par la vitre et au même moment, un des programmeurs de la firme sort de la pièce avec un écran dernier cri sous le bras : Colin Spencer. Cheveux longs et noirs, trench long et noir, de multiples ceintures cloutées et un regard magnétique rehaussé de fard à paupières (sans surprise, noir lui aussi). « The » look de gothique. Plutôt charmant, si on aime le style ! Je crois même qu'il a son propre groupe de musique.

— 'Lut, tu viens voir Ari, notre petit Maori de l'informatique ? me demande Colin.

Maori ?

Mon collègue fait un pas de côté pour me laisser passer.

— Il est dans sa bulle, ajoute-t-il en mimant la présence d'un casque sur ses oreilles. Tape-lui sur l'épaule avant de lui parler, il déteste se faire surprendre.

— Euh... merci du conseil, je fais.

Colin m'adresse un clin d'œil avant de rejoindre l'ascenseur.

Le prénommé Ari est assis devant sa station de travail. La température dans le bureau est presque tropicale, alors il est habillé en conséquence : un simple t-shirt à manches courtes au-dessus d'un jean sombre. Ses cheveux châtains, halés par le soleil, sont tressés sur le dessus de son crâne à la peau mate. Il a rasé le reste en suivant des motifs tribaux, ce qui lui donne un côté guerrier, tout à fait raccord avec sa carrure d'athlète… Je comprends mieux désormais pourquoi Colin l'a surnommé Maori ! D'ailleurs, il a peut-être vraiment des origines polynésiennes. Puisqu'on me l'a conseillé, je lui tape sur l'épaule pour me faire remarquer. En toute hâte, l'informaticien ôte alors son casque, ses lunettes de vue, et se redresse sur sa chaise comme pour se mettre au garde-à-vous… Sa nervosité me fait sourire.

Maintenant qu'il me fait face, je note sa mâchoire carrée, ses pommettes rondes, son nez légèrement empâté et son regard doux, couleur de ciel, presque irréel au milieu de ce visage brun. Ses abdos aussi, très marqués sous un t-shirt bleu océan… *My god* ! Et moi qui avais des préjugés énormes sur les *nerds*. Ce n'est pas tous les jours que j'en rencontre un d'aussi sportif, du moins en apparence. Je m'oblige à relever le menton pour le regarder dans les yeux.

— Bonjour, je dis. Je suis…

— Ella Forest, me coupe-t-il. Je me souviens, oui.

Génial. Encore un qui n'a rien loupé de ma prestation d'il y a deux soirs. Son ton n'a rien de moqueur, néanmoins. Il est aussi doux que son regard, et ponctué d'un accent chantant. De Floride, si je ne m'abuse.

— J'aurais besoin de ton aide, je reprends, euh…

— Ari.

— Enchantée. J'ai un souci, car je dois pouvoir accéder aux fichiers qui se trouvent sur le poste local de Lucy Soulers. Elle est en arrêt pour le moment.

Ari se passe une main sur la nuque, l'air embêté. Une délicieuse fossette se dessine sur sa joue droite.

— Est-ce que tu as avec toi une autorisation de ton manager? Avec ce genre de demandes, il y a toujours le problème de la sécurité qui se pose. Rassure-toi, je ne mets pas ta parole en doute! C'est juste qu'on doit prendre des précautions…

— Tu veux dire : un document écrit?

— C'est ça.

À mon tour d'être embêtée.

— Eh bien, non, Samson ne m'a rien donné de tel.

Et c'est sûrement volontaire de sa part…

— Hum.

Ari croise les bras et réfléchit. J'envie clairement la nana qui a la chance de pouvoir se glisser entre ces deux-là!

— Après, me dit-il, on peut peut-être s'arranger…

Si ses lèvres restent sérieuses, ses yeux me sourient. Et cette adorable fossette qui ne veut pas disparaître…

— À quoi tu penses? je demande.

— Un café, toi et moi? Ou bien un déjeuner, si tu préfères.

J'écarquille les yeux. En voilà un qui sait être direct! Sa nervosité des débuts s'est complètement évanouie, on dirait. Ari ne me laisse pourtant pas le temps de répondre et dégaine un :

— Je plaisante! Viens : je vais te débloquer ce poste.

— «Gratuitement», alors? je fais, un peu déçue.

Je n'aurais pas été contre un tête-à-tête avec lui.

— Tout ce qui peut emmerder Samson, je le fais avec plaisir.

L'aveu me fait lever un sourcil.

— Tu ne l'apprécies pas ?

— Qui apprécie cette enflure ? réplique Ari, alors que nous montons dans l'ascenseur.

Pas faux. Je :

→ pense : « Jonas », mais ne réponds rien. Aller au 259

→ réponds : « Jonas a l'air de bien s'entendre avec lui. » Aller au 49

→ vais dans son sens. Aller au 104

195

Je le corrige :

— C'est « Ella », pas « Ellie ».

Avant d'ajouter, très vite :

— Mais en effet, je suis d'accord avec toi, Samson.

Il hausse un sourcil. Ce n'est pas tous les jours que je lui donne raison…

— Je n'ai fait que répéter ce que Jonas avait sûrement déjà appris par tes soins. Je vous laisse, je retourne à mon bureau.

Je coule un dernier regard à notre manager commun, avant d'aller m'écrouler de nervosité à mon poste.

→ Aller au 163

Je suis consciente de prendre des risques, mais Samson me paraît être la meilleure piste pour retrouver ces goodies. Après tout, lui et Lucy se sont chargés des tous premiers préparatifs. S'il y a une personne qui doit être au courant de cette commande, c'est lui. Je potasse mon argumentaire et, un peu plus tard dans la journée, alors que je le sais dans son bureau, je frappe à sa porte. Un « Oui ? » peu engageant m'invite à entrer.

— J'aurais dû m'en douter, fait Samson en m'apercevant. Il n'y a qu'une seule idiote pour m'interrompre au plus mauvais moment.

— Si je dérange, je peux repasser…

— Non, je préfère me débarrasser de toi tout de suite. Qu'est-ce que tu veux ?

Garde ton calme, Ella. Je prends une grande inspiration et pose ma question :

— Je ne parviens pas à mettre la main sur la commande de Lucy ; celle des goodies du speed meeting.

— Tu veux dire que tu l'as perdue, réplique mon chef

— Apparemment, elle a été livrée ici, à la tour, il y a six semaines de cela. Je n'étais pas encore en charge. Je me disais que, peut-être, tu aurais eu vent de son stockage.

Un rire dédaigneux fissure le visage si parfait de Samson.

— Pas de chance, lâche-t-il : contrairement à toi, « je » ne suis pas responsable de cet événement. Tu vas devoir trouver quelqu'un d'autre pour pallier ton incompétence, ou bien il se pourrait que tout ça remonte aux oreilles de Ryan.

C'est clair ?

Encore une menace à peine déguisée.

Je réponds :

→ *avec humour. Aller au 90*

→ *avec sérieux. Aller au 136*

→ *avec obséquiosité. Aller au 184*

197

— Mauvaise réponse, tranche Romuald en retournant à ses classeurs. Au revoir, Ella.

— Mais…

— J'ai dit « Au revoir ». Explique à Samson qu'il peut venir chercher cette livraison lui-même.

Je reste quelques secondes bouche bée, avant de rebrousser chemin. Il faut savoir accepter la défaite, après tout. Je ponctionnerai mon budget pour commander de nouveaux goodies et croiserai les doigts pour qu'ils arrivent à temps.

→ *Aller au 7*

198

Romuald a l'air préoccupé, mais mon rendez-vous n'attendra pas tout l'après-midi. Je me dépêche de traverser le hall, à pas feutrés cependant pour que l'agent d'accueil ne me remarque pas. Soudain, la porte dans son dos s'ouvre brusquement et Samson sort du vestiaire, tout aussi soucieux. Je me glisse derrière une colonne de marbre et tends l'oreille.

— Qu'est-ce que tu en as fichu ? gronde Samson.

— Je ne sais pas, répond Romuald, des trémolos dans la voix. Il était pourtant juste ici ! Et facile à repérer, j'y ai collé une gommette rouge pour ne pas le confondre.

— Tu parles d'une efficacité…

— Je ne l'ai pas bougé de place, je te jure.

Le pauvre a l'air totalement mortifié. L'écouter me met la boule au ventre… Et bien entendu, ce chien de Samson ne fait rien pour le rassurer, au contraire :

— Je te faisais confiance, Romu, l'accuse-t-il. J'espère que la greluche n'a pas mis la main sur ce pass pendant que tu avais le dos tourné.

— Elle ne se permettrait pas de venir fouiller l'accueil sans me le demander !

— Tu as intérêt à avoir raison.

De qui parlent-ils ? Sur ces mots, Samson quitte la tour pendant que Romuald retourne à ses recherches. Je profite qu'il est occupé pour sortir de ma cachette et rejoindre l'ascenseur.

→ *Aller au 24*

199

Le pauvre garçon a l'air complètement perdu, son sourire est passé de « craquant » à « carrément absent ». Il lorgne la nappe ou son verre vide pour éviter mon regard ; ses doigts tapotent la table avec tant de nervosité qu'il finit par faire tomber ses couverts au sol.

— Qu'est-ce que je t'ai fait ? je lui demande, de but en blanc.

Je suis sans doute trop sèche, mais je ne pensais pas que j'allais déjeuner avec une boule de nerfs mutique. Si j'avais su, je me serais fait violence pour accepter l'invitation de Jonas…

Mon ton a néanmoins le mérite de le faire réagir. Il lève des yeux paniqués vers moi :

— Toi ? Rien, rien du tout ! s'exclame-t-il. Excuse-moi, je ne voulais pas être impoli, j'ai la tête ailleurs en ce moment.

— Je vois ça. Tu es tout excusé, j'ajoute avec un sourire qui se veut apaisant.

Je :

→ l'encourage à me parler. Aller au 108

→ lance une conversation sur n'importe quel sujet pour l'aider à se détendre. Aller au 67

→ attends la suite. Aller au 164

200

— En fait, je pensais qu'on serait plus de deux, me répond Jonas. D'où la quantité.

— Ah.

Qu'est-ce que je peux être bête, parfois… Évidemment, il avait commandé en incluant Samson, au minimum. Il ne prévoyait pas de déjeuner en tête à tête avec une collègue, qui plus est simple assistante, pour aborder une mission qui engage l'ensemble du service. Je ne peux pas m'empêcher d'être déçue. Ella, il va vraiment falloir que tu te le fourres dans le crâne : Jonas ne s'intéresse pas à toi, uniquement à ton travail.

— Tu sembles désappointée, me fait-il remarquer. Tu aurais préféré qu'on soit seuls ?

Ma déception elle aussi n'est pas passée inaperçue… Un jour, il faudra vraiment que j'apprenne à moins laisser transparaître mes émotions. Je :

→ *confirme. Aller au 141*
→ *nie en bloc. Aller au 51*

201

Et moi qui me pensais trop entreprenante ! Cet Italien me bat à plates coutures mais je ne boude pas mon plaisir. Après tout, j'ai bien envie de vérifier si sa ressemblance avec Alex va jusque-là…

— *Allora* ? me demande Federico, tandis que l'homme avec Jonas tourne les talons, le laissant seul sur le parvis.

Je jette un coup d'œil vers la banque d'accueil. Romuald est concentré sur son écran, il ne fera pas attention à nous. J'attrape Federico par le col de sa chemise et écrase mes lèvres contre les siennes. Sa langue au goût de café noir rencontre la mienne. Son baiser est pressé, impétueux, tout comme pouvaient l'être ceux d'Alex quand on ne se voyait pas pendant deux semaines et que les retrouvailles se faisaient… urgentes. Je sens sa main qui appuie sur ma nuque pour m'empêcher de reculer. Si nous étions dans une chambre, nul doute que nos vêtements auraient déjà volé un peu partout à travers la pièce. Mon journaliste est décidé à faire en sorte que ce baiser dure… Du coin de l'œil, je surprends Jonas en train de marcher vers l'entrée de la tour. Vite ! Sans douceur, je repousse Federico des deux mains.

— Je crois que ça suffira, je fais avec un sourire. Trop de café me donne mal à la tête.

Federico réajuste son col. Il me regarde d'un air presque conquérant. Ne rêve pas, mon joli : si tu as eu ce que tu voulais, moi aussi.

— Ils se disputaient, m'explique-t-il. Jonas, et l'homme avec lui.

— Ça, j'avais remarqué. À propos de quoi ?

— Je n'ai pas tout compris. Apparemment, Jonas et lui sont de la même famille.

Ah bon ? À part leur taille, les deux ne semblaient pas avoir grand-chose en commun.

— L'autre lui a demandé une faveur, continue Federico, mais ton chef a refusé de la lui accorder, et… ce n'était pas la première fois qu'il disait *no*. Satisfaite, *signora* ?

Il s'approche à nouveau de moi et dépose deux baisers chastes aux commissures de mes lèvres, avant de terminer par un troisième, plus franc.

— Satisfaite, je murmure, tout sourire. Je dois retourner travailler.

— *Molto bene*. Je vais faire pareil. Merci pour ce… café, Ella, ajoute-t-il (je sais qu'il ne parle absolument pas de la boisson chaude). *Ciao*, à bientôt ?

— Peut-être, je lâche, énigmatique, avant de filer vers l'ascenseur.

→ *Aller au 146*

202

2 janvier

Ce matin, j'arrive en avance à la Carter Corp, avec une envie de dévorer le monde. Ma soirée « cocooning » en compagnie de W@x3r, mon intrigant follower, m'a totalement ragaillardie. Sur le chemin, j'ai même pris le temps d'acheter des cookies pour tout le service com'.

Romuald, l'agent d'accueil, arbore son immuable costume gris souris. Il me lance son clin d'œil habituel. Et si… et si c'était lui, mon inconnu de Twitch ? Après tout, il est peut-être plus timide qu'il n'y paraît et n'ose pas dévoiler son identité secrète. Quand j'y réfléchis, lui et moi avons déjà échangé quelques banalités par le passé, mais ça n'est jamais allé très loin.

Plus j'y pense, plus l'idée que Romuald soit W@x3r me semble plausible… et attirante.

Ma boîte de cookies à la main, je :

→ *m'approche de la banque d'accueil pour en offrir un à Romuald. Aller au 127*

→ *salue Romuald de loin. Aller au 31*

→ *trace ma route jusqu'à l'ascenseur, sans m'arrêter. Aller au 193*

203

Mon cœur s'emballe : je réalise que c'est le moment ou jamais d'aborder un « certain » sujet avec lui. Ça fait des jours que ça me travaille, mais avec le speed meeting qui approche et Samson toujours dans les parages, je n'ai eu ni le courage ni l'occasion de sauter le pas.

— Je… je voulais évoquer avec toi ce qui s'est passé entre nous, l'autre fois.

J'ai la gorge tellement sèche que je bute sur tous les mots.

— Dans ce bureau.

Jonas fronce les sourcils, comme s'il peinait à se souvenir de notre baiser. Je le savais : je me fais des films depuis le début. À ses yeux, ça a si peu d'importance qu'il l'a déjà effacé de sa mémoire. Je ne suis qu'une belle idiote…

— Tu veux parler de ce jour où tu m'as embrassé ?

Je serre les dents. Où « je » l'ai embrassé ? Il exagère ! D'accord, j'ai peut-être fait le premier pas. Peut-être. Mais il ne m'a pas repoussée, bien au contraire. J'ai même eu l'impression qu'il en redemandait !

— Écoute… commence Jonas.

Aïe aïe aïe. Une masse se forme au fond de mon ventre, tranchante comme du silex.

Mon manager chasse ses cheveux en arrière et relève le menton. Bien que troublé par l'alcool, son regard est d'une intensité désarmante.

— C'était une erreur, déclare-t-il en ne me quittant pas des yeux.

La masse de silex dans mon estomac s'agite maintenant comme une boule de flipper…

— Une erreur, répète-t-il, ses iris mordorés toujours braqués sur moi. Ça ne peut pas être autre chose que ça. Alors on oublie, tu veux bien ?

… la masse me lacère les entrailles pour de bon. Le visage crispé, je me force à acquiescer.

— On oublie.

Ma voix s'éraille sous le coup de l'émotion. Je prie pour que Jonas n'ait rien remarqué et me redresse, titubant de honte, l'amour-propre griffé au cœur. Merde, mon premier râteau depuis… depuis le lycée, je crois. Et il est magistral. Sans un mot de plus, je me dirige droit vers la sortie. Il ne me reste plus qu'à encaisser cette humiliation comme il se doit : en m'abrutissant de travail pour ne plus y penser.

→ *Aller au 7*

204

— C'est vrai qu'à un moment, j'avoue, je me suis demandé qui pouvait bien être ce stalker sous le pseudo de W@x3r…

Défait, Ari prend son visage entre ses mains.

— Merde, je suis désolé, marmonne-t-il. Je suis un abruti. Seulement, je… j'avais envie de t'aborder et je ne savais pas comment m'y prendre. Depuis mon ex, Geri, j'ai… un peu perdu l'habitude, je crois.

Je hoche la tête, compréhensive. Son honnêteté me va droit au cœur, je la trouve aussi sexy que le reste, chez lui. Je serre ses mains dans les miennes.

— Ne t'en fais pas : c'est oublié, maintenant que je sais qui tu es vraiment !

Nous échangeons un sourire, lui et moi.

— On repart de zéro ? me demande-t-il.

J'acquiesce.

— On repart de zéro.

→ *Aller au 130*

205

— Et si j'échoue ? Qu'est-ce qui se passera ?

— Tu pars déjà perdante ? riposte Jonas. Il y aura des conséquences, bien sûr. Nous ne pourrons probablement pas te garder à la Carter, alors tu sais ce qu'il te reste à faire.

La menace est claire.

L'ombre d'un sourire sur les lèvres, il retourne à son bureau et se penche sur ses dossiers.

— Sois à l'heure demain, me lance Jonas sans un regard de plus.

Je sors de son bureau, tremblante. Sous mon crâne, c'est la tempête, entre peur et excitation. J'ai besoin d'un verre et surtout de me calmer.

→ *Si j'ai déjà reçu un message d'un dénommé W@x3r. Aller au 30*
→ *Sinon, je peux retourner chez moi. Aller au 224*
→ *Ou bien appeler Matt. Aller au 15*

206

— Je peux rester, je fais. Si… si tu veux.

À demi dissimulé sous une langue de cheveux noirs, un de ses sourcils, d'habitude si droits et impassibles, forme un joli V étonné.

— Tu n'as pas une montagne de choses à faire avant le speed meeting ?

— Je me suis bien avancée. Et puis, il y a parfois des priorités alors, je demande l'autorisation au manager de m'absenter…

J'entrevois l'ombre d'un sourire sur ses lèvres fines, mais elle disparaît bien vite.

— Je suis donc une priorité…

— Flatté ?

— Difficile à dire.

Il dégage son visage de ses mèches capricieuses et me regarde droit dans les yeux.

— Admettons que le manager accepte. Que lui proposes-tu, dans ce cas ?

— Un traitement de choc : deux pastries au Tea Corner avant de filer au Central Park pour une sieste si le temps s'améliore…

— Et s'il pleut encore ?

— Eh bien, on traînera plus longuement au salon de thé. Ou on ira au cinéma !

Il soupire.

— Je vais probablement le regretter, dit-il, tout en se levant et en jetant sa veste sur l'épaule.

J'espère que je ne suis pas allée trop loin, avec mes propositions idiotes… si ça arrive aux oreilles de Samson, je suis morte et enterrée. Comme je ne bouge pas d'un pouce, Jonas se tourne vers moi, la main déjà sur la poignée.

— Alors, tu viens ? me lance-t-il.

→ *Aller au 175*

207

— Merci encore, je fais afin de briser ce silence qui aurait pu devenir gênant.

— De quoi ? me demande Ari.

— De m'avoir débloqué si vite l'accès à l'ordinateur de Lucy. J'ai gagné un temps fou grâce à toi.

— Oh, ça !

L'informaticien balaie la remarque d'un geste de la main.

— J'ai seulement fait mon travail.

— Je sais. Mais tu aurais pu faire traîner les choses et me mettre en difficulté.

— Je n'avais aucune raison valable de faire ça.

— De faire traîner ?

— De te mettre en difficulté. Pour être franc, dès que j'ai posé les yeux sur toi, j'ai plutôt eu envie de te faciliter la vie.

Sa voix, à la toute fin, s'est muée en un simple chuchotis. Comme une caresse timide et gauche, qui a totalement raison de moi… Touchée au cœur, je lève les yeux vers lui, mais Ari fuit mon regard. On dirait un garçon après son premier baiser dans l'arrière-cour de l'école. L'ascenseur s'arrête net et le moment qui nous lie s'évapore aussi vite que de la vapeur d'eau.

Un battement de cils plus tard, Jonas fait son entrée. Il se cale contre la paroi opposée et nous observe, intrigué.

→ *Aller au 144*

208

Je me rends au rez-de-chaussée, où Romuald se tient derrière la banque d'accueil, dans son immuable costume anthracite. Il a l'air occupé à faire du rangement : une chance pour moi.

— Coucou Romuald ! je lance, de ma voix la plus enjouée.

— Rebonjour Ella, me dit mon collègue en redressant la

tête. Tu as oublié qu'on s'est déjà vus aujourd'hui ?

— Ça ne compte pas vraiment : tu es « obligé » de saluer tout le monde le matin. Je suis un visage flou perdu dans la masse.

— Pas faux, admet-il. Alors, que puis-je faire pour toi ?

Romuald est un grand fan de Samson. Ce n'est pas moi qui le dis, mais Claire. S'il avait les moyens, il s'achèterait probablement les mêmes costumes que mon chef et se payerait une Tesla pour frimer dans les rues de Bayonne, la petite ville du New Jersey d'où il vient. Je me demande si j'aurais plus de chance d'obtenir de l'aide en invoquant son idole ? *Aller au 80*

À moins que l'honnêteté paye plus… ? *Aller au 128*

209

Je ne déroge pas à mes habitudes et salue Romuald de loin. Ce dernier me rend mon salut et me désigne silencieusement la coupelle de papillotes, avec une moue adorable. Encore un qui est plus jeune que moi et qui est horriblement craquant ! Dommage qu'on n'ait jamais pris le temps de parler plus longuement, lui et moi. Je refuse sa proposition en secouant la tête. De toute façon, je suis déjà assez en retard comme ça.

→ *Aller au 89*

210

… que mon manager et son amant ont débarqué dans le restaurant. Je crois que j'étais heureuse que Jonas nous voie ensemble, Ari et moi. Une manière de lui montrer qu'on peut avoir une vie sentimentale avec un autre employé de la Carter sans chercher à la cacher. C'est assez étrange, d'ailleurs, que Samson soit si « territorial », à toujours revendiquer Jonas comme sa propriété, alors que ce dernier semble vouer un culte au secret.

Mais assez pensé à ces deux-là. Arrivée au quarantième, j'observe d'abord Ari à travers la paroi vitrée de son bureau. Il pianote comme un fou sur le clavier, tandis que des centaines de lignes de code défilent sur les écrans… Je frappe doucement pour ne pas lui faire peur ; peine perdue : il fait un bond sur sa chaise avant de se tourner vers moi.

Un pâle sourire traverse son visage, trop bref pour que son adorable fossette émerge. Il me fait signe d'entrer.

— Salut, je dis. Tu as deux minutes ?

— Pour toi, toujours.

— Voilà : je suis à la recherche d'une commande de goodies qui est bien arrivée à la Carter, mais qui depuis, s'est mystérieusement volatilisée. (Je lui tends la preuve : une copie d'un bon de livraison.) Je commence à être à court d'idées alors, je me suis dit que, peut-être, avec ton esprit affûté…

— Madame me flatte ! Fais-moi voir ce bon.

Il redresse ses lunettes et effectue une recherche rapide sur l'intranet, puis fronce les sourcils.

— Bizarre, finit-il par déclarer.

— Quoi ?

— Je trouve bien une trace de la livraison dans le module de gestion, mais… il n'y a aucune donnée en face. Comme si la ligne avait été supprimée manuellement…

Il exécute plusieurs nouvelles requêtes dans la base. Ari secoue la tête :

— C'est bien ça : quelqu'un a validé la livraison, puis un autre a supprimé la ligne d'enregistrement.

— Tu peux savoir qui ?

— J'ai déjà l'info : Samson Revert. C'est ton chef, non ?

Mon cœur en chute libre. Je m'assois sur un vieux siège à roulettes, sonnée.

→ Aller au 220

211

Samson entre en trombe dans le bureau de Jonas. Quand il me voit assise avec son amant, il marque un temps d'arrêt.

— Qu'est-ce que tu fais là, toi ? feule-t-il.

— Du calme, Samson, le tempère Jonas. C'est moi qui l'ai invitée.

Le beau brun se tourne vers moi, me regarde droit dans les yeux et ajoute :

— Pour parler du speed meeting. La date approche.

— Tu aurais pu en discuter avec moi, rétorque Samson. Je suis au courant de tout ce que fait Ellie. Je suis son boss, tu te souviens ?

Je déglutis et :

→ *vais dans son sens. Aller au 13*
→ *apporte de la nuance. Aller au 252*

212

— Qui êtes-vous ?

— Je m'appelle Federico Dolci. Je travaille pour *Pianeta Blu*, un journal indépendant. Et vous, *signora* ?

J'élude sa question :

— Vous êtes journaliste ?

— Si. *Come dite* ? Photoreporter ?

Je confirme d'un signe de tête. Qu'est-ce qui peut intéresser un journaliste dans ce bâtiment rénové ?

— *Pianeta Blu*, c'est un journal sur... l'architecture ? je tente.

Le rire de Federico, puissant comme un torrent, me prend par surprise.

— *Certo che no* ! Sur l'écologie et le développement dourable. Cette serre a fait partie d'un projet de rénovation éco-dourable intéressant et... J'ai appris que, bientôt, la Carter Corp va organiser *uno* speed meeting sur le même thème, ici. *Allora*, je fais des photos d'illustration. La Carter, vous connaissez ?

Je réponds :

→ *ouvertement. Aller au 185*
→ *en ne disant pas tout. Aller au 47*

213

Quand je suis rentrée chez moi ce jour-là, un carton d'effets personnels à l'arrière de ma selle, il pleuvait à verse. Un taxi pressé a roulé dans une flaque alors que je passais près de lui. J'ai fini trempée de la tête aux pieds, mais le pire, c'est que mon vélo a dérapé. J'ai fait un vol plané, glissé sur la chaussée pendant deux ou trois mètres avant de m'arrêter. La circulation était folle, j'ai bien cru que j'allais y passer.

Allongée dans mon lit, je tâte mon front bosselé.

— Aïe…

Mon caban m'a un peu protégée, mais sur les mains… j'ai des égratignures partout, je crois. Mes collants résille ont dû me brûler les jambes. Et ma migraine est partie pour durer.

Comme je remue, l'homme allongé à côté de moi se réveille. Matt.

— Princesse, ça va ? Tu te sens comment ?

— Hmm… je grommelle. Très mal. Honteuse. Dégoûtée.

Je ne peux pas retenir mes larmes plus longtemps. Mon ami me serre contre lui. Peut-être que si j'avais fait un choix différent…

→ Si vous avez collecté 2 cœurs ou plus au cours de l'histoire. Aller au 81

→ Sinon, vous pouvez recommencer l'histoire d'Ella en 1, et faire d'autres choix ;-)

214

Matt a toujours de bonnes idées et c'est la personne la plus débrouillarde que je connaisse ; je suis certaine qu'il pourra me filer un coup de pouce.

Je le trouve près de la machine à café et lui expose mon problème.

— Je suis désolé, princesse, déclare-t-il. Je me sens patraque depuis ce midi.

C'est vrai qu'il a l'air pâlot. Je pose le dos de ma main sur son front.

— J'ai peut-être mangé un truc périmé au self, me dit-il.

— Mais pourquoi tu es allé là-bas ?

— Pas le choix, explique mon ami avec un petit sourire. Gabriel était en visite.

— C'est qui déjà, ce Gabriel ?

— Le nouveau directeur de filiale. Il a récupéré la place de Mark Leviels quand celui-ci est parti à Shanghai.

Aujourd'hui, Gabriel était là pour peaufiner les bilans et, quand Gabriel est là, on ne va jamais manger à l'extérieur.

— Je crois que tu as de la fièvre, Matt. Tu devrais voir un médecin.

— Plus tard, oui. J'ai un dossier à boucler impérativement. Quant à toi, pour ta commande, je te conseille de t'adresser à Jonas. C'est lui qui t'a nommée responsable de ce speed meeting : il doit avoir toutes les informations de suivi et pourra sans doute t'aider à la retrouver.

— Tu sais comme moi qu'il refuse qu'on le dérange si on n'a pas rendez-vous.

— Oui, mais là, ça ne peut pas attendre ! Il comprendra.

— Merci, mon Matt.

Je dépose un baiser sur sa joue et, prenant mon courage à deux mains, m'en vais frapper à la porte du manager. Comme aucune réponse ne vient, je griffonne ma demande sur un Post-it et me glisse à l'intérieur afin de laisser le message sur son bureau.

— Qui t'a dit d'entrer ? tempête la voix de Samson.

Je sursaute en l'entendant vociférer.

Lui et son amant sont lovés sur le sofa. Jonas est en pleurs, la tête sur ses genoux, la mise débraillée. Deux cadavres de bouteilles gisent à ses pieds.

— Par… pardon, je bredouille, détournant les yeux. Je ne voulais pas vous déranger.

— Dégage. Tout de suite ! rugit mon chef.

— Tout doux, Samson, marmonne Jonas, mais il n'est visiblement pas en l'état de faire écran à la colère de mon supérieur.

Je dépose le Post-it à la hâte et, sous le regard accusateur de Samson, déguerpis d'ici le plus vite possible.

♦

En choisissant ce chemin, Ella vient de vivre un moment crucial pour sa carrière, symbolisé par ce carreau. Retenez bien le nombre de carreaux que vous collecterez au cours de votre lecture… car il se pourrait qu'il y ait des conséquences !

→ Aller au 7

215

J'appuie sur le bouton de fermeture de la porte et, tandis que l'ascenseur reprend sa descente, je me pose à côté d'Ari, contre la même paroi. Nos bras se frôlent, on échange un sourire, lui et moi. Je ne sais presque rien de lui et pourtant, c'est comme s'il y avait déjà une profonde connivence entre nous. Dans sa main droite, il tripote une brochure, celle d'une exposition temporaire à Brooklyn.

— Tu aimes l'art contemporain ? je demande dans un murmure.

La présence de Jonas me déstabilise malgré moi. Ari suit mon regard et hoche la tête.

— Je graffe, à mes heures perdues…

Je fais des yeux ronds :

— Vraiment ? Tu m'avais caché ça !

— Je n'allais pas tout te dire en une seule session Twitch, pas vrai ?

Retour de l'adorable fossette, à laquelle se superpose un clin d'œil mutin. Alors comme ça, mon surfer est aussi un artiste… On est faits pour s'entendre, lui et moi.

— L'art de rue est une excuse à l'absence totale de talent.

Jonas s'insinue dans notre conversation de la façon la plus provocatrice qui soit. Je lève vers lui un regard estomaqué. Qu'est-ce qui lui prend ?

— C'est ce que dirait Samson en tout cas, ajoute-t-il, visiblement content de son petit effet. Il est doué pour mettre de l'animation, vous ne trouvez pas ?

— Un vrai boute-en-train, réplique Ari d'une voix blanche.

Le trait d'humour échappe à mon informaticien, semble-t-il.

— Et toi ? je lance à Jonas. Tu n'as pas ton propre avis sur la question ?

La réponse ne vient pas… J'aurais pourtant aimé pousser cette conversation un peu plus loin. Voir jusqu'où elle allait nous mener. L'ascenseur atteint enfin le rez-de-chaussée ; nous en descendons tous les trois, sauf mon cœur indécis qui, lui, joue à l'élastique entre les étages. Dans un souffle, je propose :

→ *à Jonas de déjeuner ensemble. Aller au 138*
→ *à Ari de déjeuner ensemble. Aller au 162*
→ *aux deux qu'on déjeune ensemble. Aller au 78*

216

— Comment tu connais le patron du New Delhicious ? je lui demande en sirotant mon lassi (le meilleur que j'ai bu de ma vie !).

— Pallav ? Il n'est que le cuistot. Le boss, c'est son père. Crois-le ou non, mais lui et sa famille vivaient dans la même petite ville que moi, Ponce Inlet, avant de venir s'installer à New York. On s'est rencontrés sur la plage… Pallav adore le surf. On a passé beaucoup de samedis sur les vagues, lui et moi.

— C'est drôle que vous vous soyez retrouvés ici.

— Que veux-tu : le monde est un village…

Je me dis soudain que j'aimerais bien m'y promener avec lui, dans ce village, main dans la main.

Je :

→ *le remercie pour l'invitation. Aller au 5*
→ *l'interroge sur ses origines. Aller au 32*
→ *vérifie qu'il est bien célibataire. Aller au 137*

217

Clarke me voit arriver et se ferme comme une huître.

— Madame Forest, me dit-il en s'inclinant à peine.

— Monsieur Chen. Comment allez-vous ? Pas trop nerveux ?

— Si. Énormément.

Il se rapproche de moi et me susurre à l'oreille :

— Mais vous pouvez encore alléger ma peine en me dispensant de l'épreuve de présélection.

→ *Aller au 246*

218

Je refuse tout net. Ce n'est pas que je n'en ai pas envie, mais…

— Ce n'est ni le moment ni le lieu pour ça, je réponds.

— Ah ? Il y a un « lieu » et un « moment » pour les baisers ? *Non lo sapevo*…

Federico joue l'ingénu en battant des cils, mais je ne me laisse pas amadouer. De l'autre côté de la vitre, Jonas s'est séparé de l'homme avec qui il se disputait. Le voilà seul en train de revenir vers la tour. Il n'a pas l'air plus abattu que d'habitude… Je me demande qui était cet inconnu, mais tant pis : céder à la requête de l'Italien m'aurait vraiment mise mal à l'aise. Mes baisers ne sont pas à vendre, et moi non plus. Et puis, qui me dit qu'il ne me baratinait pas ? Si ça se trouve, il ne sait absolument pas lire sur les lèvres et raconte n'importe quoi juste pour obtenir ce qu'il veut. J'aime le fait qu'il me drague, mais le marchandage, c'est une autre affaire…

Je lorgne une montre invisible :

— Je vais y aller, j'ai du travail qui m'attend.

— *Molto bene*. Je vais faire pareil. Merci pour ce café, Ella, ajoute Federico. *Ciao*, à bientôt peut-être ?

— Peut-être, je lâche, avant de filer vers l'ascenseur.

Aller au 100

219

— Pourquoi pas Samson ? Je ne suis que son assistante !

Jonas a un geste d'agacement et se met à faire les cent pas. Alors qu'il s'éloigne de moi, je ressens comme un pincement au cœur.

— Samson a beaucoup d'autres éléments à gérer, il ne peut pas s'occuper de tout dans ce service.

Il se fige et se tourne vers moi. Son regard est dur, mais franc :

— Vois ça comme une opportunité : tu as une occasion en or de t'illustrer et de mettre en œuvre ce qui compte pour toi… Du moins, si tout ce que tu as raconté hier sur scène était vrai.

Malgré l'apparente sincérité de Jonas, j'ai le sentiment soudain que lui et Samson cherchent à m'humilier, à cause des propos que j'ai tenus durant ce fichu discours. Je me retiens de fondre en larmes, ce ne serait pas professionnel. Comment vais-je me sortir de ce guêpier ?

— Je vais faire de mon mieux.. Aller au 189
— Et si j'échoue ? Aller au 205

220

— Pourquoi il a fait ça ?

Des dizaines de justifications me viennent en tête, mais une seule résonne comme un gong monumental au-dessus de toutes les autres : cette raclure ne reculerait devant rien pour me faire virer. Sans doute que, si j'étais allée le trouver, il se serait servi de cela pour m'accuser de mal faire mon travail. Il m'aurait tenue responsable d'avoir égaré la commande, tout en se réjouissant d'avoir mis en œuvre ce fichu stratagème.

— Ça va aller, Ella ? me demande Ari, une main sur mon épaule.

— Oui, oui…

Ses yeux sont remplis d'inquiétude.

— Tu es en train d'arracher le peu de bourre qu'il reste à ce siège, ajoute-t-il.

— Oh, pardon.

Je suis à la limite de pleurer de rage.

— Je… je n'en peux plus de cette mission, de ce speed meeting, de cette pression… de Samson ! Ce type est une ordure. Il l'a fait exprès, c'est certain. Il a planqué la commande simplement pour me mettre dans la merde jusqu'au cou.

— Tu prêches un convaincu… Écoute, je crois me souvenir d'un truc. Il me semble avoir entendu Romuald et lui par ici, il y a peut-être trois semaines de ça. Ça m'était sorti de la tête mais, je me rappelle m'être levé pour vérifier et je les ai vus au bout du couloir, avec une pile de cartons…

Je saute de mon siège et l'agrippe :

— Tu en es sûr ? je m'écrie.

Il attrape son passe-partout et le glisse autour de son cou.

— Il n'y a qu'une seule façon d'en avoir le cœur net. Viens !

→ *Aller au 179*

221

Après une matinée éreintante au téléphone, je prends le soleil hivernal en compagnie de Matt et de Claire. On boit un café sur le parvis avant de retourner à nos tâches respectives.

Claire partage avec nous des muffins aux myrtilles.

— Comment vous les trouvez ? nous demande-t-elle, ses grands yeux passant de Matt à moi, interrogatifs.

Des frisettes malicieuses s'échappent de sa capuche molletonnée et viennent lui chatouiller le nez.

— Délichieux, fait Matt la bouche pleine. Tu es vraiment la meilleure pâtissière que je connaisse.

— Bien d'accord ! je confirme en mordant dans un des gâteaux.

Les joues de Claire s'empourprent sous nos compliments. Je surprends le regard de Matt qui s'attarde sur elle un peu plus longtemps que d'habitude.

Je peux :

→ *jouer les entremetteuses. Aller au 240*

→ *ne pas me mêler de ça. Aller au 157*

222

Je cherche son regard en me penchant vers lui. Jonas finit par relever le menton. Il m'observe, les yeux injectés de sang. Il semble à bout de force… à moins qu'il ait seulement trop bu, ou trop pleuré.

— Quoi ?

— Tu n'as pas l'air d'aller très bien. Tu devrais peut-être prendre du repos, je lui suggère.

— Ah, tu crois ? réplique-t-il, un sourire amer sur les lèvres.

Comme je fronce les sourcils à son sarcasme, je l'entends soupirer.

— Excuse-moi, me dit-il. C'est vrai, tu as raison : je suis épuisé. Je vais aller m'oxygéner les poumons et me détendre.

Il tend mollement un bras vers la sortie et ajoute :

— Je ne te retiens pas.

Je :

→ lui propose de lui tenir compagnie. Aller au 206

→ retourne travailler. Aller au 186

223

— Geri, comme la rouquine des Spice Girls ?

Ari me regarde bizarrement, puis sourit.

— Presque. En tout cas, ma Geri était aussi rousse et londonienne.

« Ma » Geri. Difficile de louper le possessif… Mes chances de mettre cet informaticien sexy dans mon lit se réduisent à vue d'œil.

— On s'est rencontrés ici, continue Ari, puis on est partis s'installer dans sa banlieue natale pour nos débuts de carrière respectifs, avant de se séparer. Je suis rentré sans elle, il y a plus de quatre ans maintenant.

Ouf ! Le champ est donc bel et bien libre… je suis presque rassurée. Presque. Alors que j'imagine en train de pousser la fameuse Geri dans l'Hudson River (avec un rire diaboliquement victorieux), Ari reprend, son regard océan braqué sur moi :

— Ella, je dois te confier quelque chose.

→ *Aller au 95*

224

Je retourne chez moi en pédalant à toute allure.

Envie de me recroqueviller sous ma couette et de ne plus bouger jusqu'à la fin du mois de janvier… Je me réchauffe un plat de pâtes, y renverse le reste d'un pot de sauce tomate et me cale dans ma chaise de streaming. Pas question d'animer un live, ce soir : j'ouvre plutôt discord pour papoter avec mes abonnés.

Titouic, la plus fidèle d'entre tous, débat avec d'autres de la meilleure tablette graphique sur le marché. Lire leur enthousiasme me change les idées, me redonne de l'énergie aussi. Cette « promotion » ressemble à un énorme piège, mais il va bien falloir que j'assure si je veux conserver ma place au sein de la Carter.

— Tu vas y arriver, Ella, je dis tout haut. T'es une battante !

Je remarque qu'un dénommé W@x3r m'a laissé un message en privé, durant mon absence.

« Salut Ella. J'ai beaucoup aimé ton discours d'hier soir, à la firme. On en parle quand tu veux. »

Mon sang ne fait qu'un tour : ce type était présent à la soirée ! Avec mon stream, je n'en suis pas à mon premier « admirateur », seulement là, la situation est différente. Si ça se trouve, c'est un collègue et je le croise tous les jours depuis huit mois pendant qu'il me reluque en secret. Cette idée me met mal à l'aise. Heureusement pour moi, je réussis à la chasser de mon esprit, termine mon assiette et gribouille déjà un plan d'attaque pour le lendemain, avant de me coucher.

→ *Aller au 83*

225

— Matt.

— Je suis là, répond mon ami dans mon dos.

Je prends une grande inspiration.

— Qu'est-ce qui… qu'est-ce qui s'est passé ?

— Tu ne te souviens pas ? Tu es tombée dans le fleuve…

— Ça, oui. Ensuite, c'est le trou noir.

— On m'a téléphoné. Je suis venu te chercher… tu étais complètement trempée, tremblante et à bout de force sur la berge, mais consciente. Ryan voulait qu'on te conduise à l'hôpital, mais tu as refusé. Tu sais que Jonas a sauté dans le fleuve pour te récupérer ?

— Jonas ?

Après mon cri de tout à l'heure, un simple murmure me fait souffrir le martyre. Matt acquiesce.

— En te voyant passer par-dessus la rambarde, il a fait le saut de l'ange. Comme ça, sans réfléchir. C'est Sarah, la photographe, qui m'a raconté ça. Ce mec est mon nouveau héros. Bon OK, il s'est loupé et il a fallu que les secours le repêchent lui aussi, mais…

— Quoi ? je bredouille.

— Il a sauté à l'eau pour toi, Ella. C'est pas rien.

Une pause.

— Dis, s'il s'était passé quelque chose entre lui et toi, tu me le dirais, hein ?

Je saisis peu à peu ce qu'impliquent les paroles de Matt.

— Où est Jonas ? je fais, la voix étranglée.

— À l'hôpital. Il a bu la tasse. Les secours l'ont emm…

Haut-le-cœur. Le visage androgyne de Jonas apparaît devant moi, et un feu s'allume dans mon ventre. Si je reste terrée chez moi, je vais mourir de regret. J'ai besoin d'être rassurée, de savoir comment il va, et de savoir pourquoi il s'est jeté à l'eau comme ça. Tout mon corps me fait mal, mais je me force à sortir du lit.

— Qu'est-ce que tu fais ? s'alarme Matt.

— Je vais le voir.

— Maintenant ?! Mais tu n'es pas en état !

— Matt, je dois lui parler. Il le faut.

Enfiler un jean est une vraie torture, mais je serre les dents et mon ami me prête main forte. Il ne pose plus aucune question, il me soutient en silence. Il connaît ma détermination. Après avoir enfin réussi à mettre mon manteau sur les épaules, je me blottis contre lui :

— Merci, je lui dis.

— Pas de quoi, princesse. Je t'appelle un taxi.

→ *Aller au 262*

226

— Très bien…

À regret, j'écoute le conseil silencieux de Matt et me lève pour aller récupérer une dizaine de cafés à la cantine du troisième. Je bouillonne intérieurement. Samson se comporte en véritable fumier. S'il voulait se charger lui-même de l'organisation du speed meeting, pourquoi n'a-t-il pas été plus clair avec Jonas ? Ce dernier lui aurait sûrement confié ce travail plutôt qu'à moi, en bon amant qu'il est. Et puis, ce n'est pas comme si j'avais insisté pour qu'on me colle cette mission sur le dos ! Bien au contraire…

Sachant que Samson déteste le sucre, je bourre tous les cafés de cassonade avant de remonter au quarante-deuxième et de lui servir le tout sur un plateau. Aucun remerciement ne sort de sa bouche, évidemment. Il porte l'un des verres à ses lèvres tandis que je quitte la salle. Pendant que j'en franchis le seuil, je l'entends tousser et se plaindre du goût infect. Je suis encore en colère, mais ma basse vengeance me rend le sourire… Bonne réunion, sale con.

Si je veux accéder aux fichiers de Lucy, je ne vais pas avoir le choix : le quarantième étage, où se loge le service informatique.

→ *Aller au 194*

227

Ari me propose de manger à l'Italien, de l'autre côté du parvis. Un excellent choix de mon point de vue : le compromis entre bon marché et variété infinie, avec ses trente mille pizzas et pâtes à la carte (j'exagère à peine), sans oublier ses salades gargantuesques… Avec Matt et Claire, on y a nos habitudes, la petite banquette près de la fenêtre nous est même réservée. Mais aujourd'hui, l'ambiance sicilienne me fait immédiatement repenser à Federico, le journaliste. Est-ce que lui et moi, on se recroisera un jour ?

En face de moi, Ari paraît de moins en moins à l'aise. Avec Alex et son clone en tête, je sais que je suis distraite, mais l'informaticien semble avoir atteint un tout autre stade dans la nervosité : il gigote sur sa chaise ; on dirait un enfant qui aurait hâte de fuir la classe… Que lui est-il arrivé entre la tour et notre restaurant ? Quand le serveur vient enfin prendre notre commande, j'opte pour de traditionnelles tagliatelles à l'arrabiata. Ari, dans l'indécision la plus totale, abandonne son premier choix végétarien (des lasagnes de légumes) pour se rabattre sur une pizza de carnivore : le trio bœuf, poulet, chorizo inondé de mozzarella fondue. Je :

→ *l'encourage à revenir à son premier choix. Aller au 86*
→ *lui fais remarquer son stress. Aller au 199*
→ *lance une conversation sur n'importe quel sujet pour l'aider à se détendre. Aller au 67*
→ *ne dis rien, et attends la suite. Aller au 164*

228

Je prends mon courage à deux mains et m'en vais avertir Samson de la catastrophe.

— Évidemment ! me dit-il en roulant des yeux.

Je ne sais pas s'il exulte ou s'il est exaspéré.

— Avec toi aux commandes, ajoute-t-il, ce genre d'annonces ne m'étonne même plus.

— Parce que je suis responsable des intempéries ? je réplique.

— Tu as une incapacité chronique à faire les choses comme il faut. J'avais prévenu Jonas que ce speed meeting capoterait à cause de toi. Il ne m'a pas écouté. Maintenant… il sera bien obligé de le faire.

Ça y est : Samson se contenait jusqu'à présent, mais une moue malsaine révèle tout le mépris que je lui inspire. Au bord des larmes, je marmonne :

— Je te laisse lui annoncer la nouvelle, dans ce cas.

— Avec plaisir !

Sur le chemin de l'ascenseur, Samson m'arrête :

— Oh, et Ella ? Tu peux d'ores et déjà ramasser tes affaires. Ça nous fera gagner du temps.

Le fumier.

Une grosse heure après cette humiliation, Samson revient à notre étage, visiblement échauffé. Il plaque une de ses mèches sur son front proéminent d'un geste rageur et s'enferme dans son bureau, non sans en avoir fait claquer la porte à grand bruit. Il faut bien que l'ensemble de ses collaborateurs soient au courant de sa méchante humeur… Intriguée, je pose le carton que j'étais en train de remplir et vérifie mes e-mails. Matt m'en a envoyé plusieurs, dont un « !!!!! », puis un « t'aurais dû voir ça !! », et encore un « dégoûté de ne pas avoir filmé ». Mais le message qui m'intéresse le plus est signé de Jonas.

Mon cœur fait un bond en le lisant :

« Ella,

(j'adore quand il m'appelle par mon prénom. Il me suffit de l'imaginer le prononcer pour que je frémisse de la tête aux pieds)

Samson vient de débouler en pleine réunion de direction pour nous avertir de la situation complexe qui remet en question la tenue du speed meeting.

Son attitude, loin d'être acceptable, sera probablement sanctionnée. Sache que tu as tout mon soutien. Ce genre d'aléa ne peut en aucun cas être un motif de licenciement.

(prends ça dans ta face, Samson !)

Je te recontacte sous peu avec de plus amples informations, mais nous allons tout faire pour que l'événement soit maintenu.

Ne te décourage pas.

À bientôt, Jonas. »

Je saute de joie et vide mon carton d'effets personnels dans la foulée, sous les yeux ronds de tout l'open space. Les collègues doivent me prendre pour une girouette. Trente minutes plus tard, un second e-mail de Jonas apparaît. Il a trouvé une nouvelle adresse : le Grand Barns, un deux-mâts reconverti en luxueux bar à huîtres par l'un de ses partenaires. Ce dernier accepte de le privatiser pour la Carter, le temps d'une journée. Capacité d'accueil : cent cinquante personnes. Avec bien sûr une vue panoramique sur New York, depuis un quai de l'Hudson… Pile ce qu'il nous faut.

Jonas me laisse les coordonnées de son ami en fin de message. Hourra ! Le speed meeting est sauvé.

« Merci Jonas, je te dois une fière chandelle », je réponds.

On est tous dans le même bateau (sans mauvais jeu de mots), J » réplique-t-il quelques secondes après.

Je souris. Je crois que c'est la première fois que je le vois faire de l'humour. En tout cas, grâce à lui, je vais mieux dormir ce soir…

→ Aller au 260

229

Tu… me sauves !! Et je ne sais même pas qui tu es. Comment je fais pour te remercier ?

On verra ça plus tard. Je te laisse, des courses à faire. A+

Qui aurait cru qu'un inconnu me sortirait de ce pétrin ? Ce W@x3r est un ange tombé du ciel ! Je contacte la fameuse Amélia, mais n'ose pas lui demander le nom de notre « ami » commun. Elle n'en dit rien non plus et le surnomme W@x3r tout du long. Est-ce qu'il lui a filé des consignes ? Amélia me propose une visite virtuelle du hangar d'exposition. L'endroit est super, avec un extérieur qui donne sur le fleuve. Comme solution de remplacement, je n'aurais pas pu rêver mieux. Nous réglons les détails rapidement par téléphone. Une fois les communications envoyées à l'ensemble des participants pour les prévenir de ce changement de dernière minute, je peux enfin respirer. La suite des « festivités », je me la garde pour demain. Pour l'instant, je m'écroule sur le lit, sonnée par la fatigue nerveuse.

→ *Aller au 260*

230

— Pourquoi voudrais-tu y assister ? je l'interroge. Tu n'es pas entrepreneur.

— *Sono curioso*. Et puis, ma rédactrice en chef veut savoir comment se déroule ce genre d'événements quand ils sont menés par une grande firme comme la Carter.

Comme je ne réponds pas, Federico insiste :

— S'il te plaît, Ella. Je me ferai tout petit. Je ne poserai aucune question, je ne ferai aucune interview. Personne ne se rendra compte que je suis là. Reconnais que cette entrée, ce n'est pas grand-chose à côté de l'aide que je vais t'apporter.

Je soupire, puis :

→ *accepte le deal. Aller au 165*
→ *refuse. Aller au 93*

231

— Mauvaise réponse, tranche Romuald en retournant à ses classeurs. Au revoir, Ella.

— Mais…

— J'ai dit « Au revoir ». Explique à Samson qu'il peut venir chercher cette livraison lui-même.

Je reste quelques secondes bouche bée, avant de rebrousser chemin. Il faut savoir accepter la défaite, après tout. Je ponctionnerai mon budget pour commander de nouveaux goodies et croiserai les doigts pour qu'ils arrivent à temps.

→ Aller au 7

232

— Je… je ne voulais pas le déranger. C'est un peu la règle, à notre étage : soit on prend rendez-vous avec lui, soit on passe notre chemin.

— Et moi, alors ? Me déranger, ça ne compte pas ?

— Pardonne-moi Ari, mais… ton poste fait que tu es au service des autres. Tu es un soutien pour nous tous, dans cette tour. Je n'imaginais pas que ma venue allait si mal tomber. Mais tu peux me le dire : si tu ne veux pas perdre du temps avec mon histoire de commande, je comprendrais tout à fait.

Ari inspire profondément.

— Ce n'est pas la question, Ella, marmonne-t-il.

Son regard court sur la copie du bon de livraison, puis sur ses écrans, avant de revenir à moi.

— Je vais t'aider. Mais tu me devras un autre café.

— Disons trois, dans ce cas ! j'ajoute avec un sourire. Avec de la mousse de lait et un petit dessin dessus, exécuté par mes soins.

— Très bien.

Il grimace, faisant remonter ses lunettes sur son nez, et se met au travail. Quelques minutes plus tard, le résultat tombe :

— Samson Revert.

Mon cœur dégringole le long de mes bas.

— Quoi ?

— C'est Samson – ton supérieur, si je ne m'abuse ? – qui a supprimé cette ligne, le 5 janvier dernier. J'ai son adresse IP, juste là.

Je m'assois sur un vieux siège à roulettes, sonnée.

→ Aller au 220

233

J'ai tout de même envie d'en savoir plus.

— On dirait que tu traînes une valise grosse de souvenirs derrière toi, je fais. Elle s'appelait comment ?

Soupir.

— Geri… croasse Ari, la gorge subitement nouée. On s'est rencontrés à Brooklyn parce qu'on graffait, elle et moi. Il y a encore quelques-unes de ses œuvres dans les rues.

Gloups. C'est ce qui s'appelle un « sans faute », Ella ! Lui remémorer son ex-petite amie ne t'aidera vraiment pas à le fourrer dans ton lit.

— On est partis à Londres pour trouver du boulot après nos études, continue Ari. Et puis, on s'est séparés. Ça a été violent… Bref, je suis rentré seul, il y a plus de quatre ans maintenant.

Il balaie ses regrets (et peut-être quelques remords) de la main, avant de déclarer :

— Mais c'est du passé, tout ça. Ça ne sert à rien de le remuer, pas vrai ?

On dirait un accro au chocolat qui tenterait de se convaincre que c'est de la boue séchée. Je hoche la tête. Comme pour moi et Alex. Ça fait trois ans qu'on n'est plus ensemble et pourtant, la mémoire de notre relation arrive encore à me tourmenter… Il est temps de changer de sujet. Je :

→ le remercie pour l'invitation. Aller au 5
→ vérifie qu'il est bien célibataire. Aller au 137

234

Cinquième,

Sixième,

Septième…

L'ascenseur gravit les étages à vitesse d'escargot alors que notre soirée se tient au soixantième. Je ne suis jamais montée aussi haut. Après tout, je ne travaille à la Carter Corp que depuis huit mois… Et puis, en tant qu'assistante du service Evénementiel, mon bureau est situé seulement au quarante-deuxième. Je ne suis pas souvent amenée à me balader dans les étages supérieurs, contrairement à Matt.

— Vous allez voir, nous confie-t-il : cette année, la déco du bar est extra !

— Tu dis ça parce que c'est toi qui as chapeauté le truc. Comment tu t'es retrouvé sur ce projet, au juste ?

— Le boss voulait quelque chose de marquant cette année. De « frais » et de « décalé ». Il est venu me chercher. Au début, je pensais qu'il voulait que je me charge uniquement du design ; en réalité il m'a confié une équipe et m'a dit un truc du genre : « Vas-y Matt, montre-nous ce que t'as dans le ventre. » Comme le projet était excitant, je n'ai pas réfléchi, j'ai foncé. Alors, on m'a filé un coup de main pour la logistique, mais pour le reste, sans vouloir me vanter, j'ai assuré !

— On devrait mettre plus souvent un petit graphiste aux manettes, je lui glisse avec un clin d'œil. Sûre qu'à chaque fois, il ferait des étincelles.

Arrivés au quarante-deuxième, les portes s'ouvrent bruyamment et deux hommes apparaissent sur le palier : Samson, mon chef, et Jonas, son propre manager.

— Bonsoir vous trois, nous lance Samson avec son éternel rictus.

Il m'observe des pieds à la tête (en insistant bien sur mes chaussures ?) avant de nous tourner le dos.

Ce type ne m'a jamais mise très à l'aise… Pas de chance, c'est mon supérieur direct ; si j'en avais le pouvoir, je lui ferais bien ravaler son petit air narquois. Depuis mes débuts à la Carter, j'ai toujours le sentiment qu'il se paye ma tête. Matt a l'habitude de dire que Samson se moque de tout le monde et donc, qu'il ne faut pas trop s'en formaliser… Mais est-ce que ça excuse quoi que ce soit dans son attitude ? En plus de ça, il pue l'orgueil à plein nez. Ses cheveux blonds, gominés avec soin, brillent sous l'éclairage de l'ascenseur et, sous son costume YSL, il porte une montre tout sauf bon marché qu'il adore exposer aux yeux de tous.

À sa droite, lui aussi dos à nous, Jonas ne pipe pas un mot. Je me fais la réflexion qu'il est immense et moi, toute petite. J'ai toujours eu un faible pour les hommes très grands. Forcément, dans leur bras, j'ai la tête dans les nuages… et peut-être que j'atteins plus vite le « septième ciel » ? Les géants comme Jonas sont plus sexys à mes yeux. Ses cheveux noir de jais descendent sur sa nuque fine où l'on devine le début d'un tatouage. Lui, je ne lui ai parlé qu'à deux reprises depuis ma prise de poste : une fois lors de mon entretien, l'autre fois à la signature du contrat. À chacune de nos rencontres, j'ai eu l'impression de me retrouver avec quelqu'un qui faisait tout, absolument tout pour économiser ses mots. Comme si sa parole était d'or et qu'ouvrir la bouche était un grand privilège accordé aux autres. Néanmoins, au contraire de Samson, je n'ai jamais perçu d'ironie ou de moquerie dans sa voix… Simplement une indifférence polie. Selon Matt, Jonas est quelqu'un de brillant mais de très discret, qui apprécie la concision et abhorre les fioritures. En résumé, le parfait opposé de Samson, ce qui n'est pas pour me déplaire…

Mais vous savez ce qu'on dit : les opposés s'attirent.

Les étages s'enchaînent, et Samson et Jonas nous ignorent.

— Oh, Jonas… commence mon chef.

Le « s » dure sur sa langue, comme s'il y laissait fondre un bonbon exquis. Son épaule frôle celle de son manager, intime ; Matt me lance un regard entendu. Pour ces deux-là, le proverbe se vérifie.

— Il faudra qu'on fasse un point la semaine prochaine concernant le speed meeting, reprend Samson. Lucy a bien avancé dans l'organisation, mais tu sais comment elle est… J'aimerais qu'on étudie tout cela ensemble, toi et moi, pour qu'on n'ait aucune surprise. Si tu vois ce que je veux dire.

Ce type est vraiment un sale con. Sans gêne, il dénigre l'une de nos collègues et fait en sorte d'avoir un public…

Pour toute réponse, Jonas hoche la tête.

Les portes de l'ascenseur s'ouvrent sur le soixantième étage. On va enfin pouvoir respirer un autre air, moins vicié. À la vue de la décoration, je…

→ m'extasie et complimente Matt. Aller au 161
→ ne dis rien. Aller au 272

235

Quand je suis rentrée chez moi ce jour-là, un carton d'effets personnels à l'arrière de ma selle, je pleurais. Je pleurais tellement que je ne regardais pas la route. J'ai fait un écart au dernier moment pour éviter une poussette avant de me prendre un poteau en pleine poire. Mon vélo doit être dans un de ces états…

Me revoilà dans mon lit. Je tâte mon front bosselé.

— Aïe…

Après le choc, j'ai glissé sur le flanc. Mon caban m'a un peu protégée, mais sur les mains… j'ai des égratignures partout, je crois. Mes collants résille ont dû me brûler les jambes. Et ma migraine est partie pour durer.

Comme je remue, l'homme allongé à côté de moi se réveille. Matt.

— Princesse, ça va ? Tu te sens comment ?

— Hmm… je grommelle. Très mal. Honteuse. Dégoûtée.

Je ne peux pas retenir mes larmes plus longtemps. Mon ami me serre contre lui. Peut-être que si j'avais fait des choix différents…

→ Dommage… Vous pouvez recommencer l'histoire d'Ella en 1, et faire d'autres choix ;-)

236

— Madame Forest.

Le ton de Samson est aussi froid que le permafrost. Je n'ai même pas droit à un « bonjour ».

— Vous êtes attendue à la tour Carter « as soon as possible ».

Horreur : il me vouvoie de nouveau.

— Euh, aujourd'hui ? je bredouille.

— Évidemment.

— Mais on est le premier janvier. Un jour férié, je me sens obligée de préciser.

— À situation exceptionnelle, mesure exceptionnelle, paraît-il. Écoute, Ellie, je n'ai ni le temps ni la patience de t'expliquer la situation par téléphone…

Ouf ! Le retour du tutoiement. Quoique : je ne sais pas si ça me rassure vraiment…

— … Dépêche-toi de rappliquer, sinon ce ne sera pas la peine de revenir demain.

Mais pour qui il se prend, à la fin ? Alors que je prépare une riposte, Samson me raccroche au nez.

— Quel con…

Malgré tout, j'avale un cachet contre le mal de tête, m'habille et quitte mon appartement, direction la Carter.

→ Aller au 52

237

— Un problème ? me demande Matt.

— C'est Samson… Il attendra, le déjeuner du speed meeting est plus important.

Avec mes deux amis, nous passons un agréable moment de dégustation. Entre la dizaine de toasts aux saveurs indiennes et les vins liquoreux, les rires vont bon train ! Un peu pompette, je valide le devis que me présente le traiteur avant de retourner vers quatorze heures à la Carter.

Samson m'accueille à mon bureau, accompagné d'une pile de cartons d'archives.

— Depuis quand tes horaires sont-ils devenus flexibles ? me lance-t-il sèchement.

En choisissant ce chemin, Ella vient de vivre un moment crucial pour sa carrière, symbolisé par ce carreau. Retenez bien le nombre de carreaux que vous collectionnerez au cours de votre lecture… car il se pourrait qu'il y ait des conséquences !

→ *Si vous avez collecté trois carreaux (celui-ci inclus). Aller au 191*
→ *Sinon. Aller au 129*

238

8 janvier

J'ai passé la matinée entière à vérifier le métrage linéaire des stands réservés pour l'événement. Mon cerveau est anéanti par les calculs : je crois qu'il est temps d'aller déjeuner. Après tout, il est déjà treize heures ! Un carnet à dessin dans le sac, je fonce vers l'ascenseur avec l'idée de manger dehors. M'aérer les neurones me fera le plus grand bien…

Les battants coulissent, et me voilà face à deux options, tout aussi alléchantes l'une que l'autre. Près du tableau de boutons, une épaule nonchalamment appuyée contre la paroi, se tient la première d'entre elles : Ari, ou plutôt W@x3r, mon nouvel informaticien préféré. En me voyant débarquer, Ari me décoche un de ses sourires à fossette dont il a le secret. Sa chemise hawaïenne s'ouvre sur un t-shirt blanc pour un véritable look de surfer ! Les abdos ne manquent pas à l'appel, loin de là… Comment fait-il pour ne pas mourir de froid ?

— Salut Ella ! me lance-t-il gaiement, de son délicieux accent floridien.

— Salut, je réponds.

La seconde option, maintenant… Droit comme un piquet au fond de l'ascenseur, Jonas. Secret, immense et écrasant tel un colosse de jais et d'acier. Ses lèvres n'esquissent aucune parole et son regard d'or, dissimulé sous deux mèches réglisse, est rivé sur l'écran de son smartphone. Immédiatement, sa présence m'électrise, elle provoque chez moi un orage incompréhensible de désir. Depuis la fameuse soirée du Nouvel An, à chacune de ses apparitions, j'ai l'impression de vivre un Big Bang émotionnel, entre excitation et frustration extrême.

Je décide de :

→ me placer à côté d'Ari. Aller au 215
→ m'installer près de Jonas. Aller au 38
→ me glisser dans un petit coin, à mi-chemin entre les deux hommes. Aller au 156

239

Je frappe une fois de plus, en vain. Plutôt que de lui envoyer un mail, je décide de lui laisser un mot bien en vue sur son clavier ; il le verra à son retour. Je pénètre dans le bureau à moitié plongé dans la pénombre. Le ciel orageux peine à éclairer l'ensemble de cette immense pièce. À pas feutrés, je me glisse jusqu'au meuble en acajou, attrape un stylo et griffonne un Post-it en mentionnant la visite de Clarke. Une voix lourde et embrumée s'élève alors du fond de la pièce et me fait sursauter.

— Qu'est-ce que tu fais là ?

Jonas. Une ombre s'anime près de la table basse. Le plateau de jeu de go a été renversé, de petits cailloux blancs et noirs parsèment le plancher. J'en repère une dizaine qui ont roulé jusqu'à la porte. Comment ai-je fait pour ne pas les remarquer ?

— Je… pensais que tu étais absent, je bredouille.

— Approche.

Le ton est péremptoire. Presque menaçant. C'est seulement Jonas, je n'ai rien à craindre… en tout cas, c'est ce que je me répète en me dirigeant vers lui.

Ses cheveux corbeau lui tombent devant les yeux. Avec ses vêtements débraillés, son plaid troué jeté sur les épaules et sa barbe négligée, on dirait qu'il ne s'est pas changé depuis plusieurs jours. Une bouteille vide de whisky traîne à ses pieds, et lui-même dégage une forte odeur d'alcool. Mon Dieu… que lui est-il arrivé ?

— Alors, qu'est-ce que tu veux ?

Sa question m'écorche la peau. Elle me fait comprendre que je suis de trop. Tout en moi me hurle de fuir cet endroit, mais en même temps, j'ai une furieuse envie d'en savoir plus. Jonas reste un mystère, tout comme ce que je ressens pour lui. Je :

→ *réponds à sa question. Aller au 116*

→ *tente d'en savoir plus sur son état.*

• *Si je sais qui est sur la photo de son bureau. Aller au 152*

• *Si je sais qui jouait contre lui au go : Aller au 59*

• *Sinon, je peux lui demander pourquoi il a bu. Aller au 74*

→ *Enfin (si 3 cœurs ont déjà été débloqués), je peux aussi trouver le courage de reparler de notre déjeuner en tête-à-tête. Aller au 203*

240

Jouer les entremetteuses. L'idée est séduisante : mon meilleur ami, boxeur sûr de lui, avec la timide Claire, opposée à toute activité sportive ? Ils feraient la paire, j'en mettrais ma main à couper. Ce sont des opposés qui s'attirent… comme Samson et Jonas.

— Vous devriez sortir ensemble, tous les deux, je fais.

Un vrai direct du droit, comme dirait Matt ! Les joues de mon ami rosissent tandis que Claire éclate littéralement de rire.

— Une envie de jouer les marieuses, princesse ? réplique Matt. Plutôt que de penser aux autres, tu devrais tenter le coup avec ce cher Romuald. Il se morfond à l'accueil, ce petiot, sans personne pour le couver !

Matt échange un clin d'œil avec Claire. Je hausse les épaules et m'élance sans eux vers la tour. J'ai un rendez-vous en ville vers 14 h 30 pour visiter le lieu de l'événement ; je dois en vérifier l'adresse et récupérer le dossier que j'ai préparé sur mon bureau.

Derrière sa banque d'accueil, Romuald s'agite beaucoup. Même de loin, je l'entends grommeler à propos d'un objet perdu. Je :

→ *m'approche discrètement. Aller au 132*
→ *lui propose mon aide. Aller au 94*
→ *passe mon chemin. Aller au 198*

241

Je m'isole en sortant prendre l'air, en bas de la tour Carter. Le hurlement de la ville, les sirènes de police et les klaxons des taxis new-yorkais ne font que renforcer mon sentiment d'urgence. Je pianote son numéro sur mon téléphone. Trois sonneries plus tard, l'Italien me répond :

— *Come sta, signora Forest ?*

— Pas très bien.

Je lui explique la situation.

— *Misericordia* ! Je suis désolé, Ella. J'ai peur de ne pas pouvoir faire grand-chose pour t'aider… Niou Yorke, ce n'est pas ma ville. Je n'ai pas beaucoup de contact ici, à part toi et un ou deux journalistes de mon réseau.

— Je sais, j'avais juste besoin d'en parler à quelqu'un, j'avoue.

Les larmes se mettent à couler sur mon visage. Il fallait bien que je craque. Anonyme au milieu de la foule qui traverse le parvis, c'est l'idéal pour ouvrir les vannes.

— Peut-être que tu pourrais en informer ton chef ? me suggère Federico.

— Samson ? Cette ordure ?

— Non, je pensais plutôt à l'autre. Jonas Chen. Tu m'as dit une fois que tu lui faisais confiance. Que c'était quelqu'un de bien.

— C'est vrai…

Federico a peut-être raison. Je devrais parler de cette catastrophe à Jonas. Si le speed meeting ne peut avoir lieu, autant ne pas perdre de temps et être honnête. Jonas saura se montrer compréhensif, enfin, j'espère… (Aller au 79). Sinon, je peux explorer d'autres pistes, me tourner vers d'autres aides : Matt, mon meilleur ami (Aller au 21) ; Samson, mon impossible chef (Aller au 228), ou bien ma communauté Twitch (Aller au 147).

242

Matt, le bad boy sûr de son pouvoir de séduction, avec la douce et timide Claire, reine pâtissière de la Carter ? Je suis certaine que ça pourrait marcher. Il ne manque qu'une flèche d'un Cupidon tel que moi pour que cette histoire file droit vers la réussite… J'imagine un stratagème : les inviter tous les deux à une séance ciné, avant de me désister au dernier moment pour les laisser en tête-à-tête. Discret, mais efficace.

— Ça vous dirait, je lance, qu'on aille voir ensemble le dernier Tarantino en fin de semaine ?

— Bof, me répond Matt. Il ne me tente pas plus que ça.

— Désolée, renchérit Claire, je passe aussi mon tour : toute cette hémoglobine, ça me retourne l'estomac !

— Alors, plutôt le Malick ?

Claire grimace :

— Trop mou ! Trop… contemplatif. Trop… vide !

Matt se met à rire.

— Pas mieux que la dame aux scones divins… Une envie soudaine d'aller te terrer dans une salle obscure, princesse ? Et si tu proposais ça à ton fameux W@x3r, ou devrais-je dire à « Ari », de t'accompagner ?

— Qui est ce Ari ? s'exclame Claire, la curiosité piquée au vif.

— Un mec canon du service informatique, lui explique Matt.

— Je veux le voir !

Déçue d'avoir raté mon coup monté d'entremetteuse, je hausse les épaules avant de regarder l'heure sur mon smartphone.

— Zut ! je m'écrie. Faut que je file dare-dare, sinon je vais être en retard. À plus !

Le sac à bandoulière bardé de dossiers, je saute sur mon vélo et pédale à vive allure, direction le Soho District.

→ *Aller au 39*

243

Évitons de faire des écarts de politesse, d'autant que Jonas a déjà réglé la totalité du repas… Je ne vais pas tirer sur la corde. J'opte pour le siège invité, une chaise assez peu confortable, mais fonctionnelle.

Jonas s'installe en face de moi dans son propre fauteuil, et déballe le contenu de notre déjeuner sur son bureau.

→ *Aller au 266*

— Matt.

— Je suis là, princesse, répond mon ami dans mon dos.

Je prends une grande inspiration.

— Qu'est-ce qui… qu'est-ce qui s'est passé ?

— Tu ne te souviens pas ? Tu es tombée dans le fleuve…

— Ça, oui. Et aussi de ce fumier d'Italien. Il s'est servi de moi.

— Je suis désolé.

— C'est rien… J'aurais dû m'en douter.

Après tout, Federico ressemblait trop à mon ex. Ça ne pouvait pas bien se terminer.

— Mais après être tombée, c'est le trou noir.

— On m'a téléphoné. Je suis venu te chercher… tu étais complètement trempée, tremblante et à bout de force sur la berge, mais consciente. Ryan voulait te conduire à l'hôpital, tu as refusé. Tu sais qu'il… qu'il a sauté dans le fleuve pour te récupérer ?

— Ryan ?

Après mon cri de tout à l'heure, un simple murmure me fait souffrir le martyre. Matt acquiesce.

— En te voyant passer par-dessus bord, il a couru et fait le saut de l'ange. Comme ça, sans réfléchir. C'est Sarah, la photographe, qui m'a raconté ça. Je l'admirais déjà, mais ce mec est mon nouveau héros ; il t'a sauvée, Ella. On a de la chance de l'avoir comme boss, c'est un gars en or. Sans lui, je…

La voix de Matt s'étrangle. Il déglutit et reprend :

— Je ne sais pas si on se parlerait aujourd'hui.

Je ne réponds rien et ferme les yeux, savourant ce moment avec mon meilleur ami. Toi aussi, tu es là pour moi, Matt. Toi aussi, tu es quelqu'un en or. Peu importent les tuiles qui me tombent dessus, tu es toujours présent à mes côtés, tu m'aides à me relever. Ma rupture avec Alex, mes problèmes de cœur ou de boulot… Sans toi, j'aurais sombré depuis longtemps. Alors, bien sûr, aujourd'hui, j'ai un goût amer, celui de l'inachevé dans la bouche. L'impression qu'avec d'autres choix, tout aurait pu se dérouler autrement, que la fin aurait pu être différente. Mais tu es là et je sais qu'avec toi, ce sentiment s'adoucira petit à petit, année après année.

On sonne à la porte. Tout mon corps me fait mal quand je me redresse pour aller ouvrir.

— Laisse, j'y vais, me dit Matt.

— Je viens avec toi, j'insiste.

Matt roule des yeux, mais sourit.

— Toujours aussi têtue, hein !

Il me prête son bras pendant que l'inconnu frappe derechef. Pas le temps d'enfiler quoi que ce soit ; je cache ma nuisette à licornes sous un plaid moelleux. Matt et moi, nous nous traînons jusqu'à l'entrée, et mon ami se charge de déverrouiller le loquet.

— Claire ?

Notre copine des ressources humaines se tient devant nous, les bras croisés dans une petite robe pull orangée.

— Vous m'avez posé un lapin, s'écrie-t-elle, la moue boudeuse. À cause de vous, j'ai dû déjeuner toute seule aujourd'hui !

Matt et moi échangeons un regard interdit. Claire en profite alors pour se jeter à mon cou.

— Je plaisante, banane !

— Aïe, doucement ! je m'exclame, tandis qu'elle réveille mes douleurs en me serrant contre elle comme si j'étais sa peluche favorite.

— Désolée, me souffle Claire. Merde, j'ai eu la peur de ma vie, Ella. Ne nous refais plus jamais ce coup-là. Promis ?

— Promis.

→ *Aller au 26*

245

Ella a-t-elle appris le secret de Claire et sa relation avec elle a-t-elle profondément évolué ?

→ *Si oui vous pouvez, si vous le souhaitez, aller au 273*

→ *Sinon, rendez-vous au 180*

246

Son eau de Cologne, trop piquante pour mon nez délicat, me met presque les larmes aux yeux.

— Je suis désolée, Clarke. Je préfère ne favoriser aucun entrepreneur.

Au moins, ma déclaration a l'avantage de le faire reculer.

— Très bien, dit-il d'une voix éteinte. J'ai compris, je ne suis pas digne de recevoir votre aide. Peut-être que si j'avais été plus attirant à vos yeux, si j'avais ressemblé un peu plus à Jonas, vous…

— Ça n'a rien de personnel, je réplique.

Il commence à m'énerver, celui-là. Pour qui me prend-il, au juste ? Pour une pimbêche incapable de professionnalisme ?

— Je ne suis tout simplement pas autorisée à sélectionner les projets pour monsieur Carter. Et je ne risquerai pas ma place pour vous, pas plus que pour un autre.

J'ai haussé le ton, ce qui attire l'attention sur nous.

— Calmez-vous, marmonne Clarke en lançant des regards à la ronde.

— Je me calme si je veux ! Écoutez, vous aurez les mêmes chances que tous les autres. Si votre projet est digne d'intérêt, vous n'avez pas à vous inquiéter : mon patron et ses associés s'en rendront compte très vite. Bonne journée.

Je tourne les talons et le laisse pantois, surprenant un nouveau sourire sur le visage de Jonas. Au fond de moi s'enracine un sentiment de satisfaction qui n'a pas de prix. Ma première victoire de ce meeting !

→ *Aller au 160*

247

… C'est quand je l'ai laissé en plan pour aller déjeuner avec Jonas. J'espère qu'il ne m'en veut pas trop. En même temps, ce n'est pas comme si on était proches, lui et moi…

Arrivée au quarantième, je l'observe d'abord à travers la paroi vitrée de son bureau. Ari pianote comme un fou sur le clavier, tandis que des centaines de lignes de code défilent sur ses écrans… Je frappe doucement pour ne pas le surprendre ; peine perdue : il fait un bond sur sa chaise avant de se tourner vers moi.

Un pâle sourire traverse son visage, trop bref pour faire émerger son adorable fossette. Il me fait signe d'entrer.

— Salut, je dis. Tu as deux minutes ?

— Je vais devoir faire des heures sup' ce soir, me dit-il, alors je suppose que oui.

— Un problème ?

— Une faille de sécurité découverte ce matin. Je n'ai pas encore trouvé comment la combler…

Il ôte ses lunettes et se masse les paupières.

— … avec les attaques à base de ransomwares qui traînent ces temps-ci, je ne peux pas laisser ça en suspens. Mais bon, il y a plus grave, dans la vie ! Qu'est-ce que je peux faire pour toi ?

— Eh bien… je suis à la recherche d'une commande de goodies qui est arrivée à la Carter, mais qui depuis, s'est mystérieusement volatilisée. (Je lui tends la preuve : une copie d'un bon de livraison.) Je commence à être à court d'idées alors, je me suis dit que, peut-être, avec ton esprit d'informaticien…

— Mon « esprit d'informaticien » ?

L'expression le fait rire jaune. Il croise les bras, faisant ressortir ses biceps sous sa chemise à col mao.

— Tu as compris ce que je voulais dire, je déclare en agitant la main.

— Pas vraiment ! J'ai même l'impression de m'être fait insulter…

— C'était un compliment, pourtant !

Je soupire et m'explique :

— Tu as l'habitude de résoudre des problèmes complexes, tu es entraîné pour ça, et tu sais penser « en dehors de la boîte » pour trouver des solutions. Tout ce dont j'ai besoin maintenant. Alors : tu veux bien m'aider, oui ou non ?

— D'accord, d'accord, répond Ari. Mais seulement parce que tu t'es bien rattrapée. Donne-moi ce bon de livraison.

Il remet ses lunettes et effectue une recherche rapide sur l'intranet, puis fronce les sourcils.

— Étrange, finit-il par dire.

— Quoi ?

— Je trouve bien une trace de la livraison dans le module de gestion, mais… il n'y a aucune autre donnée en face. Comme si la ligne avait été supprimée manuellement…

Il exécute plusieurs nouvelles requêtes dans la base. Ari secoue la tête :

— C'est bien ça : quelqu'un a validé la livraison, puis a supprimé la ligne d'enregistrement.

— Tu peux savoir qui ?

— Ça va me demander un peu plus de temps, mais… oui, probablement.

— Super, merci.

— Attends : je n'ai pas dit que je le ferai.

Il se tourne de nouveau vers moi, l'air terriblement sérieux. Ses yeux océan sont très sombres, aujourd'hui.

— C'était bien, ce déjeuner avec ton grand chef, l'autre jour ?

— Jonas ?

Mes joues s'empourprent au souvenir de ce moment.

— Oui… enfin, en quoi ça t'intéresse ? je bredouille.

— Simple curiosité. Pourquoi tu ne t'es pas adressé à lui, pour ta petite recherche de goodies ? Après tout, il a autant d'accès que moi, même plus. Et c'est un mec brillant, qui sait penser « en dehors de la boîte », j'en suis sûr.

À quoi joue-t-il, au juste ? D'accord, je l'ai planté pour aller déjeuner avec Jonas, mais… Il n'y a pas eu mort d'homme, non plus ! Je ne suis pas certaine de comprendre où il veut en venir.

— Alors ? me relance-t-il. Pourquoi moi et pas lui, aujourd'hui ?

Comme je ne sais pas trop quoi répondre, je bafouille un :

→ *Parce que j'avais envie de te voir. Aller au 177*
→ *Parce que je ne voulais pas le déranger. Aller au 232*

248

— Je crois que je vais y aller. Il est déjà tard et je ne veux pas devoir partir à vingt heures, ce soir. Merci encore pour ce déjeuner, c'était délicieux.

Je me lève en piochant un dernier beignet de légumes, mais celui-ci m'échappe des mains et tombe au sol, sur le beau parquet ciré. Normal, j'ai la tremblote.

Alors que je me baisse pour le ramasser, Jonas s'approche et fait de même. En me redressant, je me cogne la tête à son menton.

— Humpf!

Il se tient la mâchoire comme si je venais de lui administrer une droite. Le beignet retombe par terre ; avec la panique, je perds tous mes moyens.

— Désolée ! je m'écrie, je ne voulais pas…

Je pose mes mains fraîches sur son visage endolori, avant même de me rendre compte de ce que je suis en train de faire. Les joues de Jonas frémissent à mon contact. Je veux retirer mes doigts, mais il les retient maintenant avec les siens, contre sa peau. Il ne veut pas me laisser partir.

— Ça va, ne t'inquiète pas, me chuchote-t-il d'une voix douce.

Ses paupières sont closes. Mon cœur s'emballe de nouveau et je ferme les yeux à mon tour, savourant le moment. Je ne sais pas combien de temps nous restons là, lui et moi, dans cette position absurde. Si un collègue nous surprenait, il penserait peut-être à du harcèlement. Il me faudrait alors avouer que je suis totalement consentante ; qu'en réalité, je resterais bien là tout l'après-midi, si *lui* me le demandait.

Je rouvre les yeux et Jonas, l'immense Jonas, est penché sur moi. Ou bien est-ce moi qui me suis dressée sur la pointe des pieds ? Ses lèvres, à quelques centimètres à peine, tremblent autant que les miennes ; je crois les entendre me supplier de… faire, ou de ne rien faire ? À cet instant, je n'ai plus les idées claires. Je veux simplement taire ce désir qui ne cesse de hurler en moi, et presse mes lèvres contre les siennes. Glisse ma langue dans sa bouche épicée. Qui, elle, ne réplique pas. Je compte une, deux, trois secondes, avant de reprendre mes esprits. Et de reculer.

— Pardon, je glapis.

Une pulsion qui risque bien de me coûter ma carrière…

Jonas, toujours silencieux, ne bouge pas. Il retient son souffle. Et quand la porte du bureau s'ouvre à grand fracas, nous sursautons tous les deux.

♥

En choisissant ce chemin, Ella vient de vivre un moment important pour sa vie amoureuse, symbolisé par ce cœur. Retenez bien le nombre de cœurs que vous collecterez au cours de votre lecture… car il se pourrait qu'il y ait des conséquences !

→ Aller au 72

249

L'hiver de mes douze ans. Mon oncle Charlie m'avait emmenée à la neige. J'avais rencontré un garçon qui préférait jouer à sa console en bas des pistes plutôt que de skier. Avec quelques années de plus, je suis sûre que ce serait le portrait craché d'Ari…

— Tu es déjà allé skier dans les Rocheuses, quand tu étais gosse ?

— C'est possible…

Si ça se trouve, c'était vraiment lui ?

— Et voilà ! m'annonce-t-il finalement en me tendant un papier. Tu as un accès provisoire au disque local de Lucy. Cet identifiant et le mot de passe associé sont valables pour les deux mois à venir.

— Merci ! je réponds.

— En cas de problème, tu sais où me trouver, me fait-il en repartant vers l'ascenseur.

→ *Aller au 221*

250

Je hoche la tête en reprenant un dernier samossa.

— Samson est… je bafouille… disons que ma relation avec lui est compliquée, en ce moment. Cette mission, c'est beaucoup de pression, probablement autant pour lui que pour moi. Il y a beaucoup de tension entre nous.

Jonas acquiesce.

— Nous avons toute confiance en toi, Ella, m'assure-t-il. Surtout, n'en doute pas une seule seconde, même si Samson a parfois du mal à… se maîtriser. Il se laisse facilement déborder par ses émotions, mais il travaille dessus et je suis convaincu qu'au fond, il est tout à fait conscient de ta valeur.

Jonas me lance un de ses regards brûlants, si sérieux, si passionnés… ! Un frisson me fait chanceler et il s'en aperçoit. Il fronce les sourcils :

— Tout va bien ?

— Oui, oui, ça va… je murmure, ébranlée.

Mes yeux évitent soigneusement les siens, fouillent le bureau pour se raccrocher à quelque chose, n'importe quoi, pourvu qu'on change de sujet. Un cadre photo en cuir usé trône non loin de la boîte de beignets. Dessus, une femme brune et souriante porte deux enfants sur ses genoux : un garçon et une fille, de cinq ou six ans à peine, je dirais. Ils se ressemblent beaucoup, tous les trois.

Je :

→ *demande qui est sur la photographie. Aller au 54.*

→ *complimente le repas et m'en vais. Aller au 248.*

251

Mes doigts frôlent ceux de Jonas quand j'attrape le micro et une décharge électrique passe entre nous. Est-ce que j'ai rêvé, ou bien lui aussi l'a sentie ? Mon cœur s'accélère au moment où je me tourne vers la foule : bon sang, il y a beaucoup trop de monde ce soir… Je me racle la gorge, mal à l'aise. Quand il faut y aller…

— Ces estrades sont vraiment trop hautes pour une Lilliputienne dans mon genre !

Un ange passe. Tant pis pour l'autodérision, le public n'est pas très réceptif… Ou bien est-ce que c'est parce que j'ai du mal à articuler ?

L'alcool a néanmoins un avantage : il me désinhibe et m'aide à poursuivre.

— Mon nom, c'est « Forest » et… vous savez, ça veut dire forêt.

Silence encore. Matt me regarde, médusé, mais ça ne m'arrête pas pour autant. Je parle de moi, de mon arrivée, de mon plaisir de bosser ici à la Carter Corp, avec Matt que j'adore, et Claire aussi. Je bafouille mais ma voix, elle, porte de plus en plus. J'aborde mon stream d'artiste, mon engagement pour l'environnement, mes fantasmes de ville sans voiture et d'arbres sur les ponts de New York, d'une ville en mode forestière, et pourquoi la firme me semble parfaite pour donner vie à tous ces rêves-là. Je crois même que je lâche des gros mots comme « effondrement » et « décroissance » au milieu de mes idées de happenings « arty » pour attirer l'attention sur la « green revolution ».

Peut-être que je vais trop loin. Ça rigole ou ça ronchonne devant l'estrade, sans doute parce que je monopolise la parole. Samson finit par m'arracher le micro des mains.

— Ça suffira comme ça, merci Ella, me coupe-t-il. Nous aussi, on est contents de savoir que vous dessinez les arbres à la perfection…

Rires gras dans le public.

— Vous ne comprenez pas… je bredouille.

— Oh si, nous comprenons très bien, au contraire !

Matt me prend par les épaules ; il me fait descendre de la scène puis m'entraîne au loin, dehors, pendant que les gloussements forcissent derrière nous. En partant, je croise le regard de Jonas. Il est indéchiffrable.

— Je te ramène chez toi, me murmure Matt.

Je gémis comme une gamine :

— Il n'est même pas minuit !

— Crois-moi princesse, gronde mon ami en me poussant dans l'ascenseur : le meilleur de la soirée est déjà passé… Allez, viens !

Je ne me souviens pas du retour en taxi, ou de m'être couchée tout habillée. La journée du lendemain, par contre… a été l'une des plus éprouvantes de toute ma vie.

→ *Aller au 134*

252

— Je crois que, ce que Jonas a voulu dire, c'est qu'il souhaitait aussi avoir mon point de vue.

— Parce que tu en as un ? gronde mon chef. Un que je ne pouvais pas entendre, peut-être ?

— Samson !

Jonas a haussé le ton. Lui et son amant échangent un long regard qui me pousse un peu plus à l'écart… ce qui tombe très bien, parce que je ne rêve plus que d'une chose : m'enfuir loin d'ici. Je fais mine de m'éclipser quand Samson me lance une ultime menace.

— Ce soir, ne t'échappe pas trop vite, me dit-il. Toi et moi à 18 heures, on va avoir une petite conversation.

Une fois dehors, je ravale mes larmes en pensant à ce qui me pend au nez… et cours me confier à Matt.

♦

En choisissant ce chemin, Ella vient de vivre un moment crucial pour sa carrière, symbolisé par ce carreau. Retenez bien le nombre de carreaux que vous collecterez au cours de votre lecture… car il se pourrait qu'il y ait des conséquences !

→ Aller au 154

253

Je fais des yeux ronds comme des coupelles. Comment Federico a-t-il réussi à passer l'accueil ? Il ne fait pas partie des invités !

En costume de pingouin, le journaliste se balade entre les tables avec un plateau de boissons à la main. Je l'attrape et le tire à l'écart, manquant de lui faire renverser ses verres à champagne.

— Doucement, *signora* ! m'admoneste l'Italien.

— Qu'est-ce que tu fiches ici ? je gronde.

— Tu vois bien : je travaille.

Son sourire enjôleur en dit long sur ses intentions. Il se siffle une flûte cul sec avant de poser son plateau sur le rebord d'un stand.

— Tu es passé de journaliste à serveur en même pas deux jours, alors ?

— Possible ! Calme-toi, *bellissima*. Je ne supporte pas d'être loin de toi, et c'est comme ça que tu le prends ?

— Bien sûr…

Je soupire.

— Promets-moi que tu ne te feras pas remarquer. Tu n'es pas censé être là, cet événement est privatisé. Si on sait qu'un journaliste se promène dans…

Federico me saisit par les épaules et me regarde droit dans les yeux.

— Est-ce que je t'ai déjà mis dans l'embarras ?

— Non, mais…

— *Allora* ! Ella, détends-toi ! Fais-moi confiance…

Il sort son smartphone, prend un selfie de nous deux sans me demander mon avis et part se mêler à la foule du déjeuner. J'ai comme un mauvais pressentiment…

→ Aller au 265

254

Me mêler des relations des autres ? Très mauvaise idée.

D'abord, parce que Claire et Matt sont le jour et la nuit. Quand l'un adore claironner sur ses multiples conquêtes, l'autre garde tout pour elle… Je ne crois pas que Claire m'ait déjà parlé d'une quelconque amourette. Elle est si discrète sur sa vie sentimentale ! Je sais, les contraires s'attirent, mais… ces deux-là, je n'arrive vraiment pas à imaginer sur quoi ils pourraient s'entendre.

Ensuite, si l'histoire entre deux amis se passe mal, on en perd toujours un dans l'équation… voire les deux. J'ai déjà expérimenté la chose et je n'ai pas envie de revivre ça.

Et puis, pour finir, j'ai horreur quand Matt essaie de me jeter dans les bras d'un mec, alors je refuse de lui faire le même coup. Si ça doit se faire entre eux, ça se fera. Mais sans moi !

L'heure sur mon smartphone me rappelle celle de mon rendez-vous.

— Zut, je dois filer ! À plus tard !

Le sac à bandoulière bardé de dossiers, je saute sur mon vélo et pédale à vive allure, direction le Soho District.

→ Aller au 39

255

La première session du speed meeting se déroule sans encombre. Ryan Carter et ses associés passent de tables en posters, de posters en stands de présentation. Vers onze heures trente, j'annonce une pause de quinze minutes au micro et les cent vingt invités se dispersent. Certains entrepreneurs, aux projets déjà retoqués, ramassent leurs affaires et s'apprêtent à quitter les lieux. En bonne organisatrice, je prends un temps pour les remercier de leur venue, quand Clarke me tape sur l'épaule.

— Monsieur Carter est seul, me fait-il remarquer : ce serait le moment parfait, vous ne croyez pas ?

Je hoche la tête et le conduit jusqu'à lui. À sa boutonnière, Ryan porte une magnifique orchidée de la même teinte que mon caraco. Difficile d'avoir plus de classe que lui dans cette assemblée… Quoique Jonas, avec son gilet satiné qui rappelle la couleur de ses yeux, n'est pas à la traîne question style.

— Je dois vous féliciter, madame Forest, déclare Ryan. Cet événement est une réussite. J'ai déjà repéré plusieurs projets que notre firme aura tout intérêt à financer.

— Vous m'en voyez ravie, monsieur, je fais avec déférence.

Je m'efface devant Clarke et explique la raison de ma venue :

— Je vous présente Clarke Chen, entrepreneur…

— Enchanté monsieur Carter, me coupe Clarke en tendant la main vers Ryan. Jonas est mon demi-frère. Je suis l'un de vos plus fervents admirateurs.

Ryan regarde la main tendue et s'incline plutôt que de la serrer.

— Ah, oui, dit-il. Chen m'a parlé de vous. Vous avez rencontré l'un de mes collaborateurs, je présume ? Je ne me souviens pas vous avoir croisé à la première session.

Pendant que Clarke dégaine son carton de présélection, un petit sourire aux lèvres, j'interviens :

— Par amitié pour lui et Jonas, j'ai préféré éviter à Clarke cette première étape, très difficile nerveusement, vous en conviendrez. Son projet est plein de potentiel, je m'en porte garante. Des serres écologiques, la lutte contre les inégalités sociales… Une fabuleuse opportunité pour l'image de la Carter.

À ces paroles, mon patron hausse un sourcil ; j'y suis peut-être allée un peu fort avec les superlatifs. Et c'est à ce moment précis que Jonas choisit de se joindre à notre trio.

— Qu'est-ce que tu fais là, Clarke ? lâche-t-il. Tu devrais être assis à l'une des tables d'entrepreneurs, non ?

— Je n'ai pas besoin de cela, grand frère.

Jonas fronce les sourcils, puis m'interroge du regard.

— Qu'est-ce que ça signifie ?

— Madame Forest a jugé bon de faire mon travail à ma place, explique Ryan.

Le CEO me dévisage, clairement mécontent. Ses yeux gris acier me transpercent sans vergogne et me laissent sur le carreau. Je ne sais plus où me mettre, bredouille des excuses ridicules. Le soupir exaspéré de Ryan finit de m'achever.

— Nous réglerons votre cas plus tard. Monsieur Chen ? dit-il en se tournant vers Clarke : puisque vous êtes disposé à me parler de votre projet, venez avec moi.

Le CEO s'éloigne avec l'entrepreneur, m'abandonnant à Jonas dont le regard s'est fait plus dur que de l'obsidienne. Sans rien ajouter, lui aussi s'en va et me laisse en tête à tête avec mes remords.

♦

En choisissant ce chemin, Ella vient de vivre un moment crucial pour sa carrière, symbolisé par ce carreau. Retenez bien le nombre de carreaux que vous collecterez au cours de votre lecture... car il se pourrait qu'il y ait des conséquences !

→ *Aller au 160*

256

— Ari.

— Je suis là, répète mon informaticien.

Je me love contre lui, hume au creux de son cou ce parfum que j'aime tant. Un parfum vanillé, envoûtant, qui me rappelle l'océan.

— Au speed meeting, je marmonne : je suis tombée dans le fleuve… et après ?

— Tu ne te souviens pas ?

Je secoue la tête et referme les yeux ; la lumière du jour me fait encore souffrir.

— Ryan a sauté à l'eau pour te récupérer. J'ai voulu te conduire à l'hôpital, mais tu as refusé.

— Tu étais là ?

— Tu as même oublié ça ?

— Je suis désolée, je fais en attrapant une de ses mains bien plus fraîche que les miennes, et en la posant sur mon front. Je crois que ce plongeon dans l'Hudson River m'a lavé le cerveau en même temps que le reste…

Ari sourit à mon trait d'humour. Sa fossette fait une sortie timide.

— J'étais en train d'intervenir sur l'ordinateur de Matt quand on a appris la nouvelle. J'ai insisté pour l'accompagner. Je ne pouvais pas rester à la tour en sachant ce qui venait de t'arriver. J'aurais voulu être celui qui te sauve de ce fleuve, Ella. Je…

— Chut.

J'écrase mes lèvres sur les siennes pour le faire taire. Je n'ai pas envie d'une discussion sérieuse ou d'hypothèses héroïques. Je veux simplement profiter d'une bulle de tendresse avec cet homme que j'aime décidément de plus en plus, qui est présent à mes côtés au moment où j'en ai le plus besoin.

D'abord étonné, Ari lâche prise. Il se laisse emporter par la vague Ella, et advienne que pourra.

Je me redresse et plaque mon Maori contre le matelas, avant de me mettre à califourchon sur lui, ce qui lui décroche un sourire franc. Ses mains d'artiste viennent se poser sur mes reins tandis qu'il me dévore des yeux. Une grimace m'échappe ; de brusques élancements dans les hanches qui me rappellent un pénible accident… Immédiatement, Ari s'inquiète :

— Tu es sûre que tu es en état pour… commence-t-il.

Afin de le rassurer, j'enfonce mes ongles avec gourmandise dans son torse nu, joue avec le mince duvet noir qui le recouvre… Avant de me pencher sur lui, de l'embrasser dans le cou et sur ses lèvres charnues. Je lui murmure :

— J'admets que je ne serai probablement pas au top de ma forme.

— On peut attendre, tu sais.

— Peut-être que *toi*, tu peux, je réplique en lui mordillant l'oreille.

Je glisse une main sous la couette qui sépare nos deux corps et trouve rapidement ce que je cherche : un boxer au tissu bien trop distendu… je m'empresse de libérer ce pauvre Ari du polyester qui l'emprisonne et me débarrasse à mon tour de ce pyjama gênant, recouvert d'écureuils souriants. Allongé nu devant moi, le sexe déjà au garde-à-vous, Ari croise les bras derrière la tête :

— Je peux attendre, oui, me confirme-t-il. Mais je n'en ai pas vraiment envie.

Sans prévenir, il m'attrape alors par la taille et m'oblige à me rasseoir sur lui, en amazone. Au diable les préliminaires ! Mon tanga de coton fait encore obstacle, mais plus pour longtemps. Ari me retient par les hanches et entre nous, les frottements appuyés me mettent à l'agonie. D'une main, j'écarte ma culotte déjà humide de désir pour apprécier la dureté de son sexe tout contre le mien. J'ai envie de le sentir en moi, tout au fond de moi. D'un mouvement de bassin, je mets fin à la tension grandissante et enfourche mon beau surfeur brun. Nous poussons tous les deux un soupir de satisfaction.

— Tu es bien installée ? me souffle Ari entre deux respirations. On peut passer aux choses sérieuses ?

— À quoi tu penses ?

— Aux vagues de Mahia, ou à celles d'Hawaï.

La comparaison me fait m'esclaffer.

— Je croyais que c'était moi, l'océan, et toi celui qui essayait d'y survivre…

— C'est ce qu'on verra.

Les mains toujours sur mes reins, Ari commande à tous mes mouvements. Je m'abandonne à lui, à ses choix de tempo, à ces lents et profonds va-et-vient qui me font l'effet d'une houle délicieuse. Une seconde, je me tiens tout en haut de la vague, anticipant la déferlante ; l'instant d'après, je dévale la pente océane et me retrouve dans les profondeurs, submergée de plaisir. J'essaie de ne pas me laisser déborder trop tôt, trop vite. Je veux profiter du tumulte des vagues aussi longtemps que possible.

Mais l'océan est implacable et l'effet que me fait ce Maori, totalement dévastateur. En quelques battements de cœur, l'excitation entre mes cuisses redouble de force. Les jambes en étau autour de sa taille, je me couche sur lui, écrasant mes seins contre son torse d'athlète. Dans mon cou, le souffle enivrant d'Ari rappelle celui d'une brise d'été… Il me fait tout oublier, à commencer par mes douleurs d'accidentée. Durant un éclair de lucidité, je me rends compte que ces dernières ont complètement disparu. Le sexe : le meilleur pansement qui soit pour le corps et la tête. Les mains d'Ari glissent le long de mon dos en sueur, empoignent mes fesses avec vigueur, m'encouragent à prendre le contrôle. Je ne me fais pas prier : à partir de maintenant, je suis la commandante de cette virée sur les flots, la déesse de ces mers déchaînées. Nous irons encore plus loin, plus profond. *Plus vite*. Mes hanches m'obéissent,

elles accélèrent la cadence et, à chacune de mes ondulations, Ari m'accompagne à l'unisson, il est le vent, je suis les vagues. Plus vite, plus vite, plus vite !
L'explosion me prend carrément par surprise. Après un dernier coup de reins, tous les muscles de mon corps se tendent et l'orgasme m'engloutit tout entière. Vague après vague après vague, les pulsations de mon bas-ventre semblent ne jamais vouloir se tarir, le ressac est formidable et puissant. Interminable. Incroyable. Je reprends à peine mes esprits qu'entre mes jambes moites, Ari gémit et se tend à son tour. À l'intérieur de moi, les spasmes de son sexe, libérateurs, me provoquent un nouveau sursaut d'extase. Je m'effondre sur lui, vannée. Noyée. Heureuse.

Peut-on souhaiter de meilleure fin que celle-ci ? Ou plutôt : de meilleur commencement ? Car notre histoire ne demande qu'à décoller et moi, j'ai bien l'intention de lui offrir toute l'attention qu'elle mérite. Je ramène les deux bras d'Ari autour de ma taille ; nous savourons l'instant, l'un contre l'autre, rêvant déjà à la suite... La bulle de tendresse grossit, elle nous garde en son sein, elle nous protège. Jusqu'à quand ? Ce n'est pas le moment de se poser cette question.

→ *Aller au 26*

257

Comme je reste muette, Jonas se penche vers moi. Il est visiblement intrigué par ma réaction. Ses yeux mordorés brillent sous l'effet du mystère.

— Tu ne dis rien ?

Je réponds du tac au tac :

— J'attends la suite. Tu as sûrement une idée derrière la tête.

Jonas sourit en coin.

— Très juste : je veux que tu remplaces Lucy. Du moins, pour ce mois-ci, et pour cet événement-là.

Ma nervosité monte d'un cran. Je clame :

→ *Pourquoi pas Samson ? Je ne suis que son assistante ! Aller au 219*

→ *Pourquoi moi ? Je ne suis à la Carter que depuis quelques mois. Aller au 29*

258

Clarke me voit arriver et dégaine un sourire charmeur, impossible à imaginer sur son demi-frère.

— Ah ! Ella, me dit-il en me serrant la main. Vous êtes époustouflante !

— Merci. Comment allez-vous, Clarke ? Pas trop nerveux ?

— Eh bien, tout dépend de vous, ma chère…

Il se rapproche de moi et me susurre à l'oreille :

— Avez-vous pris une décision me concernant ? Mon sort est entre vos mains.

— J'ai bien réfléchi, et…

→ Aller au 246

259

Avec regret, je pense : *Jonas,* mais ne réponds rien. Le souvenir de notre échange dans son bureau et du contact électrique entre nous à la soirée du Nouvel An me font de nouveau frissonner. Il faut vraiment que je me l'enlève de la tête. Cet homme est inaccessible, Ella ! C'est le manager et l'amant de ton chef. Tu pourrais être la femme la plus attirante de la Terre, il ne voudrait pas de toi.

→ Aller au 75

260

C'est le jour J.

J'ai décidé de porter une robe noire, longue et évasée, histoire de masquer mes genoux… Je ne les ai jamais aimés et ce matin, ils se font remarquer en imitant des castagnettes. En cause : mon stress puissance mille. Il faut que je me détende. Malgré les obstacles de ces derniers jours, tout est en ordre de bataille : le nouveau lieu est magnifique ; le traiteur s'affaire avec brio au buffet ; les hôtesses d'accueil sont aux petits soins avec nos invités ; quelques entrepreneurs sont déjà installés devant leur poster de présentation ; les goodies, stylos et autres ecocups ont trouvé leurs destinataires… et Ryan Carter, *the big boss*, affiche un sourire éclatant ! Que pourrais-je espérer de plus ?

Avec le caraco en cachemire pourpre que m'a offert Matt, je me rends compte que je suis trop habillée. Je voulais être facilement repérable. Résultat : tout le monde se demande qui est cette brunette en tenue de soirée au milieu des tables… et m'évite avec soin, ce qui ajoute encore plus de pression sur mes frêles épaules. Je prends une grande inspiration et croise le regard perçant de Jonas, en retrait, un verre à la main (il boit du whisky le MATIN ?! Je n'en ai pas fait livrer, pourtant…). Le beau brun au costume trois-pièces hoche la tête pour me saluer et… je rêve, ou il vient de m'adresser un mince sourire d'encouragement ? L'illusion ne dure qu'une seconde ; après quoi, il avise de l'arrivée de son demi-frère, Clarke, et ses traits se tendent immédiatement. Il vide son verre d'un trait avant de rejoindre Ryan, en grande conversation avec un associé.

Je reporte mon attention sur Clarke. Remue-toi, Ella ! Va l'accueillir, bon sang : c'est une mission pour la cheffe d'orchestre du speed meeting ! D'autant plus que…

→ *je l'ai aidé en lui donnant un carton de présélection. Aller au 46*
→ *je lui ai promis d'y réfléchir. Aller au 258*
→ *j'ai refusé de l'aider. Aller au 217*

Mon ami s'esclaffe :

— Ouais, sauf quand tu es bourrée et que tu m'envoies des messages vers quatre heures du matin façon cougar. Là, tu balances tout !

— Hein ? s'exclame Claire, les yeux ronds. Qu'est-ce qui s'est passé encore ?

— Comment ça, « encore » ? je m'offusque.

Claire se met instantanément à rougir. J'adore titiller sa timidité.

— Ella est rentrée avec un ado, hier soir, explique Matt. Et par « rentrée », je veux dire qu'elle est allée chez lui, jusque dans son pieu !

— Un « ado » ? N'exagère pas ! je dis.

— Il était majeur au moins ?

— Torg vient d'avoir dix-huit ans…

Je grimace et ajoute :

— … Je crois ?

Claire fait la moue.

— Torg ? C'est quoi, ce nom bizarre ?

— C'est un pseudo, Claire. Torg est un joueur de *Kartnite*. Un bon, en plus. Il a près de cinq mille subs sur sa chaîne Twitch, avec sa team.

— Tu vas le revoir ?

— Probablement pas !

J'ai répondu sans hésitation. Matt s'en amuse :

— C'était vraiment si nul que ça ?

— Non, c'est plutôt que… sa *mère* est rentrée de son

service de nuit, vers huit heures. J'ai dans l'idée que me surprendre à califourchon sur son fiston ne lui a pas beaucoup plu… Si elle avait pu m'attraper par la peau des fesses pour me jeter dehors, elle l'aurait probablement fait.

Cette fois, Matt explose franchement de rire.

— Princesse, tu nous les feras toutes. Je ne t'arriverai jamais à la cheville et pourtant, ce n'est pas faute d'essayer ! Tu avais ce qu'il fallait sur toi, au moins ?

Surprise par sa question, je rougis comme une bécasse :

— Tu veux parler de préservatif ?

Il hoche la tête.

— Evidemment ! je m'exclame. Torg en avait chez lui, mais j'en ai toujours au moins un dans la poche. Le sexe c'est bien, mais sans protection, c'est hors de question ! Tu le sais, ça fait partie de mes principes.

— Un principe auquel j'adhère totalement, approuve mon ami.

— Bon, fait Claire en trépignant d'impatience, il fait soif, vous ne trouvez pas ?

— Oh que si, déclare Matt. Allons-y !

→ *Aller au 234*

262

J'arrive à l'hôpital que Matt m'a indiqué un peu après seize heures. Une infirmière à l'accueil m'informe du numéro de chambre de Jonas, la 302, au troisième étage de l'édifice.

La montée en ascenseur ne dure que quelques secondes. Je traverse un couloir parfumé au chlore et encombré de brancards vides. Le murmure des soignants que je croise et l'atmosphère aseptisée ne font rien pour me tranquilliser. Depuis que j'ai quitté mon appartement, une question m'oppresse. Si je ne la laisse pas sortir, elle finira par me brûler les lèvres et le cœur.

J'entre dans la chambre de Jonas après avoir frappé doucement au battant. Il est assis sur ce qui devait être son lit de repos, encore vêtu de sa chemise de patient. Ryan Carter se tient devant lui, le dos appuyé contre le mur blanc.

— Madame Forest ?

L'étonnement peut se lire sur les traits du CEO.

— Content de vous voir sur pied, vous avez l'air en forme.

Jonas me dévisage de son regard doré.

— Je vais vous laisser, tous les deux, déclare Ryan en observant son directeur de la communication. Après ce qui s'est passé, vous avez forcément des choses à vous dire. Jonas, nous reprendrons cette conversation plus tard.

Le CEO sort de la chambre d'un pas léger en fermant la porte derrière lui.

Nous voilà seuls, Jonas et moi. Je ne sais pas par où commencer. Ou plutôt, je le sais, mais la peur de l'échec me fait soudainement vaciller. Et si, depuis le début, je me faisais des idées ?

Je m'avance au milieu de la chambre, jette mon manteau sur une chaise vide et demande d'une voix mal assurée :

— Tu vas bien ?

Il hoche la tête. Si silencieux. Si sérieux. Je reprends :

— Je… je voulais d'abord te remercier pour… pour…

Des platitudes, toujours des platitudes. Pourquoi tu tournes encore autour de pot, Ella ? Pourquoi tu ne lui demandes pas tout de suite ce qui t'amène ici ? Ce qui te démange depuis des jours et des jours ?

— Pour…

J'ai toujours été une maladroite, en gestes et en mots. Dès que ce que je ressens va plus loin qu'une simple amourette, patatras ! Je suis un château de cartes qui s'écroule de lui-même.

— Pour avoir voulu…

Je baisse les yeux, le temps de reprendre mon souffle. La seconde suivante, Jonas s'est levé de son lit d'hôpital ; il parcourt l'espace qui nous sépare, prend mon visage entre ses mains et m'embrasse. Ses lèvres ont l'âpreté du sel. Un souvenir de l'Hudson River qui me fait frissonner ; j'aurais presque envie d'y replonger… Jonas recommence, probablement pour m'éviter de parler. Je m'abandonne à lui et à ses baisers, à leur urgence, aussi dévastatrice que salvatrice. J'ai la réponse à ma question, mais que nous restera-t-il ensuite ? Jonas voudra-t-il d'un « nous » avec moi, ou bien ne s'agit-il là que d'une parenthèse… une folie passagère, avant de retrouver Samson ? Nos bouches se séparent, nous sommes essoufflés. Essoufflés d'amour, de s'être retenus jusqu'ici, de n'avoir rien fait, rien dit.

— J'ai cru que je t'avais perdue, murmure-t-il enfin. J'ai cru que… que je ne te reverrais plus jamais. Qu'à cause de moi et de cette foutue mission que je t'avais collée sur le dos, tu allais mourir. Cette idée m'était insupportable.

Front contre front, je me sens obligée de finir ma phrase laissée plus tôt en suspens :

— Merci pour… pour avoir voulu me sortir de l'eau.

— Je ne sais pas si tu as remarqué, réplique Jonas, mais ça n'a pas été une franche réussite. Non, c'est à moi de te dire merci.

— De… de quoi ?

Sa bouche se presse de nouveau contre la mienne.

— Sans toi, chuchote-t-il, je n'aurais jamais vraiment su à quoi ressemblait un coup de foudre.

Un rire m'échappe, et ses lèvres fines s'étirent en un mince sourire.

— Alors tu… tu n'es pas gay ? je marmonne, la tête enfouie dans sa chemise.

Jonas explose de rire, à s'en faire mal aux côtes. C'est si idiot de ma part de poser la question ?

— Cela vous tourmenterait-il, madame Forest ? ronronne-t-il.

— Non, je… enfin…

— Qu'importe le flacon, pourvu qu'on ait l'ivresse, me susurre-t-il à l'oreille. Je suis bi ; c'était assez clair, il me semble.

Non, ce n'était pas si clair que ça, grand bêta ! Mais il reste ce « léger » problème d'indisponibilité. L'inquiétude doit se lire sur mon visage, car il poursuit :

— Et… si ça peut te rassurer, c'est bel et bien fini avec Samson.

Oh, joie ! Alors il a largué cette peau de vache ? Mon cœur est tellement rempli de bonheur qu'il pourrait bientôt éclater.

— Pour une fois que la chance me sourit… je bredouille.

— La chance ? Je ne crois pas à la chance, me rétorque Jonas entre deux baisers. Seulement à nos choix.

Blottie tout contre lui, j'ai l'impression d'avoir enfin trouvé ma place. Mes mains se perdent dans son dos… curieusement nu ? Oh, j'avais oublié la facétie de ces chemises de patients fendues à l'arrière ! Le personnel de l'étage a dû se rincer l'œil en découvrant le corps galbe que j'ai le plaisir de parcourir en ce moment avec mes doigts… Je souris, distraite par cette idée, tandis que Jonas continue de dispenser ses baisers doux et calculés, d'abord dans mes cheveux, puis derrière une oreille, le long de mon nez, de ma joue gauche puis droite, sur mon menton, au creux de mon cou… Il est si grand et moi si petite, qu'il finit par s'asseoir sur son lit d'hôpital et par m'attirer contre lui afin de poursuivre sa tendre entreprise.

Ma respiration se fait tout de suite plus courte quand, patiemment, Jonas commence à défaire un à un les boutons de mon chemisier à fleurs. Je ne sais pas si c'est la minutie dans ses gestes, ou bien le fait qu'il me fixe d'un regard ardent pendant tout mon déshabillage, mais je suis en train de me transformer en brasier.

— Qu'est-ce que… qu'est-ce tu fais ? je lui demande, réalisant que nous sommes toujours dans une chambre d'hôpital et qu'à tout instant, une infirmière pourrait faire irruption et vérifier comment se porte le patient Jonas.

— Ce que je voulais faire depuis longtemps, me dit-il.

Il écarte les deux pans de mon chemisier avant de me l'enlever complètement. Puis, d'un simple pincement entre mes deux omoplates, il dégrafe l'attache de mon soutien-gorge, tout cela sans me quitter des yeux, et déclare :

— Nous sommes presque à égalité.

— Presque.

Un sourire en coin, il approche sa bouche de mes seins, en caresse les tétons du bout de ses lèvres fines avant de les suçoter comme des bonbons. Le droit d'abord, le gauche ensuite. Lentement. Minutieusement. Pendant ce temps, ses doigts experts se chargent de déboutonner mon jean et d'en débarrasser mes hanches. Une chaleur incontrôlable s'étend de ma poitrine jusque dans mon ventre.

— C'est moi, ou la température de cette chambre est devenue indécente ?

Je jette un coup d'œil rapide à la porte. Malgré toute sa concentration, Jonas s'en aperçoit.

— Dans mes bras, m'ordonne-t-il d'une voix douce et ferme.

— De… de quoi ?

Il se redresse, m'aide à ôter le reste du jean, mon tanga et mes Vans. Me voilà dans le plus simple appareil. Puis, il pose délicatement mes bras sur ses épaules avant de me soulever de terre, ses mains sous mes fesses. Je n'ai pas d'autre choix que de jouer les koalas sur un arbre immense, pendue à son cou, les jambes maladroitement serrées autour de son tronc. Je sais que je suis légère, mais je ne suis pas non plus un poids plume ; pour me porter comme il le fait, sans le moindre effort apparent, Jonas doit véritablement avoir la force d'un colosse dans les bras.

D'un pas calme et assuré, il m'emmène jusqu'à la salle d'eau – où il se cogne le front, la faute à un chambranle trop bas pour lui. La lumière artificielle se met en route dès lors que la porte d'accès – impossible à verrouiller – se referme derrière nous. Le décor est pour ainsi dire… sobre. Strictement utilitaire, pensé pour être accessible à tous, avec des barres de retenue un peu partout sur les murs, un revêtement antidérapant dans la douche à l'italienne, une vasque large et basse, et des W.-C. du même calibre. Je lève un sourcil perplexe quand Jonas se décide enfin à me poser au sol. Dans la douche. Sous un jet d'eau glacé !

Je pousse un cri de belette, estomaquée, avant d'éclater de rire.

— La température est-elle plus à votre goût, madame Forest ? ironise mon géant.

Il n'attend pas ma réponse et d'un geste, ôte sa chemise de patient, dévoilant la totalité de son anatomie. Il a un corps qui frise la perfection, on le dirait sculpté dans du marbre clair. Sur sa peau, les gouttes d'eau elles-mêmes semblent rouler de plaisir. Étrangement, une scène similaire me revient en mémoire, mais je ne saurais dire s'il s'agit d'un fantasme ou bien d'un véritable souvenir. L'un dans l'autre, le résultat est le même : j'ai l'impression de rêver tout éveillée. Un frisson me transperce de part en part quand Jonas s'approche alors de moi, plaque son corps nu contre le mien et m'embrasse, cette fois avec la fougue d'un assoiffé. Nos langues se redécouvrent avec fureur. Mes doigts sur sa peau, le long de ses bras immenses, dessinent des tatouages éphémères faits de désir et d'eau.

La cascade fraîche qui nous asperge tous les deux ne réussit qu'à m'embraser un peu plus. Je laisse une de mes mains descendre jusqu'à son entrejambe, empoigne son sexe et m'emploie à l'ériger par des caresses appuyées… Entre deux baisers, Jonas laisse échapper un soupir d'aise. Peu à peu, son membre entre mes doigts se fait aussi dur que du bois. Malgré l'étroitesse de la douche je me baisse, poussée par une envie dévorante… du bout des lèvres d'abord, je goûte cette saveur nouvelle qui m'est offerte. Je lèche ensuite ce gland déjà gonflé, laisse ma langue tournoyer, prendre son temps, dessiner des arabesques compliquées le long de cette verge interminable, et m'enflamme de sentir ce colosse au-dessus de moi, si robuste, si solide, tressaillir sous mes soins. La chaleur dans mon bas-ventre se métamorphose en un tiraillement de plaisir impatient. Quand je le prends enfin dans ma bouche, Jonas lâche un gémissement et m'arrête d'une main :

— Attends…

Il me fait remonter à sa hauteur, plonge son regard brûlant dans le mien puis me tourne dos à lui. Contre ma croupe, je sens son sexe dressé et un nouveau frisson d'excitation me traverse. Ses mains caressent mes hanches avec ferveur, l'une d'elles se fraie un chemin au milieu de ma toison intime. Avec application, Jonas vient titiller le bourgeon de mon plaisir et me fait haleter de jouissance. Quand le tiraillement dans mon ventre devient insoutenable, il me pénètre enfin ; son index long et fin glisse en moi, jouant à contretemps avec ses autres doigts qui multiplient les assauts frontaux. Je me cambre légèrement, cherchant la bouche de mon colosse pour me laisser envahir encore, d'une autre façon. Nos langues s'entremêlent, la sienne est impétueuse, la mienne fébrile sous l'avalanche de délices. Et pendant tout ce temps, les doigts de Jonas continuent leur œuvre stratégique…

Quand mon plaisir atteint des paroxysmes, Jonas ôte ses mains de mon corps tremblant. La frustration sera de courte durée. D'un geste tendre, il me fait me pencher en avant et me pénètre à nouveau. Sa verge palpite maintenant en moi plus profondément que jamais, elle me donne des vertiges extatiques. À chaque coup de reins, les pulsations au creux de mon sexe se métamorphosent, elles se font de plus en plus urgentes, puissantes, impossibles.

Tel un orage de forêt, l'orgasme éclate enfin. Dix mille étincelles dansent devant mes yeux, et je crois bien que je crie son nom plusieurs fois avant de me relâcher d'extase. Peu de temps après, mon colosse jouit à son tour en poussant un râle libérateur qui résonne dans notre petite salle d'eau. Alors qu'il veut se retirer, je resserre les cuisses autour de son membre et le retiens un moment, savourant cet instant, ce calme après la tempête que j'aime tant. Jonas me ramène contre lui pour un peau à peau tout en douceur, sous une pluie artificielle qui ne me semble plus autant glacée qu'avant.

— Tu trembles, finit-il tout de même par remarquer.

Il ferme le robinet de douche puis m'entoure de ses bras protecteurs et dépose un baiser sur mes cheveux mouillés.

— Tu as froid ?

Je secoue la tête.

— Ce n'est pas la température qui me fait cet effet-là. C'est toi.

Dans ma chevelure, ses lèvres s'étirent en un sourire que je rêve amoureux.

Ce mois de janvier survolté est enfin terminé, mais notre histoire à tous les deux ne fait que commencer… et j'ai bien l'intention de lui accorder toute l'attention qu'elle mérite.

→ *Aller au 26*

263

… qu'il s'est sauvé comme un voleur avant même d'entamer son assiette ! J'aurais bien voulu connaître la raison de sa fuite mais, puisque j'ai besoin de son aide, il ne serait pas judicieux de remettre maintenant le sujet sur le tapis.

Arrivée au quarantième, je l'observe d'abord à travers la paroi vitrée de son bureau. Ari pianote comme un fou sur son clavier, tandis que des centaines de lignes de code défilent sur les écrans… Je frappe doucement pour ne pas le surprendre ; peine perdue : il fait un bond sur sa chaise avant de se tourner vers moi, et me fait signe d'entrer.

— Salut, je dis. Tu as deux minutes ?

— Pas vraiment, me répond-il l'air un peu hagard.

— Un problème ?

— Une faille de sécurité, découverte ce matin. Je dois absolument la réparer avant de partir.

Il ôte ses lunettes et se masse les paupières.

— Avec les attaques à base de ransomwares qui traînent ces temps-ci, je ne peux pas laisser ça en suspens.

— Oh… Alors, désolée de t'avoir dérangé. On essaie de se voir plus tard ? Je te dois toujours un café.

Ari remet ses lunettes et, les yeux rivés sur ses écrans, hoche la tête.

— D'accord, oui, marmonne-t-il. À plus tard.

Je soupire et tourne les talons. C'était une mauvaise idée de m'adresser à lui. Que son histoire de faille soit un pur prétexte ou pas, j'aurais dû me douter que je me ferais rembarrer.

→ *Aller au 7*

264

Retour à la case départ, pétrie de douleurs dans mon lit. Je me souviens maintenant.

Remerciée par Ryan Carter lui-même, j'ai reçu un mail de licenciement quelques heures plus tard. Samson est venu déchirer mon contrat devant moi en jubilant. Pourquoi perdre une occasion si belle de me piétiner, n'est-ce pas ?

J'aurais dû respecter la chaîne hiérarchique plutôt que de m'enhardir. Débouler en plein milieu d'une réunion où vous n'êtes pas invitée est toujours risqué.

→ *La suite en 213*

265

Pendant le déjeuner, Ryan Carter et ses associés se réunissent pour trancher : ils choisissent les dix projets qui bénéficieront d'un entretien plus approfondi durant l'après-midi. Tout n'est pas encore gagné pour ces présélectionnés, mais le processus est en bonne voie ! Le CEO prend le micro et annonce les résultats de la délibération. Les applaudissements vont bon train pendant que le troupeau d'entrepreneurs recalés échangent des cartes de visite avant de s'en aller. Pour eux, la « fête » est terminée : la Carter ne les financera pas, mais je suis convaincue qu'ils garderont une bonne image de la firme. Les premiers retours sont excellents. J'ai travaillé dur pour ça et je n'en suis pas peu fière ! Il faudra ensuite que je contacte tout ce petit monde pour une évaluation de l'événement… quand l'eau aura coulé sous les ponts.

Avant les entretiens de l'après-midi, une photo des présélectionnés est prévue en compagnie de Ryan et de ses associés. J'invite le groupe à rejoindre l'extérieur : le temps est au beau fixe et le cadre est splendide, autant sauter sur l'occasion !

Je demande à Sarah, notre photographe officielle, de nous suivre, pendant que j'attrape mon trench-coat. Est-ce que je m'incruste sur le cliché ? J'y aurais totalement ma place, non ? En plus, c'est mon premier événement en tant qu'organisatrice : ça ferait un chouette souvenir sur mon bureau. Je consulte tout de même Jonas du regard, qui me donne sa bénédiction en me faisant signe d'approcher.

Dehors, tout le monde se colle à la rambarde nord.

— Serrez-vous un peu plus, s'il vous plaît ! nous intime Sarah.

En contrebas, le fleuve s'agite sous le vent et, tout autour de nous, la Big Apple, avec ses tours de béton et de verre, resplendit sous le soleil d'hiver. Une brise glacée plaque mes cheveux sur mon visage ; je les coince sous le col de mon manteau pour éviter qu'ils me gênent.

— Hey !

Une exclamation de Sarah. Federico, mon journaliste, vient de la bousculer en débarquant près de nous. Ryan réagit tout de suite :

— Qui êtes-vous ? demande-t-il d'une voix forte.

L'Italien fait mine de s'étonner :

— *Come* ? Le grand Ryan Carter, si puissant et si bien renseigné, ne sait pas qui je suis ?

Tendue, je m'apprête à faire un pas vers lui, avant de me raviser. Les pensées défilent dans ma tête à toute vitesse : Federico ne devrait pas être ici. Personne, surtout pas mon patron, ne doit savoir que je le connais. Je cherche des yeux les agents de sécurité, mais je me rends compte que j'ai omis d'en recruter. Mon dieu : dans l'urgence des derniers jours, j'ai zappé l'indispensable service de garde de tout événement qui se respecte ! Pourvu que personne ne s'aperçoive de cet oubli. Sinon, je peux dire adieu à mon poste. Et pendant que je panique, Federico reprend son discours :

— Je vais vous rafraîchir la mémoire, dit-il sans quitter Ryan des yeux. Nous nous sommes déjà croisés à *Venezia*, vous et moi. Il y a quelques années, la Carter a décidé d'investir en Italie ; elle a racheté tout un bouquet d'entreprises en zone littorale… avant de les mettre en faillite. L'une de ces entreprises appartenait à mon père.

Je blêmis.

— À la place, fait Federico, votre firme va bientôt faire pousser des hôtels de luxe qui détruiront nos côtes et pollueront nos mers.

— Faux, rétorque Ryan, sans se démonter.

Mon boss a l'air serein. Tout le contraire de moi.

— Nous avons pour projet de réhabiliter le littoral, continue mon CEO ; en accord avec les municipalités, nous avons d'abord cherché à assainir l'environnement en réorientant les entreprises vers des pratiques écodurables, plus respectueuses des zones côtières. Celles qui ont fait faillite ont seulement refusé nos offres généreuses de reconversion…

Le journaliste secoue la tête :

— *Sta 'zitto* ! Marcher sous vos ordres ou crever, hein? Vous me dégoûtez.

Il dégaine son smartphone :

— Vous passez votre temps à clamer haut et fort que vous soutenez des sociétés vertueuses, que la Carter est irréprochable, mais cette fois-ci, votre *greenwashing* ne prendra pas. Avec ce que j'ai comme preuves, ajoute-t-il en agitant son téléphone, plus personne n'y croira.

C'en est trop.

— Donnez-moi ça! je m'écrie.

Je veux lui arracher son smartphone, mais Federico me tient à distance de son bras libre.

— Qu'est-ce qui te prend, *bella*? réplique-t-il : tu me vouvoies, maintenant? Pourtant, sans toi, *probabilmente* je ne serais pas là aujourd'hui.

La voix de Ryan derrière moi se fait aussi glacée que le vent marin.

— Madame Forest, dit-il, cet homme dit vrai?

— Je…

Une fois encore, les mots restent coincés dans ma gorge. Piégés. Le smartphone, les photos. Les « preuves » dont a parlé Federico : bluff ou non, je ne dois pas le laisser repartir avec. Mon cerveau reptilien prend le dessus. Profitant d'un relâchement de l'Italien, je bondis les deux mains en avant et m'agrippe à son portable, qu'il tient au-dessus de sa tête. Je tire brutalement l'objet à moi, pensant que ça suffirait pour le récupérer, mais Federico ne faiblit pas. Nous luttons, bousculons une chaise ou deux. Il m'écrase le visage d'une main, je le mords jusqu'au sang et le fais hurler de rage.

— Lâche ce téléphone ! je le supplie à voix basse, un goût métallique dans la bouche.

— Pourquoi je ferais ça ? rétorque-t-il.

— Parce que tu ne veux pas que je perde mon job ?

— Ella : tu n'es rien pour moi, *capici* ? crie-t-il. J'ai une femme et des enfants, une famille à venger. Tu crois vraiment que je vais me soucier de l'avenir d'une *puttana* Niou-yorkaise ?

Choquée, je lui assène une gifle de mon cru, tous ongles dehors, mon autre main toujours scotchée à son smartphone. Des exclamations fusent. Pourquoi personne n'intervient-il ? On nous regarde nous battre comme deux bêtes de foire, et pas un des « spectateurs » ne se remue pour venir m'aider… Sous ma gifle, Federico chancelle à peine. Furieux, il se prend cette fois pour un véritable bélier humain et m'entraîne vers la rambarde sud. Le choc me coupe la respiration. En dessous de nous, les clapotis du fleuve. De nouvelles exclamations s'élèvent du groupe d'entrepreneurs. La main gauche de Federico forme un poing… Quelqu'un crie mon nom pour me prévenir du coup, mais plaquée contre la rambarde, je ne pourrai pas y échapper. J'aperçois Jonas du coin de l'œil ; en deux enjambées il est sur nous et retient le bras menaçant de Federico. Je réussis enfin à lui arracher le smartphone mais, déséquilibrée par mon geste, je bascule en arrière.

— NON ! s'écrient ensemble l'Italien et Jonas, tandis que je passe par-dessus la rampe.

Avant que je comprenne ce qui m'arrive, je frappe la surface froide de l'Hudson et le fleuve m'engloutit tout entière.

→ *Aller au 149*

266

Il y en a pour un régiment ! Je repère une demi-douzaine de naans empilés, une boîte en carton remplie à ras bord de curry de légumes, plusieurs autres (plus petites) garnies de beignets et samossas en tous genres…

Mon étonnement doit se sentir, car Jonas trouve nécessaire de préciser :

— J'ai pris de tout, au cas où. Exclusivement végétarien.

« Au cas où »… tu déjeunerais avec une ogresse ? Je le regarde, sourire en coin :

— Tu…

→ *as vraiment commandé tout ça pour deux ? Aller au 200*

→ *as retenu que j'étais végétarienne, c'est gentil. Aller au 56*

267

— Quelques os cassés seulement, me dit Jonas. Mais venons-en au fait : Lucy, étant donné sa condition, ne pourra pas poursuivre ses missions de chargée d'événementiel… Et l'un d'entre eux, le speed meeting prévu fin janvier, est capital pour nous.

L'écouter me fait vibrer de façon inexplicable. J'essaie de me concentrer sur le sens de ses paroles plutôt que sur la mélodie de sa voix, mais ça me demande un effort surhumain.

— Ryan sera présent, bien sûr.

Le nom de notre CEO. Je réagis :

— Vraiment ?

Jonas acquiesce.

— Lui, et d'autres investisseurs associés. La firme ne peut pas se permettre que cet événement tombe à l'eau. C'est un fabuleux coup de com'. Avec le développement du projet « Green Manhattan », il est impensable que la Carter ne profite pas de l'occasion pour s'illustrer, reprendre la place qu'elle mérite dans le paysage des investisseurs new-yorkais.

Je secoue la tête, perplexe.

— D'accord, mais... qu'est-ce que ça a à voir avec moi ? je demande.

Jonas s'avance vers moi. Il est si proche maintenant que je peux sentir son parfum, légèrement boisé, et contempler les taches d'or dans ses iris sombres.

— Ton discours d'hier soir m'a fait comprendre que, peut-être, tu n'étais pas à ta place dans cette entreprise... me confie-t-il.

À ces mots, ma respiration se coupe. Merde. L'urgence ne lui a donc pas fait oublier mon numéro de la honte. Ça y est, c'est certain, il va m'annoncer qu'il me vire :

→ *Je réussis à garder mon calme et ne dis rien. Aller au 257*

→ *Je réagis avec virulence. Aller au 6*

268

Sur les coups de vingt-trois heures, c'est le moment des discours. Les managers s'enchaînent sur l'estrade comme les verres sur le comptoir. Jonas est au micro pour saluer le bilan du département Communication. Il nomme les membres de l'équipe les uns après les autres et les invite à monter sur scène pour dire un petit mot. Toujours accoudée au bar, à moitié endormie par l'ennui et l'alcool, je me laisse bercer par sa voix profonde.

— … et enfin, Ella Forest, notre dernière arrivée…

Je crois avoir entendu mon nom, sans en être sûre.

— Ella ?

La voix de Jonas se fait interrogative. Il me cherche dans la salle.

— Psst ! Ella ! Vas-y, c'est à toi !

Claire, qui s'est réveillée, me pousse pour que je réponde à l'appel. Je saute du tabouret et me dirige vers l'estrade en mode automatique. Je ne sais pas trop ce qu'on attend de moi, au juste. Je n'ai rien préparé, on ne m'a pas prévenue. Est-ce que c'est un passage obligé, ce défilé à la Saint-Sylvestre ? Je pose le pied sur la première marche de l'estrade et jette un œil à Matt, qui patiente près de Jonas avec le reste de l'équipe. Tout le monde a les yeux rivés sur moi…

Quelles chaussures j'ai aux pieds, déjà ?

→ *Je porte mes talons aiguilles. Aller au 155*

→ *Je porte mes Vans. Aller au 66*

Claire éclate de rire :

— Mais Matt, tu es le mec le moins secret que je connaisse ! Tu nous racontes toutes tes histoires, de tes râteaux à tes coups d'un soir !

— Je ne la contredirai pas, je fais en souriant. Je n'ai pas l'impression que tu m'aies caché beaucoup de choses sur ta vie.

— Oui mais toi, princesse, c'est différent. Tu es ma meilleure amie, on se connaît depuis longtemps… Claire, elle, ne sait pas que j'ai cinq sœurs, que j'ai déjà été marié, ou que j'élève des lombrics dans mon salon.

— Hein ? s'exclame de nouveau Claire. Tu as été marié ?!

— Il te charrie, je lui fais avec un coup de coude. Matt n'a qu'un frère, il a horreur des vers de terre et c'est un éternel célibataire.

Même s'il s'entendrait probablement très bien avec une fille comme toi, je pense. Je me retiens de faire ce commentaire à voix haute.

— Tout ça pour te prouver qu'en réalité, je ne me livre pas tant que ça, déclare mon ami avec un clin d'œil.

— D'accord, tu as gagné, fait Claire. N'empêche, quand je suis arrivée à la Carter, j'ai appris un truc sur Jonas en cherchant son nom sur Internet… Ne me regardez pas comme ça, c'est normal de se renseigner sur ses collègues de travail, non ? Figurez-vous que sa mère et sa sœur sont mortes dans un horrible accident d'avion alors qu'il était tout jeune.

— Wow… sacrée épreuve pour un môme, je fais.

Une notification fait vibrer mon téléphone. C'est un message de Samson qui me demande de rappliquer à la Carter pour un autre dossier. Je :

→ *fonce à la tour, tant pis pour le traiteur. Aller au 176*

→ *préfère rester pour boucler la question du traiteur : le speed meeting avant tout. Aller au 237*

270

Retour à la case départ, pétrie de douleurs dans mon lit. Je me souviens maintenant.

J'ai réussi à mettre Jonas hors de lui. Toute seule, comme une grande. Samson n'a même pas eu besoin de le convaincre de me virer, je lui ai mâché le travail… L'indiscrétion est un vilain défaut. Qu'est-ce que je croyais, au juste ? Que Jonas allait s'ouvrir à moi ? Que ces derniers jours m'avaient fait gagner un passe-droit sur sa vie privée ? Lui qui est si secret, il n'allait pas faire d'exception pour mes beaux yeux.

→ *La suite en 235*

271

— Un problème ? me demande Matt.

— C'est Samson... Il attendra, le déjeuner du speed meeting est plus important.

Avec mes deux amis, nous passons un agréable moment de dégustation. Entre la dizaine de verrines aux saveurs indiennes et les vins liquoreux, les rires vont bon train ! Un peu pompette, je valide le devis que me présente le traiteur avant de retourner vers quatorze heures à la Carter.

Samson m'accueille à mon bureau, accompagné d'une pile de cartons d'archives.

— Depuis quand tes horaires sont-ils devenus flexibles ? me lance-t-il sèchement.

◆

En choisissant ce chemin, Ella vient de vivre un moment crucial pour sa carrière, symbolisé par ce carreau. Retenez bien le nombre de carreaux que vous collecterez au cours de votre lecture... car il se pourrait qu'il y ait des conséquences !

→ Si vous avez collecté trois carreaux (celui-ci inclus). Aller au 191

→ Sinon. Aller au 150

Matt n'a pas menti. La décoration de l'étage est tout bonnement incroyable. J'ai le sentiment de découvrir un poumon vert au cœur de la Carter Corp : d'énormes bacs et pots à végétation luxuriante ont été installés ici ou là, dessinant des alcôves où plusieurs personnes discutent à l'abri des regards. Près de nous, j'entends clapoter des poissons dans un large bassin artificiel… De la pelouse a été déroulée au sol, donnant l'impression de débarquer dans une véritable prairie. Plus loin, au bord d'une vaste « clairière », un bar en forme d'andouiller géant rassemble d'autres d'invités. Mon meilleur ami s'est surpassé : il a recréé un coin de nature en haut d'une tour ! C'est surréaliste. Une estrade de bois brut se déploie contre les larges baies vitrées, au travers desquelles on peut admirer tout Manhattan et ses lumières mythiques.

Claire et moi ne disons rien, mais nous n'en pensons pas moins. Notre air ébahi fait réagir Matt qui ne perd jamais une occasion de fanfaronner :

— Ouais, je suis assez fier de moi ! dit-il, sourire aux lèvres. Le résultat est im-pre-ssio-nnant ! Et attendez de voir la carte des cocktails…

Alors qu'on sort de l'ascenseur, Samson se tourne vers lui et lui lance, cassant :

— Pas besoin d'en faire des tonnes, Ortega. N'importe qui aurait pu en faire autant.

La pique me surprend. Les attaques frontales ne sont pas dans les habitudes de Samson : lui aime casser du sucre sur le dos des gens, pas leur balancer la sucrière en pleine figure ! Matt veut riposter, mais je secoue la tête à son intention et mon ami comprend le message : ça ne sert à rien de répondre à ce sale type. Fichu caractère ou pas, s'en faire un ennemi n'est pas un bon plan, surtout pour une gaminerie de ce style.

→ Aller au 73

273

— Claire.

— Je suis là, répète mon amie.

Je me love contre elle, hume au creux de son cou son parfum sucré. Chocolat et cannelle… Difficile d'y résister.

— Au speed meeting, je marmonne : je suis tombée dans le fleuve… et après ?

— Tu ne te souviens pas ?

Je secoue la tête et referme les yeux ; la lumière du jour me fait encore souffrir.

— Ryan a sauté à l'eau pour te récupérer. J'ai voulu te conduire à l'hôpital, mais tu as refusé.

— Tu étais là ?

Claire éclate de rire.

— Pauvre Ella, tu as aussi la mémoire qui flanche, on dirait !

— Ce n'est pas drôle, je ronchonne.

— Excuse-moi, me souffle mon amie à l'oreille. Elle attrape mes mains et nos doigts s'entremêlent. Une de ses frisettes vient me chatouiller l'oreille.

— Je prenais un café avec Matt quand on a appris la nouvelle, m'explique-t-elle. Je ne pouvais pas rester à la tour en sachant ce qui venait de t'arriver. J'aurais voulu être celle qui te sauve de ce fleuve, Ella. Je…

— Chut.

J'écrase mes lèvres sur les siennes pour la faire taire. Je n'ai pas envie d'une déclaration enflammée. Je veux simplement profiter de cette expérience nouvelle, comme elle vient, sans urgence ni pression.

D'abord étonnée, Claire se laisse aller.

Peut-on souhaiter de meilleure fin que celle-ci ? Ou plutôt : de meilleur commencement ? Notre histoire naissante est un gâteau-surprise, un délice sucré qui s'est invité dans ma vie de façon inopinée. Il ne demande qu'à être dégusté. Je savoure l'instant ; libérée du speed meeting, je vais enfin pouvoir consacrer à cette relation toute mon attention.

→ *Aller au 26*

274

— Mes condoléances, je suis désolée.

Ari me regarde bizarrement, puis sourit.

— Non, Geri n'est pas morte ! me détrompe-t-il. Elle et moi, on est partis sur le vieux continent, à Londres, puis on s'est séparés. Je suis rentré il y a plus de quatre ans maintenant.

Il balaie ses souvenirs de la main et déclare :

— Mais c'est du passé, tout ça. Ça ne sert à rien de le remuer, pas vrai ?

Je hoche la tête. On dirait un accro au chocolat essayant de se convaincre que c'est de la boue séchée. Comme pour moi et Alex. Ça fait trois ans qu'on s'est séparés et pourtant, la mémoire de notre relation arrive encore à me tourmenter…

— Ella, je dois te dire quelque chose.

Ari me regarde maintenant droit dans les yeux. Que va-t-il m'annoncer, au juste ?

→ *Aller au 95*

275

Deux jours plus tard, je dépose sur le bureau de mon chef un dossier lourd de quatre cents pages. J'ai des cernes impossibles à camoufler, un mal de tête carabiné et des envies de bâiller toutes les dix secondes environ, mais je suis contente de moi. De nous ! Federico et moi avons relevé ce défi haut la main. Comme convenu, je lui ai remis un pass V.I.P. afin qu'il puisse accéder librement au speed meeting.

— Voici les synthèses, je déclare à Samson. Plus un petit extra que je me suis permis d'ajouter en début de dossier : un pitch en quatre lignes pour chacun des soixante-quatorze projets. Il y a aussi un index à la toute fin, par thématique, pour que monsieur Carter s'y retrouve plus facilement.

Mon responsable jette un œil en coin à mon travail. Il ne fait même pas l'effort de le feuilleter. Quant à me remercier… Ne rêvons pas !

— Tu peux disposer, marmonne-t-il.

— Est-ce que tu veux que j'apporte moi-même ce dossier à Ryan ? je demande. Si tu es occupé…

— Non merci.

Évidemment : il compte se garder tout le mérite. En route pour la salle de pause, j'y retrouve Matt en conversation animée avec Claire. Elle éclate de rire à l'une de ses blagues.

— Oh ! Salut princesse, me lance Matt.

Claire se tourne vers moi, un sourire épinglé aux lèvres.

— Hello Ella !

Elle porte un petit chemisier au motif Liberty et une jupe crayon bleu pastel. Un serre-tête de la même couleur retient ses cheveux frisés ; il lui donne un joli look rétro.

— Salut ! je fais. Dis donc, tu es très élégante aujourd'hui. Un rendez-vous prévu ?

Ses joues rosissent légèrement. Elle échange un regard complice avec Matt, qui répond par un clin d'œil.

— Il se trouve que… oui ! me dit mon ami. Je lui ai présenté quelqu'un l'autre soir, et je ne suis pas peu fier, parce que ça a *matché* tout de suite !

— Matt…

Claire lui fait les gros yeux.

— Quoi ? rétorque-t-il. J'ai bien le droit de vanter mes talents d'entremetteur, non ? Ella finira peut-être par m'écouter en matière de mec.

— Jamais de la vie ! je m'écrie en riant.

— Ella, ne le prends pas mal, me dit Claire, mais tu as une sale mine ce matin.

— Elle a raison, renchérit Matt. On dirait que tu n'as pas dormi depuis deux jours.

— Tu n'es pas très loin de la vérité, j'avoue. Je pense que je vais poser l'après-midi pour rattraper mon retard de sommeil. Il faut que je sois en forme pour le speed meeting. C'est dans moins de quarante-huit heures, maintenant…

Matt se glisse derrière moi et me masse gentiment les épaules :

— De plus en plus tendue, hein ?

— D'après toi ? C'est la première fois qu'on me file autant de responsabilités et…

— Ça va bien se passer, Ella ! s'exclame Claire en m'offrant un cookie. Tu vas tout déchirer, j'en suis certaine !

Claire, notre petit soleil. Je la remercie d'un sourire. En plus de son enthousiasme, je me prends à espérer qu'elle ait des dons de voyance…

→ *Aller au 23*

APRÈS ELLA, GLISSEZ-VOUS DANS LA PEAU DE KELSEY...

« Le Blue Swan Hospital est l'établissement le plus réputé de la côte Ouest et sans doute l'un des plus cotés de tout le pays. Y être affectée dès la sortie de l'école, à ma première demande, c'était inespéré. »

Mais pour Kelsey, l'héroïne de cette histoire, faire carrière dans l'hôpital le plus réputé des États-Unis ne sera pas de tout repos ! Nouer des relations ou se concentrer sur son travail ? Jouer la prudence ou bien l'audace – et peut-être trouver l'amour ? Il faudra faire des choix...